LES ORPHELINS

Du même auteur :

53 cm, Le Serpent à plumes, 1999.
Les Taches d'encre, Le Serpent à plumes, 2000.
Deux bébés et l'addition, Le Serpent à plumes, 2002.
Petroleum, Denoël, 2004.
Cueillez-moi jolis messieurs, Gallimard, 2007.
Et si Dieu me demande, dites-Lui que je dors, Gallimard, 2008.
Cyr@no, Belfond, 2011.
Alpha, avec Barroux, Gallimard BD, 2014.
Le Testament de Nicolas, La Margouline, 2016.
Zoonomia, tome 1, La dynastie des boiteux, Le Serpent à plumes, 2018.
Citizen Narcisse, tome 2, La dynastie des boiteux, Le Serpent à plumes, 2018.

www.editions-jclattes.fr

Bessora

LES ORPHELINS

Roman

JC Lattès

Ce roman est lauréat d'une Mission Stendhal.

© Photo de couverture : archives familiales Ammermann.
Maquette de couverture : Le Petit Atelier.

ISBN : 978-2-7096-6833-0

Première édition mars 2021.

Les cheveux en bataille et les pieds dans nos vieilles godasses, on est assis avec Arno devant le bureau de Mme Pfefferli. Trois paquets d'os en face d'un squelette… Ce n'est pas pour rien qu'on la surnomme la Pie ! Elle est vêtue de son uniforme noir et blanc. Derrière elle, une dame en blouse blanche remue les doigts dans ses poches. Des stylos s'en échappent. Elle s'appelle Anna, elle a trente-cinq ans et elle est docteur. Les trois paquets d'os assis devant Mme Pfefferli voient Anna pour la première fois. Ils ont une sacrée trouille, surtout toi et moi, les deux grands.

Mme Pfefferli remonte ses lunettes, rafistolées avec du fil de fer. Elles lui tombent quand même sur le nez. Une montagne de dossiers s'empile près d'elle, jusqu'au plafond. De l'autre côté, il y en a trois. Mon prénom, suivi d'un S., est écrit sur le premier.

— Wolfgang, Arno, Barbara…, chantonne la Pie. Vous avez été sélectionnés.

Je ne comprends pas. Aussi perplexe que moi, tu fixes un tableau accroché au mur. Mme Pfefferli y a rangé sa collection de cartes postales de la Suisse, au-dessus d'une étagère où sont alignés des livres de contes. Mme Pfefferli remarque ton air rêveur :

— Barbie ? te lance-t-elle pour que tu te concentres sur ce qu'elle nous raconte.

Arno, lui, balance les jambes sous la table, en riant. Il peut bien se marrer, il n'a que trois ans. Nous deux, on est plus grands. Je détourne le visage vers la fenêtre. Il pleut de l'autre côté, où se dessine la fermette de Heidi.

Heidi. Je l'ai demandée en mariage l'autre fois, mais il paraît qu'à huit ans, on ne peut pas.

Les mains dans ses poches remplies de stylos, Anna dit :

— Les résultats de vos tests sont excellents.

Elle a un drôle d'accent.

— Pour cette raison, reprend-elle, vous avez été choisis par la *Dietse Kinderfonds*.

C'est tellement incroyable ce qu'elle dit. Cette langue est complètement fêlée… *Dietse Kinderfonds*, ça veut dire « Fonds teutonique pour l'enfance ». Aucun sens.

Des applaudissements éclatent dans mon dos, derrière la porte fermée. Anna les écoute, ravie. Mme Pfefferli caresse ses cheveux blancs en attendant que ça se calme, mais Arno se met à applaudir lui aussi. Nous deux, on ne bouge pas. La clameur s'éteint, et la porte du bureau s'entrouvre. Une tête brune se faufile. C'est Thomas. Ma parole… Il tousse, une toux généreuse en glaires :

— J'ai été sélectionné moi aussi, madame Pfefferli ?

Il prononce le nom de la Pie en sifflant tel un oiseau et en roulant les R. La Pie se lève lentement de sa chaise et, après s'être raclé le fond du bec :

— Veux-tu bien fermer cette porte, Thomas ?

— Est-ce que j'ai été sélectionné ?

— Tu es trop âgé pour être adopté… Ferme la porte, maintenant. S'il te plaît.

Il a treize ans, nous huit, Arno trois. À treize ans, sauf exception, les orphelins sont périmés. Thomas est triste d'être périmé. Il ne bouge pas. La Pie claque du bec.

— Je suis désolée Thomas. Si je pouvais… mais nous avons pour instruction de ne retenir que des enfants aryens.

Anna ramasse les trois dossiers sur le bureau de la Pie pendant que Mme Pfefferli retrousse un sourcil et répète trois fois :

— Je suis désolée, désolée, désolée.

La pluie redouble, Mme Pfefferli nous fait signe de sortir de son bureau. Anna nous salue d'un geste très doux. On marche jusqu'à la porte en nous tenant la main. Arno est hilare, moi je me mords les lèvres, je crois de trouille ou parce que j'ai perdu mon nom. Toi tu te fais pipi dessus.

Pour nous deux, tu te pisses dessus.

***

Deux minuscules valises sont posées à nos pieds sur le trottoir, devant l'orphelinat. Pas fiers. Je nous plains d'être là. Tu portes une robe trop courte et moi des souliers trop serrés. Heidi déboule, ça me met en joie. Elle sort de sa ferme, avec ses cheveux bouclés, sa peau brune, ses pieds nus et sa frimousse crottée.

— Vous allez au bal ?

— On va en Afrique, je dis.

Je tire une tête de trois mètres de long, effrayé, autant que si des lions allaient me manger. Heidi me prend les mains. Ses ongles crasseux ne m'ont jamais empêché d'avoir le béguin. Toi, ça te dégoûte. J'ai la chair de poule et elle frissonne :

— Est-ce qu'on peut y aller en charrette, en Afrique ?

Tu serres les lèvres, les dents, les poings.

— En charrette ? C'est trop loin… On va prendre une voiture.

— Une voiture ? s'écrie Heidi.

À part le tracteur de son papa, on ne voit pas beaucoup de véhicules dans la région.

Tu fixes la route, longue et vide. Elle te zyeute elle aussi. Étroite, elle vient de loin. Elle a fait des kilomètres pour arriver jusqu'à nous, et s'enfonce très loin encore, mais pas tout à fait jusqu'en Afrique.

— Ensuite on va prendre un ferry, je dis.

Heidi attrape mes pommettes.

— Jusqu'en Afrique ?

— Il y aura des trains et des bateaux avant.

Heidi me pince les joues, ça m'émoustille, je rougis. Qu'est-ce que j'en suis amoureux. Derrière nous, à la fenêtre de l'orphelinat, une bande de mioches nous guettent. Thomas est au milieu, et tout à coup sa mâchoire se décroche. C'est qu'il devine, au loin, l'ombre d'une voiture. Effrayante, elle grossit à mesure qu'elle approche et on la voit tous enfler, pareille à un ogre mais avec des roues. Son moteur se fait soudain entendre. Un autre bruit me prend les oreilles. C'est le cœur, il me bat de tous les côtés.

Le moteur s'arrête quand la voiture se gare à notre hauteur. Tu respires vite, de plus en plus vite, si vite que tu en perds le souffle. Heidi retire lentement ses mains de ma figure, elle est toute pâle, alors que le rire d'Arno éclate. Le voilà qui sort de l'orphelinat dans les bras de Régine.

On doit l'appeler *tante* parce qu'elle sera notre marraine pendant tout le voyage. Rembourrée de partout, Régine est très confortable pour Arno. Elle lui porte sa valise pendant que, mort de rire, il joue avec l'étiquette agrafée sur sa poitrine.

Arno Rüff, né le 24 juin 1945.

— Allons mes petits, dit tante Régine.

Son accent est drôle, c'est le même que celui d'Anna. Régine dit qu'elle vient d'Afrique. Mais elle est de souche allemande. Ben voyons. C'est pour ça que ses cheveux sont roux, peut-être ? C'est pour ça qu'elle parle hollandais ?

La porte de la voiture s'ouvre en grand, sur des sièges de cuir marron. Ils ont l'air froid. Franchement, ils ne font pas envie. Je prends Heidi dans mes bras, elle me serre contre elle, on s'accroche l'un à l'autre et puis elle me colle les lèvres sur la bouche. Je ferme les yeux. Quand tu fermes les yeux, tu vois mieux et tu sens davantage. Imagine un peu comme je sens, et multiplie par deux cents. Je serre les fesses pour empêcher ce moment de partir. Qu'il dure toujours et ne s'interrompe jamais. Mais quelqu'un me tire dans l'autre sens.

— Allons mon petit !

Dans les bras de Heidi, je résiste à Régine. Mais elle finit par me lâcher, parce que la Pie gronde à la fenêtre.

— Heidi ! Veux-tu laisser Wolf tranquille ou dois-je appeler ton papa !

Heidi semble avoir très peur de son papa. Toi, tu es déjà assise sur le siège tout froid, et sans un mot tu me supplies de te rejoindre. C'est vrai, jamais on n'a été séparés, et on a la chance de pouvoir rester ensemble. Immobile, Heidi me murmure quelque chose de très doux :

— … je ne t'oublierai jamais, Wolfie…

J'en suis tout remué. Mais je me vois monter près de toi. Je vois la voiture démarrer. Tout ça comme si je n'étais pas là, tu vois ?

À califourchon sur les genoux de tante Régine, Arno salue des vaches par la fenêtre. Toute raide, tu regardes droit devant. Moi, c'est l'inverse. Je me retourne en arrière.

Heidi est toujours là, mais derrière, où elle est du passé.

Elle devient petite dans la vitre arrière, toute petite, de plus en plus petite.

Comme si elle devait disparaître.

Et puis Heidi devient rien.

***

La voiture s'arrête devant une gare, qui s'appelle Hanovre.

Tante Régine descend la première, avec Arno. Il vomit sur le trottoir pendant que le chauffeur ouvre la porte arrière. De l'autre côté, c'est un nouveau monde. Mais toi et moi on n'est pas tentés de partir à l'aventure. Tante Régine rugit :

— Allons mes petits… vous ne voulez pas rater le train !

Je crois que si.

Des enfants sont rassemblés sur la place de la gare : j'en compte quatre-vingts, mais je vérifie. Le compte est bon. Quatre-vingts enfants remuent dans tous les sens. Excités comme des puces. Nous, on ne bouge pas, on est engourdis telles des punaises de lit.

— Descendez de la voiture tout de suite ! gronde tante Régine.

Des adultes bourdonnent autour des enfants. Ce bruit de ruche ne nous incite pas à descendre. D'après tante Régine, ces gens qui ressemblent à des abeilles sont inoffensifs :

— Ce sont des journalistes.

— Ils servent à quoi ? je demande, méfiant.

— Ils écrivent dans les journaux. Ils parlent à la radio. Ils prennent des photos… Ils sont venus faire un reportage sur votre départ. C'est un évènement national !

Une intense lumière aveugle tante Régine. Elle rouspète contre les flashes. Ils sont pareils aux feux dans le ciel, tu te souviens, ceux qui faisaient des cratères en tombant sur le sol.

Attirés par l'éclat des lumières, un tas de passants s'agglutinent autour des journalistes. Nous on s'enfonce dans nos sièges, des punaises, je te dis, aux revers d'un matelas. Tu te focalises droit devant, je cherche une formule magique pour nous rendre invisibles. Suante, tante Régine nous engueule :

— Allons mes petits, vous ne voulez pas moisir dans cette voiture !

Si, on veut bien.

Le chauffeur se penche vers nous en souriant et nous tire l'un après l'autre par le col, en s'excusant :

— Désolé… je dois ramener la voiture, moi !

Voilà comment on se retrouve sur le pavé. On est bien partis pour attraper ce fichu train. Mais peut-être qu'on peut encore le louper. J'entends une voix qui doit sortir d'un haut-parleur, une radio, ou quelque chose de ce genre-là :

« Vous allez rejoindre un nouveau pays… Rappelez-vous que nous Allemands sommes une nation fière. Vous aurez toujours du sang allemand dans vos veines. Soyez-en fiers. Comportez-vous comme de vrais Allemands. »

— C'est le ministre Käber, dit Régine tout émue. Vous vous rendez compte ? Le ministre !

Une boule noire se colle à ta bouche. Un manche la relie à un journaliste. Tu étouffes un cri de stupeur et moi j'envoie la boule valdinguer. Le journaliste rit. Cette boule s'appelle un micro, il paraît que ça ne fait pas mal, ça prend juste la voix :

— Comment vous prenez la voix des gens sans leur faire mal ? tu demandes.

Le journaliste rit encore, puis nous montre un appareil qui prend des images, et s'appelle *caméra.* Ça ne ferait pas mal non plus. Ben voyons. Il nous prend vraiment pour des imbéciles.

— Souriez, il dit avec gentillesse.

Tu souris. Impossible de me détendre.

— Qu'est-ce que ça vous fait, les jumeaux, de quitter la Heimat ? demande le journaliste.

— Je veux rentrer chez moi, je dis tout de go.

Surpris par ma réaction, le journaliste ajoute :

— C'est la première fois que vous prendrez le train ?

Je ne réfléchis pas avant de répondre :

— On ne montera jamais dans ce train.

En attendant, tante Régine a tout entendu et ça n'a pas l'air de lui plaire. Le journaliste détourne sa caméra vers un petit garçon qui lui raconte qu'on s'en va dans une forêt enchantée. Ni une ni deux, ce fayot attrape le micro et cajole la caméra de ses yeux bleus :

— Le soleil brille toujours en Afrique, il susurre. Il y a des oranges merveilleuses… Des bananes délicieuses…

Le petit garçon continue de réciter son poème pendant que Régine me pétrit l'épaule pour m'empêcher de fuir.

— En Afrique, reprend le garçonnet, je vais empêcher les singes de manger les chèvres.

Tu ranges ton sourire dans ta poche :

— Tu veux dire les lions. En Afrique, les loups s'appellent des lions. C'est eux qui mangent les chèvres.

Tu remets ton sourire en place, et le petit garçon pose son doigt sur sa bouche parce qu'il ne se rappelle plus si c'est les singes ou les lions.

Moi non plus, je ne me rappelle pas.

Quelqu'un parle de huttes et de Noirs à la caméra. Je me vois pousser des cris :

— Je ne veux pas vivre dans une hutte avec des Noirs qui sont hollandais !

Une petite fille, à vue de nez elle a sept ans, se moque de moi :

— Pleurnichard… tu ne vivras pas dans une hutte ! Tes parents seront normaux. Leur langue vient du hollandais, mais c'est proche de l'allemand. Ça nous sera facile, car nous sommes aryens. Nous pouvons apprendre toutes sortes de langues beaucoup plus vite que la plupart des gens.

Toute fière des dents de lait qui lui manquent, elle sourit à la caméra et voilà qu'on embarque.

Nous sommes assis sur une banquette. Mais il n'est pas trop tard pour rater le train puisqu'il n'est pas encore parti. Je cherche ton regard. Tu sembles aveugle, les globes fixes, à la manière des figurines. Je me lève, et je me précipite vers la fenêtre baissée. La main de Régine agrippe ma ceinture.

— Allons, tu ne veux pas tomber du train !

Tante Régine me tire en arrière, elle a la force de quatre éléphants et moi celle d'un insecte. Par la fenêtre, une nuée de mouchoirs blancs saluent notre départ. Je suis sidéré. Des flashes. Je suis aveuglé. Un orchestre joue l'hymne allemand. Je suis assourdi.

Un coup de sifflet retentit et, soudain, une dame se détache de la foule en hurlant :

— Karin !

Elle court derrière le train, alors je me rends compte qu'on est partis.

— Rendez-moi Karin !

Elle trébuche, se relève et, son genou écorché, elle crie plus fort.

— Karin ! Rendez-moi ma fille !

Ça y est, le train avance trop vite pour que je saute. La mère de Karin devient petite toute petite, une figurine, comme Heidi quand elle s'est effacée de la vitre arrière. Et qu'elle est devenue rien.

Après, c'est tout noir.

Barbie ?

Tu dors ?

— C'est normal que ses yeux bougent comme ça ?

— Le docteur dit qu'ils remuent à cause de la balle qui est dans sa tête.

— Se faire tirer dessus le jour des cent ans de Mandela…

— Même Obama est venu à Jo'bourg fêter ça.

— Il paraît que c'était aussi l'anniversaire de ce vieux.

— Soixante-dix-huit ans, j'ai entendu. Il a bien vécu.

— Comment on peut s'en sortir avec une balle dans la tête ?

— Pourquoi il s'en sortirait, Naledi ? Il a bien fait quelque chose pour mériter ça.

Un paquebot jette l'ancre devant une montagne en forme de table. La mer est glauque, le ciel tout à fait gris. Il va pleuvoir et il fait froid. Des enfants descendent deux par deux de ce navire. Parfois, ils tiennent la main à une dame. Très nombreux, ils ont entre deux et huit ans. Sauf un ou deux, plus grands. Une étiquette est fixée à leur poitrine. Certains sourient jusque derrière les oreilles, d'autres plissent la bouche de tristesse. Nous sommes parmi eux. On a huit ans et bientôt deux mois.

Tes lèvres tremblent parce que tu souris trop. Je fronce les sourcils. On est inquiets ?

Tu tires ton jupon vers le bas, il est trop court. Cette robe n'est pas à toi, et le ruban qui flotte dans tes cheveux non plus, on te l'a prêté. Tu ressembles à une poupée, toi qui as horreur d'y jouer ! Moi j'ai mal aux pieds dans les souliers qu'on a dû me donner.

Propres comme des sous neufs, on est emballés comme des cadeaux étiquetés.

Barbara Schultz, née le 18 juillet 1940.
Wolfgang Schultz, né le 18 juillet 1940.

Depuis quand on s'appelle Schultz ?

Et soudain le soleil rayonne, le ciel bleuit, tu souris gentiment, je sifflote, insouciant et…

— Vas-tu éteindre cette fichue caméra, Lothar !

Lothar obéit à la voix de cette femme et arrête de nous filmer. Sa caméra lui laisse une trace de ventouse autour de l'œil. Il voit que le ciel est noir, et le soleil caché. Ça ne ressemble pas à son film où il fait beau et où le ciel est bleu. Il nous voit aussi, accrochés aux jupes de tante Régine, qui descendons l'escalier du bateau l'un collé à l'autre, perdus. Tu ne souris pas. Je ne chantonne pas.

Lothar est très surpris de ce spectacle, si différent de ce qu'il a vu dans sa caméra. Il se frotte les yeux pour s'assurer qu'il ne rêve pas. Il frotte l'œil de sa caméra. Mais tout va bien, il range ses mains dans les poches de son manteau de cachemire.

Les yeux de Lothar sont ronds et transparents, surmontés d'une brousse de poils qui ressemble à tout sauf à des sourcils. Il a trente-huit ans et le dos voûté. Sa femme a de belles prunelles noires sous un chapeau gracieux, trois ans de moins que Lothar mais dix centimètres de plus. Aussi dorée qu'il est pâlot, elle est bouclée comme Heidi. Un visage plutôt sympathique. Son long cou se dresse au-dessus d'un foulard en soie, elle nous cherche en plissant le front. Lothar nous a repérés, mais elle ne nous a pas encore vus. Tout à coup elle aperçoit Arno. Tout beau, tout joufflu, il somnole dans les bras de tante Régine. Subjuguée, Michèle dévore Arno. Elle se voit déjà pouponner, alors que ses vrais enfants adoptifs s'accrochent aux jupes de tante Régine.

— Les nôtres sont plus grands, lui dit Lothar. Là-bas… un mètre plus bas…

Il parle cette langue détraquée qui est proche du hollandais. Il ne nous vient pas à l'idée de lâcher tante Régine. Je claque des dents et toi, tu essaies de faire bonne figure, d'enfiler ton sourire. C'est un vêtement trop grand. Tu flottes dedans. Le quai est plein de gens, des parents, des dockers, des curieux. Notre arrivée est un évènement. Ça cancane.

— Ils sont allemands. Oui madame, tous orphelins. Protestants.

Automates, on avance, confondus à tante Régine qui peine à se frayer un chemin au milieu des curieux.

— Pas une goutte de sang juif, de sang polonais, russe, ou anglais.

Tu inspectes, cherches les loups-lions. Je guette les huttes, les Noirs, les Hollandais.

— Ils sont fatigués mais ils sont beaux ! Ils ont passé des tests très difficiles…

Les Hollandais, c'est eux, je crois. Les lions, les huttes et les Noirs ne sont pas visibles. On est très inquiets. On nous a préparés aux lions, aux Noirs, au soleil écrasant. Mais à notre arrivée il fait froid, le soleil est invisible, le ciel est gris, pas un lion à l'horizon. À quoi s'attendre pour la suite ? On est tétanisés et je me prends les jambes dans un cordage. C'est à ce moment peu glorieux que Michèle me voit pour la première fois. Elle a une petite moue de déception alors que je me rattrape à la main de tante Régine.

— Ils ne sont pas comme j'imaginais…, murmure Michèle.

— Oui, ils sont très grands, dit Lothar en souriant.

On se cache derrière la jupe de tante Régine quand elle se présente, et j'aimerais bien nous rendre invisibles. Je serre les paupières… Arno roucoule dans les bras de Régine et offre son plus joli sourire à Michèle. Il gazouille : maman, maman ? Michèle s'enroue de gratitude, elle n'en a que pour lui. Est-ce que je nous ai rendus invisibles ?

Lothar et tante Régine ont une toux gênée. Tante Régine cherche dans son dos, mais on l'esquive, elle ne parvient pas à nous attraper. Lothar se penche pour nous voir. Peine perdue. Le postérieur de tante Régine est si gros qu'on parvient encore à se dérober à ses prises. Michèle et Lothar affectent de ne plus chercher à nous voir. Peut-être font-ils semblant ?

Un court moment, ils parlent sous les chuchotis d'Arno, l'air de rien : du côté de Lothar, on a beaucoup de sang allemand ; la langue ne s'est pas perdue. Du côté de Michèle, les souvenirs sont français. Mais on a dû renoncer à la langue. Quant au *Broederbond*, la Fraternité, on en est membre depuis les premiers jours. Et aussi de l'*Ossewabrandwag*, la sentinelle des chars à bœufs.

— Il est heureux que le parti national ait remporté les élections, conclut Michèle.

Ne nous voyant toujours pas, ou feignant ne pas nous voir, Michèle se prend à espérer mieux que nous :

— Et le petit garçon ? Comment s'appelle-t-il ?

Tante Régine rougit :

— Arno est réservé…

Un coup de rein de Régine et, par magie, on sort de ses jupes. Nous voilà découverts. Piteusement, on baisse la tête vers le sol et tu renfiles ton sourire tremblant. Je remets mon masque de cire. Le ciel a encore noirci. Il se met à nous cracher dessus. Tante Régine nous dit au revoir sous la pluie. Ses adieux sont déchirants, à l'image des éclairs dans le ciel. Elle pleure. Arno pleure. Le ciel pleure. Tu souris en pleurant. Je retiens mes larmes sous la cire de mon masque. Mourir, mais par petits bouts, tu vois ? C'est ce que je ressens.

Michèle et Lothar ne savent plus où se mettre face à ce torrent de larmes.

La pluie redouble. Elle se multiplie par quatre. Le déluge. Michèle dégaine un parapluie, et nous invite à les suivre jusqu'à la voiture.

Ils marchent devant, sous le parapluie.

On marche derrière, sous la pluie.

***

Rouges, courts et rongés, les ongles de Michèle lui collent au bout des doigts, qui sont crispés sur le volant. Le volant se trouve à droite de la voiture.

De temps en temps, elle le lâche pour ajuster ses cheveux, en tempêtant contre l'humidité. Sur le siège passager, Lothar chantonne tout en filmant le paysage par la fenêtre. Elle est fermée. Et il chante faux. C'est comique. Michèle nous examine dans le rétroviseur :

— Vous êtes dans un drôle d'état !

Elle sourit. Je m'efforce de lui rendre ce sourire.

— On a un peu mal au ventre, madame.

— Appelle-moi maman, Wolfgang.

Tu hoches la tête et tu t'avances gentiment vers son appuie-tête :

— Les spaetzle du bateau nous sont un peu restés sur l'estomac, maman.

Sans te prêter attention, Michèle me dévisage durement dans le rétroviseur. Je respire à peine pour oublier qu'elle m'épluche. Lothar ouvre la vitre.

— C'est mieux comme ça ?

Tu dis Oui papa. Papa ? Tu exagères… Lothar n'est pas notre père !

Tu te laisses prendre par le paysage. La voiture roule près de la mer. De l'autre côté, des montagnes pointent leurs sommets, qui parfois sont ronds. Époustouflée, tu t'écries :

— Je ne savais pas que les montagnes poussaient au bord de la mer !

Lothar se retourne vers toi et rit :

— Comme des arbres ?

— Non, papa. Comme la Suisse.

— Tu es déjà allée en Suisse, Barbara ?

— Non, papa. Je l'ai vue dans les cartes postales de Mme Pfefferli.

Lothar te sourit tendrement. Il t'aime beaucoup, je crois. Michèle attend que je l'appelle maman. Elle peut toujours rêver, attendre toute sa vie.

Le paysage devient plus aride. Et tout à coup c'est vallonné. Il y a peu de maisons. Ça monte, ça descend, ça tourne, les routes font des nœuds et des lacets sur des flancs de collines. De grosses pierres sont couchées sur des herbes courtes. On les dirait sculptées en plein air. Des buissons roses s'abritent dans leur ombre. C'est grand à donner le vertige. Tu t'époumones :

— C'est beau... qu'est-ce que c'est beau... c'est horriblement beau...

Lothar te jette des œillades ravies dans le miroir du pare-soleil. La voiture dépasse un chariot attelé à un cheval. Il transporte des barriques de vin. Lothar se remet à chantonner et à filmer par la fenêtre, alors Michèle pianote d'impatience sur le volant. Au bout d'un moment, elle s'énerve :

— Vas-tu éteindre cette fichue caméra, Lothar !

Il obéit, mais se remet à fredonner, faux. Michèle bouillonne. Elle va ouvrir la bouche pour clouer le bec de Lothar, mais il la devance.

— Je dois répéter pour la chorale.

On roule tout droit sur des chemins qui vont de travers. Ils parlent entre eux dans leur langue, en croyant qu'on ne comprend rien. Mais je comprends tout. Michèle plaint les enfants restés en Allemagne. Lothar lui raconte une histoire de monnaie, qui sauvera peut-être ce grand pays. Toi et moi nous avons de la chance, ils sont d'accord là-dessus, parce que, quelle vie misérable on aurait eue, s'ils ne nous avaient pas sauvés des Anglais, des Juifs, des communistes. Je ne sais pas ce qu'est un communiste. Encore un mot détraqué.

Michèle me guette dans le rétroviseur.

— Vous auriez dû être bien plus nombreux au départ de Hanovre !

Mais les autres orphelins ont été placés dans des familles allemandes. Trois ans après la guerre, il n'en reste pas tant que ça. Surtout des Aryens. On s'y est pris un peu tard avec la Fraternité. Dommage. Sinon nous serions dix mille.

Michèle me regarde et soudain je suis dix mille orphelins aryens à moi tout seul. À dix mille, j'aurais pu faire des choses formidables. Émue, elle murmure :

— L'avenir se construira avec ce que Dieu nous donne aujourd'hui.

Lothar croise tes mirettes dans le pare-soleil. D'une voix câline, il te dit :

— Vous serez heureux avec nous.

Un panneau de circulation annonce *Franschhoek*. Ça veut dire Le coin des Français. On roule sur *l'avenue des Huguenots*. On croise *la rue de Bordeaux*.

— Voilà notre église, dit Michèle. Sur votre gauche.

Elle promet de nous présenter au pasteur. Lui et sa femme n'attendent que ça.

— Sur votre droite, elle continue, vous avez l'épicerie.

— Et le coffee shop de l'autre côté ! ajoute Lothar. On y boit de très bonnes citronnades.

Il s'y désaltère tous les jeudis quand il rentre du bureau.

— Votre père travaille la plupart du temps à la maison, dit Michèle. Mais sa famille a des bureaux à Cape Town où il va de temps en temps.

— C'est quoi ton métier, papa ? tu demandes gentiment.

Son arrière-grand-oncle a ouvert une compagnie d'assurances à Cape Town. C'était juste après la bataille de Blood River, quand des Boers encerclés par des Zulus ont été élus par Dieu pour remporter la victoire. Ils ont gagné grâce à des chars à bœufs. Depuis, la rivière est rouge de sang, et la Fraternité rend culte aux chars à bœufs. Mais on l'apprendra à l'école, qui d'ailleurs se trouve à vingt minutes de marche de la maison. Pas d'inquiétude, nous n'irons pas avant de maîtriser la langue.

— Avec vos capacités, reprend Michèle, vous parlerez afrikaans dans deux mois. Vous pourrez parler un tas de langues !

— On a déjà un peu appris sur le bateau, maman, tu annonces fièrement.

— Vous avez des aptitudes hors du commun, ajoute Lothar.

Michèle hausse les sourcils l'un après l'autre.

— Si le Führer avait pu… en deux ou trois générations…

Lothar se retourne vers toi :

— Ton frère et toi pourrez bientôt aller dans la classe de maman, Barbie.

Michèle est maîtresse d'école. À ses heures perdues, elle écrit un livre sur la pédagogie. Ça veut dire qu'elle s'y connaît en éducation. La voiture traverse un petit pont au-dessus d'une rivière avant de franchir une haute grille en fer.

— C'est ici, dit Michèle en arrêtant la voiture, tandis que Lothar sort ouvrir la barrière.

Le soleil traverse les nuages et pose un long rayon de lumière sur les champs. Le maïs succède au blé, de la vigne s'étale à perte de vue, jusqu'aux montagnes qui ceinturent la vallée. Tu pousses des soupirs enjoués :

— Ça fait comme des vagues de toutes les couleurs !

Des arbres fruitiers s'élèvent dans des coins ondulés. Des vaches, des moutons et des cochons paissent dans des friches en pente. J'en ai le vertige. Presque la nausée.

La voiture avance lentement sur un étroit chemin de terre rouge. Une grosse ferme se détache au loin. Elle est vingt-deux ou vingt-trois fois plus grosse que celle de Heidi. En pierre blanche, avec une véranda, elle surplombe des entrepôts et des installations. Des baraquements ont été montés autour de ses deux étages, d'où sortent des gens pas plus gros que des fourmis. La voiture avance lentement vers le bâtiment principal. Lointaine, la voix de Michèle parle d'une distillerie et d'un alambic. J'aperçois des gens noirs.

— … pressoir du XVIIIe siècle…, dit Michèle.

Les femmes portent des fichus blancs. Munies d'outils, elles vont vers les champs. Les hommes ont des pantalons hauts à bretelles, et quelques fois des chapeaux. Ils empilent des sacs de grains sur une remorque. Des poules se promènent en liberté.

— … Vingt hectares…, dit Michèle.

On est ébahis. Quelques mètres plus haut, la voiture roule à côté d'un petit coin de pâturage où un garçon nourrit un agneau au biberon. Chétif, il a sur le front une tache claire en forme d'étoile, et au cou un collier de ficelle avec un pendentif. C'est une croix plutôt grossière, en bois et gravée au couteau, mais je ne réussis pas à lire l'inscription. Il nous sourit. On lui répond. Il m'inspire un drôle de sentiment.

Michèle éteint le moteur devant un garage, à côté d'un camion chargé de tonneaux de vin. En sortant, tu remarques, au bas d'un étroit chemin clôturé, une petite maison délabrée retirée dans un pré.

— Il y a des fantômes là-dedans ? tu demandes.

Lothar te dit en riant qu'il n'en a pas encore rencontré. Mais il espère bien rafraîchir la vieille baraque des Noah, un jour, afin qu'on y habite tous les quatre. De tous ses rêves, c'est le plus cher.

— Ne rêve pas trop, le coupe Michèle. Papa a d'autres projets pour cette vieille bicoque.

Une grosse voix tonitrue :

— Les Terre'Blanche naissent et grandissent à la ferme !

Un géant à lorgnons paraît sur le perron. Une stature prodigieuse, des battoirs à la place des mains. Il s'appelle Jacob Terre'Blanche… Il a soixante-treize ans et beaucoup de cheveux, blancs. En bleu de travail, il chique du tabac. Il le crache par terre et s'avance vers moi. Je recule de trois pas, et toi tu souris pour rappeler que tu es là. Le père de Michèle m'attrape et me soulève.

— Voilà notre P'tit Bosche !

Dans ses bras, je suis plutôt une petite plume.

***

Jacob m'embrasse sur la bouche et ne me repose plus sur le sol. Je me trouve à un mètre d'altitude.

— On va faire de toi un vrai Afrikaner !

En attendant, l'allemand de Jacob est un désastre parce qu'il est afrikaner d'origine huguenote. Michèle salue son père avec une terreur respectueuse. On jurerait que toute sa vie, elle a essayé de lui plaire, sans y arriver. C'est peut-être pour ça qu'elle se ronge l'ongle du pouce. Tu lui souris, sans qu'il te voie. Il ne me lâche toujours pas. Quant à Lothar, il enlace sa femme d'un geste protecteur.

Je lève la tête pour échapper à l'haleine chargée de Jacob. Il sent le bouc, ce qui, avec le tabac, donne un mélange bizarre. Je ne peux pas retenir une vilaine grimace, alors Michèle me lorgne de travers : elle ne veut pas que je déçoive son papa. Des lettres sont gravées sur le haut de la ferme : *Théophile TERRE'BLANCHE, pasteur du Poitou, 1688*

Ravie, tu caresses le vieux pressoir installé contre la façade.

— Il date du XVIIIe siècle, murmure Michèle, c'est fou ce qu'elle peut être timide en présence de son papa. Mais il y a beau temps qu'il n'a plus broyé, ajoute-t-elle, en attendant une approbation de Jacob.

Sans la lui donner, il me détaille de haut en bas. On dirait que ça lui va. Il me repose par terre. Tu contemples les bêtes qui fourragent dans les champs, un tracteur qui pétarade dans la vigne. Tu es subjuguée.

— C'est horriblement beau, papa.

Lothar t'ébouriffe les cheveux en souriant, mais ça semble déplaire à Michèle qui le fusille du regard. Toi, tu as le souffle coupé par toute cette beauté :

— Est-ce que je m'occuperai de tout ça quand je serai grande ?

Jacob te rabroue gentiment :

— Petite chérie, on te trouvera un mari.

Michèle remet ses cheveux en place bien qu'ils ne se soient pas déplacés. Une dame très noire sort de l'ombre. Vêtue d'un tablier bleu, elle porte un plateau plein de rafraîchissements. Elle a sur le front une tache en forme d'étoile. Le garçon de tantôt avait la même. Je ne saurais pas lui donner d'âge, mais elle n'est pas jeune. Jamais je n'avais vu de Noir d'aussi près. Toi non plus. On la découvre bouche bée. Elle porte un nom, celui de Graça. Graça nous sert une citronnade avec un sourire plus large que son visage, et elle se retire dans l'obscurité d'où elle est apparue.

Je trempe mes lèvres dans mon verre et, tout à coup, quelque chose me picore les cheveux. Ça doit être un oiseau, parce que ça a des plumes. Mais c'est monté sur de grandes échasses et ça a un très long cou : une poule mélangée à une girafe. Je m'enfuis en courant. Toi tu rigoles, et Jacob gronde Michèle :

— Comment peut-il avoir peur des autruches ?

Michèle baisse le menton et balbutie des excuses, elle promet qu'elle fera quelque chose de moi.

— Commence par ranger cette voiture au garage, ronchonne Jacob.

Lothar enveloppe Michèle de ses bras alors qu'ils repartent vers la voiture, pour la rentrer dans un garage immense, plein de fouillis, avec un vieil établi. Une paillasse sieste dans un coin, avec une table à son chevet, où est posée une lampe à pétrole.

— Ils sont peut-être trop âgés ? s'inquiète Michèle, le front plissé.

— Mais non, dit Lothar.

— Et si je n'arrivais pas à être une bonne mère ?

— Mais si, dit Lothar.

Il ajoute que le garçon, moi, plaît déjà à beau-papa. Là-dessus, il s'enferme dans un bureau installé entre la cuisine et le garage.

Michèle nous montre nos chambres, au premier étage. Par endroits, le parquet grince. Séparées par une salle de bains ancienne, nos chambres sentent le moisi, mais elles ont chacune un grand lit, un placard conséquent, une table de chevet munie d'une bible, une chandelle et une boîte d'allumettes. Nous avons un petit bureau pour faire nos devoirs. Tu disposes en plus d'une coiffeuse. Nos fenêtres donnent du même côté, au-dessus du vieux pressoir. Elles ont une vue imprenable sur les montagnes et la vallée. Sur la maisonnette aussi, la vieille baraque des Noah, au bas du chemin clôturé. Jacob, Lothar et Michèle couchent un étage au-dessus de nous, nous apprend Michèle. Et sous les toits, c'est condamné.

Tes yeux brillent de reconnaissance. Je n'arrive pas à me réjouir. Je me sens enfermé, je voudrais repartir, prendre le bateau.

— Le souper sera servi dans dix minutes, termine Michèle.

Elle nous recommande d'aérer nos chambres et tourne les talons. Ils claquent dans l'escalier. Les marches couinent, elles ont des rhumatismes, et les talons de Michèle leur font mal. Tu t'assieds sur mon lit.

— Si tu as peur de dormir seul, je resterai avec toi.

Ce n'est pas que j'aie peur de dormir seul, c'est que je ne veux pas dormir. Toi tu n'as peur de rien et ne te poses pas de questions. Il ne te vient pas à l'idée de prendre le bateau à rebours. Tu déballes tes affaires dans ta chambre.

Je me penche à ma fenêtre ouverte d'où je vois les fourmis noires. Elles s'en reviennent des vignes et s'en vont à leurs cahutes. Derrière, une moissonneuse-batteuse attend dans un hangar. Je me sens seul. Tu es tout près, mais tu me parais loin. J'entends tes pas dans l'escalier, et puis le silence. Je pense à Heidi. Les promesses qu'on s'est faites.

Et puis j'ai mal à la tête.

Main dans la main avec Lothar, tu passes sous ma fenêtre. Il te parle d'un agneau qui vient de perdre sa mère. Vous avez juste le temps d'aller dire bonjour au petit orphelin avant de souper.

***

— C'est de la viande d'autruche, prononce Michèle fièrement.

Cette viande déborde dans de grandes assiettes à fleurs, des pensées. Des courges, des patates, des carottes, du maïs l'accompagnent, avec de l'eau-de-vie, distillée sur place, et du vin, de l'an dernier. Quand Dieu te donne, tu es obligé de boire et de manger. Mais on en est incapable, il y en a trop, c'est à peine si on touche à notre plat.

— Ce n'est pas bon ? se tracasse Michèle.

— Si, maman, c'est très bon.

Tu te forces à manger pour lui prouver qu'on l'aime, mais moi je ne peux rien avaler. Je m'excuse :

— À l'orphelinat, nos assiettes étaient plus petites.

Le front de Michèle se plisse de compassion.

— Et on mangeait surtout de l'avoine en bouillie, tu ajoutes.

Soucieuse de nous consoler, elle annonce qu'il y aura de la tarte au lait pour le dessert :

— Graça l'a préparée avec de l'œuf d'autruche.

Lothar murmure de plaisir. En bout de table, Jacob chique son tabac, une serviette autour du cou, un crachoir à côté de son plat. Il le remplit toutes les deux ou trois minutes.

Pendant que tu te tortures l'estomac, j'avise le plafond lézardé où pendouille un lustre. Une feuille jaunie est encadrée au mur.

Enfin il me semble, que ç'a été en partie pour me préparer et disposer à cette œuvre, qu'il a plu à Dieu de m'amener dans les déserts de l'Affrique et de m'y faire passer par diverses épreuves très difficiles. David et les autres Saints hommes de Dieu ont composé la plupart de leurs cantiques dans des déserts, et dans de grandes angoisses.

Théophile Terre'Blanche, 1693

— Théophile a écrit ça après sa première vendange ! s'exclame Jacob, tout heureux de me voir lire. Elle lui a pris cinq ans.

Il mord à pleines dents dans un gros morceau de courge et, la bouche pleine, continue :

— P'tit Bosche, tu iras fermer le portail au bas du chemin après le souper.

Ce portail, je ne sais pas où il est, et je n'ai pas la moindre idée de ce chemin. Ça me noue l'estomac, je ne mange toujours pas. Gênée, Michèle se racle la gorge, puis hésite à dire quelque chose. Finalement, elle range ses mains bien à plat sur la nappe :

— Pendant la prière tout à l'heure, tu n'as pas fermé les yeux, Wolfgang. Dieu voit tout…

Si elle m'a vu, c'est qu'elle a ouvert les yeux elle aussi.

— Dieu vous voit aussi, madame.

Confuse, Michèle ajuste ses boucles qui n'ont toujours pas bougé, qui ne se déplacent jamais. Elle cherche le regard de son mari. Lothar est parti dans une rêverie, mais il lui est facile d'en revenir. Jacob m'observe en souriant. J'ai l'impression d'être un veau. Ou une carotte prête à être épluchée.

— Tu seras le septième Terre'Blanche.

— Schultz…, corrige Lothar d'une voix éteinte.

Sans écouter son gendre, Jacob compte sur ses doigts :

— Théophile, Simon, Daniel, Petrus, Étienne, Moi… et toi. Le septième !

Il ajoute :

— Tu n'oublieras pas d'aller fermer le portail, hein, P'tit Bosche ?

Un frisson me chatouille le dos.

— Oui, mons…

— Appelle-moi pépé Jacob, P'tit Bosche.

— Oui, monsieur.

Je ne trouve pas ce portail dans ma tête, je ne me rappelle pas ce chemin. Toi, tu es blême parce que tu as envie de vomir. Trop mangé. Personne ne t'en félicite. En dehors de Lothar qui te sourit parfois, tout le monde à cette table a oublié ta présence. À se demander pourquoi ils t'ont adoptée. Peut-être qu'ils n'ont pas eu le choix. C'est pareil avec les œufs. S'il t'en faut un, tu dois acheter la douzaine.

Jacob sort un trousseau de clés de sa poche, en détache deux, me les donne, et me proclame gardien de la bicoque de Noah : à charge pour moi de verrouiller ce portail.

— Assure-toi aussi que personne n'aille farfouiller là-bas !

Je n'ose pas demander pourquoi. Toi si :

— Pourquoi ?

Jacob grommelle quelque chose d'incompréhensible. Sa voix se trouble, elle s'emplit de grumeaux.

— ... dans cette... et puis... maison... Maria... morte à cette époque...

Les lèvres de Michèle se mettent à trembler, il y a un long silence. Lothar desserre le col de sa chemise, parce qu'il étouffe. Finalement, Jacob arrose son crachoir et tu demandes à aller aux toilettes. Michèle refuse.

— Assise, Barbara... jusqu'à la fin du souper.

Tu ne t'avises pas de protester. Seul Lothar a l'air d'avoir pitié de toi. Au bout d'un moment, il sort un pilulier de sa poche et avale un comprimé.

— Mon gendre a le cœur si fragile ! dit pépé Jacob en riant.

Il soupire un bon coup puis se penche vers la fenêtre.

— Wicus ne nous a pas rejoints à table ce soir. Ce n'est pas dans ses habitudes…

— Ton chien nous viendra bien pour le dessert, ricane Lothar.

— Il devrait déjà être là, s'inquiète Jacob. J'irai le chercher.

— Et ta réunion à la Fraternité ? lance Michèle.

Plus tard, la nuit est si noire et si épaisse qu'elle glue. Tout poisseux, je te suis : au contraire de moi, tu connais ce chemin et ce portail. Il ouvre sur le pré où est cette maisonnette, dont Lothar rêve de faire notre nid :

— Je suis sûre qu'il y a des fantômes, tu t'amuses.

Moi, ce sont les lions qui me préoccupent.

— Vite ! Avant que les lions n'arrivent !

Les lions chassent la nuit à proximité des fermes. Tout le monde sait ça. Mais toi, insouciante, tu t'attardes pour admirer les étoiles dans le ciel. Je te prends la main pour t'entraîner. Une drôle d'idée te vient :

— Et si on allait voir le petit agneau !

— Il dort ton agneau ! Filons vite d'ici avant que les lions n'arrivent !

Tout à coup, un couinement. On bondit en arrière, je dirais de trois mètres, et nos cœurs nous sautent dans la gorge. Agenouillés derrière la clôture, on se regarde en tremblant.

En effet, la silhouette du lion, déjà proche, avance vers nous, de plus en plus grosse. On crie d'une seule voix.

— Au lion ! Au lion !

Nos hurlements sont si terribles que l'animal ralentit. Il hésite à nous croquer : il n'a jamais mangé d'orphelins avant, surtout aryens. Enveloppé du manteau de la nuit, il est terrifiant. Pourtant, qu'est-ce qu'il est lâche... On ne le voit pas. On le devine seulement, lui et sa lâcheté. Une voix tonne dans notre dos :

— P'tit Bosche !

Jacob brandit une lampe à pétrole :

— Comment peux-tu avoir peur de Wicus !

Notre lion apparaît à la lumière de la flamme. C'est un chien. Un vieux chien couleur lion. Un Ridgeback, paraît-il. Encore un mot détraqué. La bête est presque aussi haute que nous et deux fois plus âgée. Elle n'en est pas moins terrifiée par nos cris. Réfugiée auprès de Jacob, elle remue la queue sous ses caresses. C'est un mâle. Bien sûr que c'est un mâle. Qu'est-ce que Jacob ferait d'une femelle.

***

Seul dans un enclos immense où habitent des autruches, je zyeute un bac rempli de nourriture. Je suis censé nourrir ces foutus oiseaux. Tu imagines mon désarroi, assis sur mon gros caillou. Le garçon de tantôt, au front taché d'une étoile, saute par-dessus la clôture et me frôle en souriant. Vraiment, il n'est pas grand. Même assis, je suis plus haut que lui. Pourtant je dois bien avouer que j'ai un peu peur. Il s'en va fureter dans une remise. Je n'ai toujours pas bougé lorsqu'il en ressort avec une collection de râteaux dans les mains :

— Quelque chose qui ne va pas ? il me fait.

Il parle africain mélangé à de l'afrikaans. Son accent est très spécial et je ne suis pas sûr de comprendre ce qu'il raconte. Je hausse les épaules avec un air d'impuissance. Hésitant, il se met à triturer son pendentif en forme de croix au bout de sa chaîne, simple bout de ficelle. Des lettres sont gravées dessus mais je n'arrive pas à les lire. Bientôt il le comprend, alors il se penche légèrement pour faciliter ma lecture.

— Than… do ?

Il hoche une tête ravie, et répète en articulant, avec la bonne prononciation :

— Than-do.

Honteux, je zézaye :

— Je suis nul… pour soigner les oiseaux.

Il ne comprend pas l'allemand zézayé. Mais il devine ma peur des autruches parce que je déguerpis quand l'une d'elles se rapproche. Thando éclate de rire. *Sophie*, m'indique-t-il, ne mord pas.

Et le voilà qui se met à débarrasser l'enclos de ses déchets, à remplir un abreuvoir d'eau fraîche, à verser un mélange de céréales et de fruits dans des seaux. Tout ce que j'étais censé faire. Le goulot d'une bouteille dépasse de sa poche de pantalon. À la fin, il l'en sort.

— On partage ?

Apparemment, c'est sa paie de la semaine : ici, les gens sont payés en bouteilles de vin. Le vin est une boisson très spéciale. Au départ, le goût est râpeux, ça picote au bord de la langue. Ensuite ça réchauffe la gorge. Puis ça te reste un petit moment au fond du nez. Au bout de sept ou huit rasades, toutes les tensions s'en vont, et tu n'as plus peur des autruches. C'est toi qui cours après Sophie et qui vas picorer dans ses plumes. Elle s'enfuit.

Le vin efface aussi la barrière de la langue. Désormais, Thando et moi on se comprend parfaitement : il est le fils de Graça, qui était la nourrice de Michèle. Il a onze ans. Je suis le fils de Frieda, qui est morte à la guerre, et j'ai huit ans. Tu es vraiment grand, il me dit. Non, c'est toi qui es minuscule. On rigole.

Je raconte à Thando que j'arrive d'Allemagne, par bateau. Je trace un paquebot sur le sol à l'aide d'un bâton, Thando écarquille les yeux. Il n'a jamais vu de *vrai* bateau. Je dessine un train. Jamais vu non plus.

Ses jambes lui suffisent à se déplacer. Il les prend à son cou quand Jacob se pointe avec ses lorgnons. Je le vois en double exemplaire. Le vin multiplie les gens par deux ? Thando perçoit sans doute deux Jacob, lui aussi. C'est pour cette raison qu'il s'est échappé en zigzaguant. Très vite. Les deux Jacob ne le voient pas détaler. Je récolte ses lauriers :

— Beau boulot, P'tit Bosche ! Continue et je t'offrirai un cheval !

Je ne me vois pas du tout galoper à cheval dans les montagnes. Si un cheval me tombe dessus, je le donnerai à Thando. Les deux Jacob me prennent par l'épaule et me reniflent :

— Tu sens le vin, P'tit Bosche…

Les Jacob me sourient, et m'amènent dans les vignes. Je fais mon possible pour ne pas tituber. Au bout d'un moment, les Jacob s'arrêtent et écartent leurs quatre bras pour embrasser un paysage qui se déroule à perte de vue. Il ondule, c'est bizarre.

— Autrefois, la vigne occupait toute la vallée !

Mais des taxes ont écrasé le vignoble, et une épidémie l'a achevé. Après, on a replanté, mais trop, ça a tué le marché. Alors on s'est mis à l'eau-de-vie.

— On a distillé. On distille encore. Tu distilleras toi aussi.

Les Jacob parlent d'une guerre, non de deux, contre les Anglais, des gens qui nous occupent et nous haïssent. Georges VI s'est permis une visite chez nous l'année passée. Les Jacob sortent un penny de leurs poches avec de longs soupirs : le profil de Georges VI y est gravé. Le vignoble en a pâti, fichue occupation. Les Jacob serrent les paupières pour maudire le roi des Anglais et puis ils lâchent :

— La coopérative nous a sauvés. Elle t'achètera le vin en vrac, et aussi le brandy.

La promenade se poursuit dans les cépages. Petit à petit les deux Jacob n'en font plus qu'un. Le vin multiplie bien les gens, mais pas pour longtemps. Ouf. Jacob me présente *mon* muscat, *mon* sauvignon, *mon* cabernet. Il me met en garde contre *leur* Pinotage. C'est un piège, un mélange entre du pinot et du cinsault, qui ne donne rien de bon.

— Avec le vin et le brandy, avec les fruits et les céréales, avec les viandes et le lait, tu t'en sortiras.

Enfin, on fait demi-tour. Jacob s'inquiète :

— Tu feras un meilleur gestionnaire que ton père, n'est-ce pas ?

Lothar n'est bon à rien, il m'explique. Il n'a pas su faire un enfant à Michèle. C'est un oisif. Une fois par semaine, il va au Cap pour donner ses ordres aux employés de sa compagnie d'assurances. Héritée, bien sûr, de son père. Bref, Lothar n'est pas foutu de tenir la comptabilité du domaine. Il perd son temps à gribouiller des plans pour rénover la vieille bicoque de Noah.

— Mais ne t'inquiète pas… Pas questions que vous emménagiez là-bas. Je suis en train de la négocier avec le directeur de la coopérative… Je dois pouvoir en tirer un meilleur prix que ce qu'il m'en propose, n'est-ce pas ?

— Oui, mons…

— Appelle-moi pépé. Un jour, tout ça sera à toi. D'ailleurs, ai-je bien gardé les clés de la baraque de Noah ? Avec celle du portail ? Que je les conserve précieusement ! Oui, je m'en sortirai avec la ferme… Sans compter les autruches, dont je vendrai la viande, les œufs, les plumes, le cuir et la graisse. Voilà, tout est à moi. Vingt-deux hectares de terres agricoles me tombent dessus. Je suis sonné. J'ai envie de disparaître. Mais Jacob veut maintenant me faire monter sur son tracteur. Je simule un mal de ventre. Tu descends justement du perron et tu te proposes de labourer à ma place. Jacob rechigne, tu insistes, j'insiste, finalement il veut bien. À condition que j'aille pulvériser les arbres fruitiers, et donner du sel aux vaches.

***

— Seul Adam a été créé à l'image de Dieu.

Un pasteur parle du haut d'une estrade, devant la tuyauterie d'un orgue qui s'élève jusqu'au plafond. Fascinée, tu admires ce plafond qui ressemble à une coque de bateau à l'envers. Ici, les temples sont des arches renversées. Quelqu'un tousse derrière la tuyauterie, peut-être une organiste, enfermée avec sa machinerie dans un cabinet. Le pasteur reprend :

— Tout ce qui n'était pas sur l'arche est mort.

Debout au milieu des enfants de chœur, Lothar acquiesce à ces paroles. Le reste de la famille est assis parmi les fidèles, dont un certain nombre nous dévisagent tous les deux. Nos gueules tuméfiées de coups de soleil ne font pas couleur locale. Ici, les gens blancs sont bronzés, même en hiver. Le pasteur lève l'index vers le plafond, puis dessine un trait qui descend jusqu'à hauteur de son nombril :

— Nous pouvons tracer une ligne directe entre Adam et Noé. La même ligne se prolonge jusqu'au roi David. Le roi David descend en ligne directe de Noé !

Toute la salle murmure, contente. Le pasteur aussi se réjouit :

— David est la première personne que la bible décrit, et il a les cheveux roux.

La salle vibre tout entière. Car tout le monde est heureux d'apprendre la rousseur de David. C'est peut-être un détail, mais pour eux ça veut dire beaucoup. Donc, David est roux. J'ai une pensée émue pour tante Régine, rousse comme David. Le pasteur recule d'un pas, hoche la tête, se recueille quelques secondes. Pendant ce temps, Lothar remue les lèvres au milieu des enfants de chœur. Il fixe le premier rang, où sont assis des gens importants. La femme du pasteur, plus belle qu'une actrice même si elle n'a pas la couleur de cheveux de David, y est installée. Sur la scène, son mari ne ressemble qu'à un pasteur. Il continue :

— La ligne qui relie Adam à Noé, puis à David, descend jusqu'à *nous.*

Il pose sa paume sur son cœur, très ému. Un début de sourire lui emprunte la bouche. Et il proclame *Dieu a élu notre peuple !* (je crois parce que David est roux) Puis il raconte toute l'histoire des Afrikaners, un peuple fort mais fragile, que le monde peut bien jalouser. Il y a des preuves. Mais le vrai croyant n'a pas besoin de preuves puisqu'il a la foi. Alors là, ça s'émotionne de tous les côtés, jusqu'à Michèle qui frissonne d'aise, et Jacob qui claque de la langue. Toi tu as toujours le nez en l'air, absolument ravie de la coque de bateau qui sert de plafond à cette église. La couleur des cheveux de David n'a pas l'air de beaucoup t'intéresser, alors que c'est le premier homme décrit par la bible.

L'organiste commence à jouer une jolie mélodie. Aux premières notes, Lothar et les enfants de chœur entonnent des chants bibliques. Lothar chante plus fort que tous, plus fort que l'orgue, mais il ne se rend pas compte qu'il chante faux et que sa voix couvre tout. Michèle fronce le nez tant elle a mal aux oreilles. À côté de Jacob, qui s'est endormi, tu remues les lèvres pour essayer de suivre la chorale.

Après le service, nous sommes présentés au pasteur, à des collègues de travail, à des mères d'élèves, à des personnes capitales de la coopérative. Toi et moi on se sent comme des petits fours sur un plateau d'argent, juste avant qu'ils soient dévorés. Et la maîtresse de maison qui dirait : c'est moi qui les ai faits. Mais là, elle dit : c'est moi qui les ai adoptés. Bravo, répondent les gens du dimanche, ils sont très beaux, vous les avez trouvés dans quel refuge ? Tu en es très fière.

De son côté, Jacob s'entretient avec un monsieur, je suppose le directeur de la coopérative, à propos de la cahute de Noah. Le directeur la juge trop chère, surtout qu'elle n'aurait pas coûté un sou à Jacob :

— Tu l'as eue pour rien quand tu as fait exproprier le pauvre Paul…

— Le pauvre Paul a fait fortune à Paarl ! s'écrie Jacob en s'ébrouant. Cette bicoque vaut ce qu'elle vaut, Sjoerd, et c'est le prix que je te fais.

Sjoerd dit qu'ils en reparleront quand Jacob aura entamé des travaux, au moins le toit, la plomberie et le plancher qui est tout crevé. D'autres bonshommes se mêlent à la discussion : Paul Noah, le foutu coureur de jupons qui a fait fortune dans les tissus et les fruits, mais pas dans le muscat, tu penses, ni les autruches et les tracteurs. On parle aussi de la Fraternité, de la sentinelle des chariots à bœuf, du suicide national. Sjoerd multiplie les grimaces.

— L'apartheid…, il grommelle, ça nous y mène tout droit, au suicide.

Jacob affirme qu'au contraire, l'apartheid nous protégera du suicide national. On y a bien réfléchi avant de la mettre en place. Lui continue le combat : il est candidat dans un bureau qui surveille tout ça.

— Sans quoi, dit-il, un jour ils nous tueront tous.

Il me décoche un sourire et ajoute que moi, son petit-fils, je vais empêcher le suicide national : je suis une sentinelle, moi aussi.

Un suicide, je ne sais pas ce que c'est. Je n'en ai jamais rencontré. D'apartheid non plus, d'ailleurs.

De son côté, Michèle interrompt Lothar qui, les plans d'une maison en main, cause architecture avec un monsieur en costume.

— Occupe-toi d'accompagner les enfants à l'école du dimanche, s'il te plaît.

Le monsieur et son costume s'éclipsent, Lothar remballe ses plans.

— Oh… à l'école du dimanche ?

Il est très contrarié. Michèle l'embête encore :

— Je dois m'entretenir avec la mère de Kobus. Ce grand dadet peine à rattraper son retard en classe.

Elle ne peut pas laisser cette mère dans le désarroi. Lothar se décompose. Livide, il desserre son col de chemise pour respirer mieux. Il s'étrangle quand même et balbutie qu'il avait prévu de se rendre à ses bureaux au Cap.

— Un dimanche ? s'étonne Michèle en arrangeant ses cheveux pas décoiffés du tout.

Lothar n'arrête pas de se racler la gorge, mais explique qu'un grave incendie est survenu à Belville.

La police d'assurance, dit-il, n'a pas été renouvelée à temps. Il tousse. Michèle le dévisage d'un air soupçonneux, elle n'a aucune preuve qu'il lui mente, mais elle ne le croit pas.

— Tu ne peux pas déposer les enfants avant ?

Lothar s'étrangle. Bien sûr qu'il peut ! Il enfile un sourire trop grand pour lui, et nous invite à le suivre au coffee shop en attendant l'heure de l'école du dimanche. Ses lèvres tremblent. On le suit. Il nous offre une citronnade et se force à apprécier ce moment avec nous.

— Savoureux..., il se régale en jetant des regards sombres dans la rue.

Des gouttes de sueur se forment sur son front. Au bout d'un moment, il se lève, une mouche l'a peut-être piqué ? Un coup de téléphone à donner, pour Belville. Ça ne peut pas attendre. Il quitte le bistrot en toute hâte, et puis j'aperçois une petite blonde qui marche dans son sillage. Sans te faire remarquer, tu t'es glissée derrière lui. Je te rattrape.

— Il nous a dit d'attendre, Barbie !

Tu hausses les épaules et tu continues à suivre ton père. Tu l'aimes tant, dans ce méchant coin, où les maisons ont toutes de jolies clôtures en bois blanc. Lothar s'arrête devant l'une d'elles et pousse la barrière. La boîte aux lettres indique le nom *Vissert*.

— Qu'est-ce qu'il va fabriquer chez le pasteur ? je m'étonne.

Tu hausses les épaules. Ton père peut bien faire ce qu'il veut.

On traverse le jardin derrière lui, de la pelouse très bien tondue. La maison est vide, à moins qu'elle simule, mais ça se pourrait parce que la plupart des gens sont encore à parler devant le temple, des coureurs de jupons, des tracteurs, des sentinelles et des suicides. Lothar entre dans une remise accolée au garage et ferme doucement derrière lui.

— Pourquoi il ferme à clé ? je m'étonne.

D'accord, il peut bien faire ce qu'il veut. Moi aussi. Je colle mon œil au trou de la serrure.

— Il a trouvé un téléphone ? tu me demandes au bout d'un moment.

— Non. Il a trouvé Mme Vissert.

En effet, Mme Vissert est assise devant la braguette de Lothar. D'après ce que je peux lire sur ses lèvres, elle lui reproche d'aimer Michèle. Lothar lui caresse les cheveux et lui assure que non. Pas du tout. Tout à coup, il lui colle son pantalon sur le nez. Ce qui se produit est tellement incroyable…

Tu me donnes des coups de coudes pour savoir.

— Elle lui mange le…

Je ne sais pas comment le dire. Tu ne comprendrais pas. Va expliquer un truc pareil ! Agacée, tu me bouscules pour voir par toi-même ce qui se mange. Lothar ne téléphone pas, non. Son pantalon est descendu jusqu'à ses chevilles. Mme Vissert lui astique le… avec la bouche. Je suis désolé, mais oui. Tu te mets la main sur les lèvres pour étouffer un cri.

— C'est dégoûtant, ce truc blanc !

On dirait qu'ils nous ont entendus. Alors on s'échappe, on court jusqu'au bistrot. Nos citronnades n'ont pas bougé. Paille à la bouche, on se regarde et nos yeux disent que c'est pas croyable cette famille de fous où on a atterri. Ce Lothar… quel salopard, quand même. Mais je ne réussis pas à lui en vouloir. Il nous rejoint peu après, la braguette encore ouverte. Il nous accompagne à l'école du dimanche en sifflotant pour faire son innocent. Il se demande quand même si on a quelque chose à voir avec ces voix, qu'il a cru entendre tantôt. Tu le considères avec un mélange de compassion et aussi de la rancune. Il t'a menti. Il t'a trahie.

À l'école du dimanche, une dame nous fait apprendre par cœur quatre versets. Ensuite, elle nous enseigne que les pécheurs brûlent dans les plus hautes flammes de l'enfer, pour l'éternité. Ce feu s'élève dans de hauts-fourneaux. Le diable le remue avec son tisonnier qui, parfois, embroche un pécheur ou deux.

J'ai très peur de finir en brochette.

Et toi tu as pitié de Lothar.

***

Nos cartables tout neufs sur le dos, on va sur un chemin, derrière Michèle. Chapeau noir sur la tête, elle marche devant, fière de nos socquettes blanches, de ta robe noire, de ma chemise et de mon pantalon. Elle a dû acheter nos uniformes la veille.

— Ne soyez pas anxieux, dit Michèle : toute l'école vous attend.

Un coup de vent emporte ses mots vers l'ouest. Au passage, il nous bouscule. Rien ne sert de lutter contre ce souffle puissant. Les nuages eux-mêmes ne se défendent pas, ils filent à toute allure là où le vent leur dit d'aller.

Le chapeau de Michèle finit par s'envoler. Pétrifiée, elle empoigne ses boucles pour les empêcher de fuguer et, avec beaucoup de grâce, elle rattrape son chapeau qui tourbillonne. Elle le revisse sur sa tête, dans la même position. Michèle est maîtresse d'école, maîtresse des boucles et maîtresse du vent. Maîtresse de tout.

Elle a quand même une bouille de mouton – à cause du vent, quand on entre dans la cour de l'école. Mon estomac se noue, tes intestins se tordent. Puisqu'on a poussé dans le même ventre, c'est double peine. Tu me sens mal, je te sens mal, on se sent deux fois plus mal. J'ai envie de disparaître. Des regards écrasants se posent sur nos épaules, pourtant, nous ne sommes plus si neufs, les gens d'ici nous ont vus dans leur église renversée, et à l'école du dimanche. Mais nos différences ne sont pas gommées. Est-ce qu'on a une marque au milieu du front ? Si oui, elle devrait bien pouvoir se nettoyer, mais c'est très difficile.

Michèle rejoint les maîtresses et le principal – M. Botha. Tu prends ton courage à deux mains, et tu te glisses dans un groupe de filles qui jouent à la corde à sauter. Mon courage me file entre les doigts, alors je les croise derrière mon dos et je lève le nez vers le ciel en souriant. Des garçons gloussent autour de moi. Je m'assieds au pied d'un arbre, la tronche détachée. L'arbre est planté au milieu de la cour, et s'élève très haut, avec un tronc large et des branches qui zigzaguent. Brunes et grises, elles portent des fleurs mauves et bleues.

— C'est un flamboyant, dit une voix.

Elle appartient à un grand garçon debout devant moi, à contre-jour. Ses cheveux roux étincellent, son appareil dentaire également. Son visage ressemble à des angles assemblés dans le désordre, et ses yeux flamboient.

— Tu peux l'appeler Jacaranda, affirme-t-il. C'est un bel arbre, n'est-ce pas ?

Je hoche la tête et, après avoir déclaré qu'il sera bûcheron quand il sera grand, il s'assied à côté de moi. Au fait, il s'appelle Kobus. Il me fait remarquer :

— Elle est jolie ta sœur dis donc.

Il t'observe avec douceur et enchantement, tu es si longue, si blonde et si dorée, qui ne serait pas fasciné ? Il s'allonge à moitié à mes côtés et, perdu dans ses pensées, il murmure :

— N'est-ce pas qu'elle est jolie ?

— Normal : c'est ma sœur, et nous sommes aryens.

La cloche sonne, Kobus et moi allons nous placer dans les rangs où tu te trouves déjà aux côtés de tes nouvelles amies, j'en éprouve un léger pincement au cœur, je suis jaloux, oui, mais en même temps j'admire ta facilité à te fondre dans le moule. Les paupières battantes, Kobus te zyeute sans desserrer les lèvres, de peur de découvrir son appareil dentaire. Tu rougis parce que, ayant vu le machin de Lothar, tu te doutes de ce à quoi mène ce genre de lorgnade. Non, on ne t'aspergera pas avec du truc blanc. Et moi je me demande si Kobus ne serait pas le grand dadet dont parlait Michèle après le service, l'autre fois, le garçon qui avait de si grandes difficultés à l'école. Si c'est lui, il ne fait pas si bête que ça. Dadet, oui, il dépasse d'une tête tous les autres, sauf nous. Mais rien d'anormal là-dedans, il a dix ans, c'est le plus vieux de la classe.

Une fois que nous sommes bien alignés, le principal lit un passage de la bible, chacun loue le Seigneur en son for intérieur, et Michèle nous fait entrer. *Grade 3 et 4* est écrit sur la porte. Mme Schultz, notre mère et maîtresse, nous indique une table dans la première rangée, où nous asseoir côte à côte. Une vingtaine de pupilles se clouent dans nos dos. À partir du moment où on prend possession de leurs chaises, entre leurs quatre murs, nous sommes des intrus. Pas juste des nouveaux, mais des enfants adoptés, dans un pays étranger, et par la maîtresse. Des fayots ? La douleur de ces poignards entre nos omoplates est insupportable, je me sens un extra-terrestre ou une espèce de lépreux. Ma bouche se dessèche, toi tu te retournes et, hautaine, tu distribues des sourires : non, non, pas du tout, je n'agonise pas, même si mes copines de tout à l'heure ont retourné leur veste pour me fixer avec animosité. Faire comme tout le monde.

Debout devant le tableau noir, Michèle s'éponge le front avec un mouchoir brodé à ses initiales. Elle sue beaucoup ce matin. Peut-être aurait-elle espéré qu'on lui envie ses deux Aryens. C'est le contraire, on s'en méfie. Tu te retournes côté tableau et, brusquement, ta tête bascule en arrière. Quelqu'un t'a tiré les cheveux. Tu pivotes à nouveau, le sourire en moins, pour surprendre les deux agresseurs. Ils pouffent. Une voix s'élève du fond de la classe :

— Vous n'avez jamais vu de nouvelle !

— Jamais d'aussi pâle ! lance une fille toute blonde et toute bronzée.

— Suffit ! hurle Michèle.

D'un pas décidé, elle marche jusqu'au garçon qui t'a agressée, le tire par une oreille, ce qui l'oblige à se lever et à se laisser traîner jusqu'au coin où l'installe Michèle. Glaciale, elle exige qu'il retrousse son pantalon avant de se mettre à genoux. Pour qu'il ait plus mal, j'imagine. Et puisque ça ne suffit pas, vlan, elle lui flanque trois coups de martinet dans le dos. Te voilà vengée, je n'en suis pas mécontent, mais en même temps on frissonne tous les deux. Est-ce que Michèle prend du plaisir à humilier cet imbécile ? Est-ce qu'elle se soucie de toi ou lui as-tu servi de prétexte ? Ton agresseur doit avoir l'habitude qu'on le frappe et qu'on le rabaisse parce qu'il rit. Ça ne le dérange pas non plus de rester dans cette position tout le reste de la leçon.

Michèle nous donne des phrases d'anglais à écrire dans nos cahiers. Un murmure monte dans la classe. Les élèves rechignent, mais cette fois, Michèle ne fouette personne :

— Je suis d'accord avec vous, les enfants, sur la question anglaise. Mais la loi ne se discute pas.

Du fond de la classe Kobus proteste :

— Mes grands-parents sont morts dans un camp, madame, qui était tenu par des Anglais !

Michèle hoche le menton. Le garçon agenouillé dans un coin de la classe renchérit :

— Ils s'amusaient à nous affamer et à nous torturer, madame, et ils n'ont jamais été punis.

La fille qui riait de ta pâleur ajoute qu'ils ne partiront jamais.

— Jusqu'à quand devra-t-on écrire dans leur langue ? elle s'écrie.

Ça pue la souffrance, dans toute la classe. Elle se diffuse, je la sens, une lame de couteau dans ma nuque. Mais je n'éprouve pas la tristesse qu'ils ressentent tous ensemble, et qui t'arrache une larme. Leur douleur te prend, tu veux la partager avec eux, te mêler à leur chagrin. Il est si grand et si profond, pour le soulager il n'y a que la Bible. Michèle la saisit et l'ouvre en embrassant toute la classe d'une œillade affectueuse. Puis elle nous rappelle l'histoire de David, le roi roux qui descend directement d'Adam, par une ligne qui porte aussi Noé.

— Nous sommes *Son* peuple, nous assure-t-elle avec émotion.

Un sanglot trouble sa voix. Elle glisse une main dans ses cheveux pour ranger ses boucles qui n'ont pas bougé, et nous communions, tous ensemble, en silence, même le méchant garçon qui est à genoux. Toutes les tensions retombent. Car au fond, nous appartenons tous à la même famille, cette famille affamée et torturée par des Anglais, cette famille qui vit dans le danger de disparaître et d'être remplacée par des Noirs, alors qu'elle descend du roi David, en ligne directe !

— Dieu nous éprouve, reprend Michèle, car nous sommes ses élus.

Alors je suis élu, moi aussi. Je dois dire que c'est une sensation très agréable.

***

C'est l'heure de l'arithmétique et Michèle m'appelle au tableau. Je m'applique, je m'applique si bien que, à la récréation, le garçon qui était à genoux vient me provoquer avec un acolyte :

— Comment est-ce que tu as réussi ? Ta mère t'a donné la solution avant, c'est ça ? Oui… bien sûr que c'est ça…

Ils me lorgnent tous les deux avec une expression haineuse et attendent une réaction de ma part. Je suis partagé entre l'envie de rire et une colère stupide qui s'empare, lentement, de moi. Mais je reste calme, et d'une voix neutre j'affirme que Mme Schultz ne m'a rien donné du tout. Ils éclatent de rire :

— Mme Schultz ? Tu veux dire *maman* !

Kobus vole à mon secours. Toutes dents dehors, appareil compris, il se dresse à mes côtés et croise les bras pour se donner le rôle d'un dur à cuire, en espérant t'épater. Car tu nous épies depuis le banc où tu es assise toute seule, tout au bout, pour laisser de la place aux copines. Mais depuis que ta pâleur a été remarquée par une cheftaine, personne ne se risque plus à t'approcher. Tu n'as qu'à jouer toute seule à la corde à sauter. Qu'est-ce que tout ça m'énerve, et Kobus qui joue les gardes du corps. Est-ce que j'en ai besoin ? D'accord, je ne suis pas très courageux, mais je ne suis pas non plus une mauviette, j'ai même une envie de cogner.

— Vous devriez les remercier lui et sa sœur ! crache Kobus à la face du garçon et de son complice. Ils sont venus d'Allemagne pour nous apporter du sang neuf !

Le tireur de cheveux et son ami haussent les épaules et répliquent :

— Qui a besoin de sang d'Allemands ?

Nous y voilà. À ton tour de débouler, pour exploser sans te retenir.

— Vous ! tu hurles. Vous en avez besoin parce que vous n'êtes pas capables de remplacer les Noirs tout seuls !

En quelques mots tu ruines ton avenir dans le club des copains. Toi qui versais une larme de compassion tout à l'heure, pour ces victimes des Anglais, tu te ranges du côté de ton frère parce qu'ils sont devenus des bourreaux. J'en suis tout remué. Moi aussi, je t'aime plus que n'importe quoi, plus que n'importe qui. Mais je ne comprends pas pourquoi tu parles des Noirs, parce que là où nous sommes, il n'y en a pas. Ici, ils ont déjà été remplacés sans qu'on ait eu besoin de nous. C'est peut-être pour ça que, tout à coup, il se met à pleuvoir des insultes.

— Sales Bosches !

Ils ne sont pas très nombreux à le claironner, mais tout de même assez pour former une jolie chorale. Et puis *Sales Bosches*, ça sonne bien, c'est contagieux. La chanson se répand. Fini la fraternité. Terminé le *Son peuple*. Oublié le roi David. Soufflée, tu te défends du mieux que tu peux :

— On n'est pas des Bosches ! On est des Afrikaners !

Moi je bous, les poings me brûlent, l'envie de cogner me démange.

Michèle nous guette de loin, debout devant la salle des maîtresses où elle se mange les ongles. Le ton monte, des enfants se sont joints au tireur de cheveux, d'autres se sont rassemblés autour de nous. Sales Bosches ou pas sales Bosches ? Afrikaners ou Allemands ? Ça fait au moins deux camps. Un premier coup de poing part à l'aventure. C'est moi qui l'ai donné, et Kobus m'emboîte le pas. Il veut te montrer qu'il sait se battre, mais toi, tu as horreur de la violence. Jusqu'à ce que la cheftaine blonde te crache à la figure, en te criant dessus :

— Tu n'as qu'à retourner chez toi si tu n'es pas contente !

Tu restes interdite une seconde alors que Kobus lui arrache une belle poignée de cheveux et que je me retiens de lui crever les yeux. Et puis tout à coup, tu tournes les talons en t'essuyant la frimousse. Je m'apprête à te suivre, oui, retournons en Allemagne, rentrons chez nous à pied. Mais une rafale de vent me renverse, et je m'affale : Dieu est contre moi… je suis une sorte de Zulu, à la bataille de la rivière sanglante. Tout le monde se cogne de plus belle.

Il faut quatre adultes pour arrêter la bagarre, et Michèle crie si fort que ses veines lui sortent du cou.

— Faites la paix !

Elle jette des soupirs consternés en m'examinant. La pauvre, elle a tellement honte de mon attitude. Est-ce que je n'ai pas compris que nous devions tous nous serrer les coudes ? Est-ce que je veux me retrouver en enfer ?

On fait tous semblant de se serrer la main, et toi et moi on se met à l'abri du vent pour jouer aux billes. Même Kobus n'ose plus nous rejoindre, de peur qu'on le chasse.

— Il faut rentrer, je dis.

— La journée n'est pas finie.

— Il faut repartir.

— Où ça ?

— En arrière.

Tu sursautes :

— En Allemagne ?

Tu prends la main de ton idiot de frère.

— Et comment on retournerait en arrière ?

Tu ajoutes que l'Allemagne, si ça se trouve, ça n'existe plus. Peut-être bien, oui, qu'elle a disparu. Peut-être bien que le passé n'est plus là lui non plus. Il faudrait quand même qu'on vérifie.

La cloche sonne. On se case dans nos rangs. *Grade 3 et 4* est écrit sur la porte, au-dessus de têtes blondes et brunes et bronzées. Sauf celles de deux visages pâles qui font bande à part.

— Mais ses paupières s'agitent !

— C'est sans doute lié à l'œdème dont je vous parlais. Votre frère a des lésions graves.

— Je ne comprends rien de ce que vous dites.

— L'œdème… il comprime les centres vitaux du cerveau.

— Ah… Bon…

— Ce qui m'inquiète le plus, c'est que la balle a explosé dans sa tête. Des fragments restent à proximité du tronc cérébral.

— Mais c'est ma chair, docteur ! Ma chair !

— Je sais… Je comprends… Mais nous devrons opérer votre frère une deuxième fois.

— Ce drame, il devait arriver. On le sentait arriver. Et je n'ai rien vu… Je n'ai rien pu…

— En vrai argent ?

Thando écarquille les lèvres, comme si je lui avais raconté la chose la plus extraordinaire et la plus incroyable qui soit. Sceptique, il se laisse engloutir par un sofa rouge, éventré. Il est installé sur un plancher dont il manque des lattes.

— Jure, ajoute-t-il en me tendant une bouteille.

Je la prends et bois à même le goulot. À en croire le feu dans mon gosier, c'est une eau-de-vie. Ma gorge brûle pendant que Thando, pensif, caresse son pendentif. La glotte carbonisée, je lui rends la bouteille.

— Je te jure, Thando, c'est vrai. Je n'ai jamais vu qu'on payait Mme Pfefferli avec du vin.

Thando se réchauffe la gorge à son tour, et reprend :

— Mme Biberli… C'est la directrice de ton orphelinat, c'est ça ?

— Pfefferli, oui. Tu peux l'appeler la Pie : elle ressemble à un oiseau. Elle est payée en argent, pas en vin.

— Et elle fait ce qu'elle veut avec son argent, ta Pie ?

— Oui.

Thando n'en revient pas. Ici, personne ne reçoit d'argent. On – enfin, eux –, sont nourris, logés, ils se blanchissent eux-mêmes et ils reçoivent des bouteilles de vin pour les remercier du travail agricole.

— C'est déjà ça, dit Thando. On pourrait ne rien avoir du tout.

Il se sent coupable de demander trop. Et il a honte d'espérer mieux. Au fond de lui, il croit qu'il ne vaut pas mieux que le vieux sofa crevé où il est assis. Mais il rêve quand même :

— Tu crois qu'elle m'accepterait dans ton orphelinat, madame...

— La Pie ? Elle est sévère, mais elle est gentille, oui. Tu t'entendrais bien avec Thomas, Heidi... tous les autres.

— Quand est-ce qu'on part, alors ?

Alors des cris traversent les carreaux cassés d'une fenêtre :

— Wolfgang !

— P'tit Bosche !

Michèle et Jacob me cherchent depuis un moment. Nous n'avons rien à faire sur ce sofa lacéré au milieu de ce plancher détruit, sinon Thando ne prendrait pas ses jambes à son cou. Quant à moi, je détale à mon tour, mais je reviens en arrière parce que j'ai oublié de fermer la porte. Je sors un gros trousseau de ma poche et tourne la plus grosse clé dans une vieille serrure. Oui, on s'est retrouvés dans la bicoque de Noah, Thando et moi. Jacob me l'avait formellement interdit... Mais je dois dire que dans l'état où elle se trouve, pas étonnant que le directeur de la coopérative ne veuille pas l'acheter. Et Lothar qui rêve de transformer ce taudis en paradis ? Il doit avoir beaucoup d'imagination.

— P'tit Bosche !

— Wolfgang !

Je file à travers un patio en friches.

Les voix se rapprochent, j'ai juste le temps de fermer le portail rouillé. Suant, je cours à travers champs où des ouvriers agricoles retirent des feuilles aux pieds de vigne. Ils s'arrêtent pour assister à ma fuite. Quelques mètres plus loin, Jacob débusque Thando de l'arrière d'un bosquet. Habillé tout en noir, il en est d'autant plus effrayant, et je n'ai pas envie qu'il me prenne. Je me baisse. Frissonnant telle une feuille, je le vois tirer l'oreille de Thando en crachant toutes sortes de jurons. L'énergie qu'il met à jurer, c'est incroyable, un vrai paquet de haine. Sa haine descend jusqu'à son pied gauche, qui finit dans les fesses de Thando :

— Fiche-moi le camp aux maïs !

Thando valdingue en riant, pareil que le garçon de l'école qui trouvait drôle d'être à genoux dans la classe. Ici, tout le monde s'amuse de prendre des coups, ou d'en donner.

— Loupe-moi un épi et tu auras affaire à moi ! hurle Jacob.

Il ne m'a toujours pas vu et, bientôt rejoint par Michèle, il hurle mon nom. Je repars en sens inverse, pas facile de courir plié en deux dans les herbes, mais je les distance et arrive vers les baraquements. Thando rentre dans sa cambuse. Une fenêtre ouverte laisse voir une pièce minuscule meublée de deux paillasses, d'un placard fatigué et de trois étagères qui s'épuisent sous leur fourbi. Une chambre de poupée, mais une poupée mendiante, tu vois. Thando apparaît devant la fenêtre, avec Graça, qui lui tire l'oreille, la même que Jacob a entamée.

— Faire ça à Jacob… un jour comme aujourd'hui !

Sa voix est coupée de sanglots.

— Un jour, ils te tueront !

Thando, toujours joyeux grâce à l'eau-de-vie, éclate de rire :

— Ils ne m'auront pas, maman ! Je vais partir chez Mme Biberli !

Son oreille saigne. Bouleversée, Graça sort un chiffon de sa poche pour essuyer sa blessure.

— Mon garçon… mon garçon… mon garçon !

— Je vais partir en Allemagne ! Là-bas, les gens sont payés avec de l'argent !

Graça secoue la tête.

— Mon garçon… C'est Wolf qui t'a mis ça dans la tête ?

Elle a du mal à imaginer que c'est vrai. Thando bombe le torse :

— L'Allemagne est entrée dans ma tête toute seule, maman.

Graça caresse les joues de son fils, sa voix tremble :

— Tu n'as pas le droit de jouer avec Wolf. Tu sais ce qui t'arrivera si tu continues…

— Je suis trop malin pour qu'ils m'attrapent.

Graça prend la tête de son fils, qui se retrouve une grosse orange écrasée entre deux énormes seins.

— Mon garçon, je ne te laisserai pas ruiner ta vie.

Sa voix s'est cassée, en sept ou huit morceaux. Après un long silence, Thando s'en va aux champs de maïs. Les soies tombent, courtes sur les épis. On dirait des cheveux blonds brûlés de soleil.

***

Quant à moi, bien sûr, j'ai été pris. Engoncé dans ses habits noirs, Jacob me ramène vers la ferme, avec une certaine délicatesse : il ne me tire pas par l'oreille, mais par le bras, qu'il désosse un petit peu, et par le col, qui m'étrangle légèrement.

— Me faire ça, le jour anniversaire de la mort de Maria !

Michèle est attablée toute seule dans la salle à manger, très accablée. Jacob la dispute sévèrement :

— À quoi ça te sert d'écrire un livre sur la pédagogie si tu n'es pas fichue de faire des enfants et d'élever ceux que Dieu t'a donnés !

Michèle encaisse les cris de son père en baissant la tête. Ça lui perce les tympans, et elle tremble de peur que son père ne lui arrache une oreille. Ivre, je pose la moitié d'une fesse sur une chaise et mon menton s'appuie sur ma main. J'entends leur voix lointaine, enfin surtout celle de Jacob parce qu'il parle tout seul : de Maria, qui a tant souffert, du suicide national, qui nous pend au nez, de l'égalité qui est un péché, de la maison de Noah dont Lothar refuse de payer les travaux, de Thando qui prend ses aises avec moi, de moi qui me dirige tout droit vers l'enfer, de la prochaine récolte de maïs… Idiot, je lorgne le lustre qui se décroche du plafond, en lui soufflant de partir à l'aventure. Et puis j'entends l'escalier dont quelqu'un écrase les marches.

C'est Jacob. Tiens je n'avais pas remarqué qu'il s'était éloigné. C'est l'eau-de-vie qui fait ça. Jacob monte au deuxième étage et fait claquer la porte de sa chambre. Gonflée de colère, Michèle se tourne vers moi et se décharge de tout son fardeau d'un seul coup. Pour résumer, tout est ma faute, même ce qui est arrivé quand je n'étais pas encore là et ce qui s'est passé avant que je sois né aussi, c'est ma faute. À la limite, c'est ma faute aussi si l'Allemagne a perdu la guerre. La victoire des alliés, et donc de l'Angleterre, c'est ma faute. Soulagée de sa peine, Michèle s'affale sur sa chaise et pousse un long soupir.

— Tu ne dois pas jouer avec Thando, murmure-t-elle d'une voix fatiguée. Tu ne dois pas boire comme eux. Tu dois nous obéir à nous. Honorer ton père et ta mère, suivre nos lois, te préparer à reprendre Terre'Blanche ! C'est ainsi que nous survivrons !

Je la contemple bêtement, et j'ai le malheur de m'arrêter sur ses cheveux, qui semblent hérissés sur sa tête : un mouton qui aurait reçu la foudre. J'éclate de rire. Elle explose :

— Et tu ne vas pas chez Noah ! Jamais !

Comment elle a su ? Une haleine empestée me flotte sous le nez. Quand je réalise que c'est la mienne, je ris de plus belle, et Michèle tempête si fort que j'ai peur qu'elle me crache ses poumons au visage :

— Personne ne doit aller dans cette maison !

Sa main la démange. Vlan ! Dans ma face. Ça ne m'empêche pas de rire. Un âne. Michèle se prend la tête entre les mains :

— Mon Dieu ! Qu'est-ce que j'ai fait !

Elle ne regrette pas de m'avoir frappé. Elle regrette d'avoir fait entrer le diable dans sa maison. La porte s'ouvre toute grande, sur Lothar. Avec une voix de croque-mort, il dit :

— Je suis allé jusqu'à l'école… Wolfgang est introuvable.

Il parle d'appeler la police pour signaler ma disparition, quand il me voit patauger par terre. La vue de son fils, même adoptif, dans cet état-là, c'est trop. Son cœur s'emballe.

— Où étais-tu passé ! On s'est fait un sang d'encre…

— Il traînait avec Thando dans la maison de Noah ! me dénonce Michèle.

Cul sec, Lothar avale deux pilules pendant que j'essaie de me relever. Rien à faire, je suis trop saoul. Michèle n'épargne pas son mari :

— Quand vas-tu prêter à mon père l'argent qu'il te demande pour les travaux… qu'on en finisse avec cette foutue ruine !

Elle lui parle vraiment mal… Est-ce qu'elle est au courant pour ses astiquages de poireau chez Mme Vissert ? Ensuite, elle me chope le bras, celui qui est presque déboîté, et elle me tire jusqu'à la cuisine pendant que Lothar s'enfuit dans son bureau. Du rouge me sort du nez, du noir me pousse autour de l'œil, il gonfle. Psalmodiant, Michèle rince un torchon sous l'eau froide et s'efforce de nettoyer mes plaies : Dieu est miséricordieux, dit-elle, les choses s'arrangeront. Elle me fait quand même promettre de ne plus jamais recommencer. Je le jure, sur sa tête. Alors elle se décompose et sort de la cuisine en claquant la porte. Je l'entends monter l'escalier en courant, jusque sous le toit. Une clé tourne, une porte s'est ouverte. Quelque chose me chatouille, de la curiosité, je crois. Je grimpe à mon tour.

La porte est entr'ouverte.

C'est une petite chambre mansardée, aux murs blancs tapissés de photos. Une dame blonde et jolie y sourit, en robe de mariée, aux bras de Jacob. Jeune et moche, il resplendit de bonheur sous ses lorgnons. Des cierges attendent d'être allumés devant la photo. Les mariés ont dû dormir dans le lit à baldaquin où Michèle est assise, perdue.

Elle enflamme les bougies en reniflant, et chuchote un passage de la bible. Des larmes se forment dans ses yeux. Elle demande pardon à sa mère. Si j'entends bien, elle l'a tuée en naissant ? Les larmes roulent, de plus en plus grosses sur ses joues.

Alors c'est son anniversaire ?

La naissance de Michèle est le jour le plus triste de la vie de Jacob. Parce que Maria est morte en couches. C'est pour ça, je pense, qu'il est habillé en noir. Qu'il est si dur avec elle. Qu'elle le fait payer à Lothar. À nous.

En larmes, Michèle caresse le couvre-lit brodé. Elle se dit que ses parents l'ont fabriquée là-dedans. Elle, elle n'a pas réussi à fabriquer d'enfants. Elle n'est pas non plus capable de dresser ceux que Dieu et la Fraternité lui ont envoyés d'Allemagne. Heureusement, il lui reste son livre sur la pédagogie. Elle pousse un long soupir sur la photo de mariage de ses parents et, tout à coup, ses traits se détendent. Elle est devenue le portrait craché de sa mère. Sa mère est entrée en elle.

Je pense à notre mère à nous.

Je n'en ai aucun souvenir.

Frieda, c'est tout ce que je me rappelle.

Elle me paraît loin. Très loin.

Au souper, Lothar souhaite son anniversaire à Michèle, avec un magnifique bouquet de fleurs. Elle le remercie d'une voix hésitante. Jacob ne dit rien, il est occupé avec Wicus, à qui il jette des morceaux de viande. Il est une maman chien qui nourrit son petit.

Jacob n'aime pas sa fille.

S'il avait pu transmettre sa ferme à son chien, nous n'aurions jamais été adoptés.

Le visage de Graça sort de l'ombre. Les bougies d'un gâteau d'anniversaire l'éclairent, elle sourit, radieuse. Une lueur de joie s'allume sur la frimousse de Michèle : Graça a préparé ce gâteau pour elle. L'espace d'une seconde, je vois Michèle quand elle a huit ans. Parce que pour Graça, Michèle est une petite fille. Elle l'a nourrie au sein quand sa mère est partie au cimetière.

J'aurais bien aimé avoir Graça en deuxième maman. J'ai Michèle…

***

Tu traces un nœud d'anniversaire au feutre violet sur une enveloppe. Je plie en quatre une feuille de papier, avec beaucoup de précautions. Puis je la glisse dans l'enveloppe que tu me tends :

— Tu y as mis tout ton cœur, dis-tu, ça se sent. Michèle sera contente.

— Ça m'a tellement touché de la voir pleurer devant la photo de sa maman…

On sort de ma chambre, en pyjama, et on descend l'escalier rincé de lumière. On retrouve Michèle dans la cuisine. Cernée, les cheveux ébouriffés, elle est encore froissée de sommeil. Elle verse de l'eau dans une bouilloire. Bêtement, je lui tends notre enveloppe.

— Joyeux anniversaire, je lui dis d'une voix enrouée.

Tu lui souris, et moi j'ai du mal à cacher mon émotion. Elle nous examine avec un air méfiant, retourne l'enveloppe dans tous les sens avant de la décacheter. Elle déplie la feuille en poussant de longs soupirs. Mon cœur bat, ma respiration est difficile. Confiante, tu attends sa réaction, même si tu es un peu déçue qu'elle n'ait pas remarqué le joli nœud violet que tu avais dessiné. À mesure qu'elle lit, ses lèvres se crispent, ses sourcils se froncent, des rides se creusent au-dessus. J'ai envie de disparaître, surtout qu'elle finit par me coller la feuille sous le nez.

— C'est toi qui as recopié ça, Wolf ?

La bouilloire siffle en même temps qu'elle m'interroge.

— Où as-tu recopié ce poème, Wolf !

Ma bouche s'ouvre, aucun mot n'accepte d'en sortir. Toi tu balbuties :

— Mais… Mais… Mais…

Michèle continue sévèrement :

— Seul un adulte a pu écrire ça !

Ni toi ni moi n'osons plus respirer. Michèle verse son eau bouillie dans une théière remplie de feuilles.

— Alors ? Où ?

Je ne sais pas où est passée ma voix. Muet, je suis stupidement des yeux la fumée échappée du bec de la théière. Je voudrais m'évaporer, moi aussi. Michèle croise les bras.

— Où ?

Elle me semble si grande, dans son long peignoir gris qui peluche. Ou alors c'est moi qui ai rétréci. Je ne sais plus parler, ma voix est coincée quelque part dans ma gorge. Mon cœur marche, ça oui, il bat dans mes oreilles, mon cou, mon ventre. Je ne sais pas comment mon cœur est descendu dans mon estomac. Je suis chamboulé. Michèle attend mes aveux et l'infusion de son thé.

— Où, Wolf ! Combien de fois va-t-il falloir te poser la question ?

Toujours rien. Alors tu finis par lâcher faiblement :

— C'est lui qui l'a écrit, maman. Pour toi. Et moi, je l'ai décoré… avec le nœud…

Tes paupières battent tant tu es nerveuse. Michèle crache un petit rire qui ne te croit pas. Tu insistes :

— Il y a passé toute la nuit…

Michèle ne répond pas, ses joues se gonflent de rage :

— Va te laver ! te crie-t-elle.

Tes lèvres se mettent à trembler et tu ne bouges pas. Michèle sort de ses gonds.

— Tu sens la pisse ! File !

Tu te détends, un ressort qui part en sautillant dans l'escalier, honteux de faire encore pipi au lit à son âge, et surtout que ça se sente même en dehors de ta chambre.

Michèle verse son thé dans une tasse en y faisant tourner une petite cuillère et moi je suis paralysé. L'odeur de son thé rouge me monte à la tête. Mon poème traînant dans sa main, Michèle sort de la cuisine avec des soupirs et des dodelinements de tête. Excédée, elle s'installe à un secrétaire avec sa tasse, pose le poème à côté du téléphone et compose un numéro au cadran. Les unes après les autres, elle appelle toutes les maîtresses de l'école :

— Wolfgang a copié un poème… un texte qui dit *Ma mère entre en moi pour me consoler.* Je cherche à savoir où il l'a recopié, mais il ne veut rien me dire. Ça te dit quelque chose ? Non ? *Car je suis coupable de l'avoir tuée…*

Pendant qu'elle téléphone, Lothar dessine la maison de ses rêves dans son bureau. La maison de Paul Noah, toute rénovée, avec la famille Schultz, heureuse, unie. Jacob, lui, promène Wicus dans ses coteaux abrupts, où ses ouvriers effeuillent et taillent les pieds de vigne pour donner du soleil au raisin. Toi tu pleures dans ta chambre qui ne sent pas bon, et Michèle appelle tout Franschhoek au téléphone, sans oublier le pasteur, sa femme, et pour finir le principal de l'école :

— … Wolfgang a copié… *Ma mère entre en moi pour me consoler.* Non ?

Elle lit mon poème à toutes et à tous, ainsi qu'elle lirait la notice d'une machine à coudre. Elle m'aurait mis tout nu devant toute la ville, ça n'aurait pas été pire. Et elle ne me lâche pas :

— C'est un poème allemand ? Où l'as-tu recopié ?

Jamais je n'ai ressenti autant de haine dans mon cœur. À cet instant je sais que jamais, jamais, jamais je ne l'appellerai *maman*. Quant à elle, elle doit me détester au moins autant que je l'exècre.

— Tu ne veux rien dire ? Dans ce cas, j'écrirai en Allemagne !

Elle attrape une feuille blanche et un stylo dans un tiroir de son secrétaire, puis m'agrippe par le bras, et aussi par le col, de la même façon que Jacob tantôt mais avec plus de force et de volonté. Elle m'entraîne à l'extérieur, je suis un gros sac de bois qu'elle tire, elle me trimballe jusqu'au garage, l'immense tout plein de fourbi, et elle me jette sur la paillasse que j'avais remarquée à notre arrivée. Il y a une lampe à pétrole posée sur une petite table à côté, avec une boîte d'allumettes. Là-dessus, un stylo m'arrive dans la figure, c'est Michèle qui me le lance, avec la feuille de papier :

— Écris-moi un poème sur le vent, qu'on voie ce que tu sais *vraiment* faire !

La porte du garage claque, la clé tourne dans la serrure, j'entends le bruit d'un verrou qu'on tire et d'une chaîne qu'on attache.

Il fait noir.

Barbie ?

Toute ma vie, je regretterai d'avoir écrit ce poème. Et quand je serai mort, je regretterai encore.

***

— Wolf ? P'tit Bosche ? Tu ne dors pas j'espère ?

Je ne saurais pas dire depuis combien de temps je suis enfermé là-dedans quand j'entends la voix de Thando, derrière la porte.

Thando chuchote encore, la lourde chaîne chute au sol et le verrou se défait. La porte s'ouvre légèrement. Il fait nuit dehors aussi. Thando tâtonne dans l'obscurité en poussant des petits cris à chaque fois qu'il se cogne :

— Ben mon vieux ! Tu n'as pas de lumière ?

— Plus d'allumettes…

Ma voix est pâteuse. Des bris de porcelaine indiquent qu'il écrase une assiette où j'ai mangé quelque chose. J'ai soif. Nos mains se touchent enfin. Thando m'aide à me lever du machin qui me sert de lit. Mes membres sont endoloris. Je m'efforce de le suivre.

— Ça va aller, me rassure-t-il en passant mon bras par-dessus son épaule.

En réalité, il ne fait pas tout à fait nuit dehors. Le soleil vient peut-être de se coucher, ou il est sur le point de se lever. Nous nous éloignons.

— Il y a longtemps, dit Thando, que personne n'avait dormi là-dedans… La dernière, c'était ta mère. Maman m'a raconté que le vieux l'enfermait au garage quand elle faisait des bêtises. Il ne lui donnait rien à manger. Tu imagines ?

— C'est elle qui t'envoie ?

Il pouffe :

— Jamais de la vie ! J'ai volé les clés.

Je boitille à ses côtés, nous avançons lentement vers la haute grille en fer au bas du domaine.

— Où est-ce que tu nous emmènes ?

— En Allemagne, répond Thando, comme s'il n'y avait rien de plus naturel, et il ajoute en riant : ce n'était pas mon idée, mais maintenant que je t'ai libéré, on n'a plus trop le choix. Sinon… toi tu vas te prendre une rouste et moi ils me tueront…

J'ai du mal à croire l'Allemagne à portée de main, mais je suis aux anges. Je ne songe pas à demander à Thando comment il compte nous transporter de l'autre côté de la terre. Je suis juste rempli de bonheur, et ça me va. J'espère que Wicus n'est pas dans les parages, et Jacob non plus. Je m'apprête aussi à demander à Thando où tu es. Mais te voilà.

Vêtue de ta robe d'écolière et de sandalettes en cuir blanc, tu es debout devant la grille de l'entrée. Nos petites valises, celles qui nous avaient accompagnés durant notre grand voyage, sont posées à tes pieds. Les jambes flageolantes, tu viens vers nous. Tu me serres dans tes bras, nos cœurs battent à se rompre. Dans ton dos, un rayon du soleil sort du sommeil. Il va faire jour. Le ciel est d'une douceur extraordinaire, nous sommes de la même humeur, lui et nous. Je suis épuisé, mais je ne sens pas ma fatigue. Enfin le cauchemar se termine.

Nous marchons depuis un long moment, je pense : le soleil a sorti tous ses rayons et j'ai mal aux pieds. Thando, lui, est toujours vaillant dans ses babouches. De temps en temps tu t'arrêtes, et tu t'extasies des montagnes émergées de la nuit.

— C'est beau, qu'est-ce que c'est beau… c'est horriblement beau.

Parfois, tu es tentée de revenir sur nos pas parce que tu t'inquiètes :

— Et si l'Allemagne avait disparu ?

Quand le doute te prend, j'accélère. Mais plus on se rapproche de l'Allemagne, plus tu te préoccupes de Terre'Blanche.

— On va louper les vendanges, alors ?

Je ne veux pas t'entendre. Aveuglément, je suis Thando qui avance tout droit, sans hésiter, sans se soucier du temps qu'il nous faudra pour atteindre l'autre côté de la terre. Tu t'effraies de plus belle :

— Dans mes rêves, des lumières tombent du ciel sur les maisons, les maisons tombent elles aussi. L'Allemagne explose de partout…

Tu t'arrêtes au milieu de la route venue de nulle part et n'ayant pas de but.

— … et nous… on court après une dame parce qu'elle vient de nous lâcher la main…

Autour, tout est calme, tu avises les champs et les vallons qui se réveillent doucement, tu écoutes les oiseaux murmurer dans les arbres, tu renifles les herbes abritées derrière les rochers. Tu éclates en sanglots :

— Je veux rentrer à la ferme !

Tu veux, et puis tu ne veux pas, et puis tu veux encore, et puis tu ne veux plus. Parce que quand tu dors et que tu rêves, il y a un cauchemar, que tu nous dévoiles tout à coup :

— … quelqu'un d'assis sur mon lit me regarde dormir en respirant fort. Et quand il tire la couverture vers lui, mes jambes sont toutes nues !

Abasourdi, je reste devant toi, désemparé. Tu pleures de plus belle, tu ne sais plus où aller, devant, derrière, en Allemagne, à Terre'Blanche, sous la terre, dans ce lit où on te regarde dormir. Thando te demande :

— Mais qui est-ce qui te regarde dormir dans ton lit ?

Tu renifles et ne dis rien. Tu te tais. Tu ne vas quand même pas parler de… Alors tu t'assieds au bord de la route et appuies tes coudes sur tes genoux repliés. Thando ne comprend plus : on va en Allemagne ou on retourne à Terre'Blanche ? Et pour recevoir une raclée ? Il se met la main sur la tête, de peur que le ciel lui atterrisse dessus. En effet, la pluie s'abat tout à coup. Des trombes d'eau se déversent et nous fouettent. Très pâle, je m'assieds près de toi. Ton visage est trempé de pluie et inondé de larmes.

— Qui est-ce qui te regarde dormir ?

Livide, tu jettes des coups d'œil terrifiés autour de toi, comme si tu craignais d'être entendue. Tu t'enfermes dans le silence.

— Vite ! s'écrie Thando, le bus arrive !

Il se met à descendre la route au galop. Et on a si peur de se retrouver seuls sous les nuages crevés que, sans réfléchir, on se relève et on le suit dans des flaques d'eau aussi grandes que des lacs.

Plus bas, un bus monte doucement en crachant de la fumée plus noire que le ciel. Il roule vers un tas de gens rassemblés sous trois parapluies, devant un quartier de bicoques branlantes. Il s'arrête à leur hauteur. On a encore une chance de le choper. Toi et moi, on n'a pas idée de sa destination, mais je suppose qu'il nous conduira à un bateau.

Trempés jusqu'aux os, on court derrière Thando, deux aveugles… Il est nos yeux. Il est notre voix. Il est notre paratonnerre.

On attrape le bus de justesse. Il déborde de monde, autant que les assiettes de Michèle débordent de nourriture. Noirs, tous sans exception. Le roi David doit se retourner dans son cercueil. Tu as peur d'eux, plus que moi, alors ils t'observent, plus que moi.

Thando s'assied près d'une grand-mère qui tient un panier avec une poule vivante à l'intérieur. Elle ébroue ses plumes pour se sécher. Tu prends place contre la fenêtre, et moi je me pose contre un bonhomme patibulaire.

— Qui sont ces Blancs ? demande-t-il à Thando.

— C'est pas des Blancs, répond Thando en s'épongeant les tempes avec la manche de son T-shirt. C'est des Allemands.

Le bus cahote et pétarade, la poule caquète. Souriante, la grand-mère demande son âge à Thando :

— Bientôt douze !

— Je t'en aurais donné huit, dit la dame. Où est-ce que tu vas avec les deux autres grands ?

Les grands, c'est nous. Pourtant on n'a que huit ans. Thando se vante d'aller prendre le bateau pour l'Allemagne.

— Dans le Transvaal ? murmure la dame à la poule.

— En Europe !

Les passagers du bus échangent des coups d'œil ahuris parce qu'ils n'ont jamais entendu parler non plus de cette province. Le soleil perce les nuages. Ses rayons dessinent un arc-en-ciel, qui te réconforte.

Nous voilà assis sur un banc, au port du Cap. J'en reconnais les quais où nous avons débarqué plus tôt. Mais là, pas de bateau à l'horizon, du moins pour l'Europe. Après une longue attente, Thando rigole, car son dos est couvert de peinture, il vient de s'en rendre compte. Tous les trois, on s'est adossés sur une inscription toute fraîche.

Whites Only

On rit, morts de rire. Jusqu'à ce que Thando pousse un cri de douleur. Un monsieur en costume vient de lui donner un coup de pied. Thando détale ainsi qu'il sait faire. L'homme au costume se penche vers nous :

— Tout va bien ?

On lui assure que oui en espérant qu'il nous laisse attendre notre bateau. Mais il continue à poser des questions du genre *Où sont vos parents ?* Il est si insistant que je finis par prendre un fort accent allemand pour lui dire que nos parents sont en train d'acheter des billets pour le bateau.

Et soudain, Lothar surgit de nulle part…

Il nous ramène à la voiture sans un mot. Tout le long du trajet, je me demande comment il a pu savoir.

Michèle nous attend sur le perron. C'est toi qu'elle inspecte, sévèrement. C'est toi qui as laissé une lettre d'adieux. Tu ne pensais pas qu'elle nous trahirait, parce que tu croyais qu'on serait déjà en Allemagne quand ils tomberaient dessus. Tu voulais quand même les remercier pour tout ce qu'ils avaient fait pour nous. Mais tu leur expliques que tu emmènes Thando avec toi, parce que tu n'en peux plus que Jacob le batte. Moi aussi, tu me ramènes en Allemagne, parce que tu n'en peux plus que Michèle me maltraite. Et toi tu t'en vas en Allemagne parce que tu n'en peux plus que Lothar entre dans ta chambre la nuit.

Lothar affiche une tête de chien battu. Et Thando crie si fort de la punition que Jacob lui administre à la distillerie. Alors tu te rétractes.

Pardon. Tu t'es trompée. Tout ça n'est jamais arrivé.

— Nous venons de finir la deuxième opération de votre mari. Je me suis efforcé d'extraire les derniers morceaux de balle, mais j'ai dû en laisser car ils étaient proches du tronc cérébral.

— Et maintenant ?

— Nous ferons tout ce qui est en notre pouvoir.

— Mon mari porte des fautes trop grandes pour lui. Notre fille lui a dit qu'il n'était pas coupable, juste avant le coup de feu. Mais cette balle dans sa tête, c'est comme un démenti de… comme une manifestation de… Enfin… Il s'en remettra ?

— Tant qu'il n'est pas sorti du coma, je peux difficilement évaluer ses lésions.

— J'étais en train de mettre des bougies sur le gâteau d'anniversaire : à eux deux, Wolf et Barbie fêtaient cent cinquante-six ans. Et Mandela… cent. Obama passait à la télévision… Vous avez entendu son discours, docteur Malema ?

— Il m'a touché, oui. Mais j'ai peur que ça ne suffise pas.

— Il a parlé de la Coupe du monde de football… que la France a gagnée… il a loué la diversité… et puis… cette balle est entrée dans la tête de Wolf.

— Tu ne t'appellerais pas Heidi, par hasard ?

J'ai douze, ou treize ans. Plus maigre qu'un clou, des bras trop longs et des jambes interminables, à ne plus savoir qu'en faire. Mon dos est voûté comme si je demandais pardon d'exister. La peau tannée, je ressemble à un garçon de ferme.

J'aurais aimé ne jamais ressembler à ça.

La fille à qui je m'adresse mange des biscuits toute seule dans son coin de la cour d'école.

— Qui c'est Heidi ?

Elle bafouille, je rougis. Le sang me tape dans les oreilles.

— Mon amoureuse… quand j'étais en Allemagne.

La fille lui ressemble, je veux dire à Heidi, en plus brune, avec les boucles plus serrées. Elle rit. Des ailes me poussent dans le dos.

— Tu as le même rire que Heidi.

— Ah bon ? Mais moi je m'appelle Sarah.

Elle me tend un biscuit.

— Ils sont à la citrouille. C'est bon pour le teint. Maman m'en fait tous les jours.

Aucun goût. Mais je ne me décourage pas, je l'emmène sous l'arbre qui s'appelle Flamboyant, ou Jacaranda. Lui aussi, il a beaucoup grandi.

— Tu as quel âge ? me demande Sarah.

— Douze.

— Tu es très grand.

— Je suis aryen. C'est pour ça.

Elle a un murmure admiratif. Ensuite elle me raconte qu'elle vient de Cape Town.

— Mais on a dû partir, elle précise en baissant la tête.

Ses cils battent, ça me fait des frissons. On joue aux billes sous l'arbre aux fleurs bleues. Je t'aperçois qui grignotes tes biscottes dans un coin de la cour. Aussi grande que moi, tu es devenue rondelette. Tu n'aurais pas voulu ressembler à ça, toi non plus.

Brûlée de jalousie, tu m'épies. Tu n'aimes pas partager ton frère. Me partager c'est perdre un petit bout de toi. Alors tu guignes ta rivale, mais, puisqu'elle m'intéresse, elle t'intrigue toi aussi. Des papillons te dansent dans le ventre, les mêmes que moi, pendant que tu admires Sarah qui me rétame aux billes.

Une douzaine de copains rient de ma défaite, mais pas méchamment. Plus personne ne nous traite de sales Bosches. C'est peut-être parce qu'on n'a plus de coups de soleil. On est tout bronzés nous aussi. Définitivement adoptés.

Kobus vient s'asseoir à côté de toi. Bâti tel un homme, il n'a plus d'appareil dentaire. Le roi David devait ressembler à ça, quand il avait grandi. Tu te lèves et, suivie de ton chevalier servant, tu nous rejoins. À la manière dont Sarah bat des cils quand elle me parle, tu comprends qu'elle a le béguin. Pour moi. Je plonge mes mirettes dans les siennes. Ses paupières s'agitent.

Une autre fois, on se retrouve derrière les toilettes et elle m'offre un baiser. Sa langue a un goût de citrouille épicée.

Une autre fois, tu nous espionnes depuis l'arrière d'un tronc d'arbre. Tu te poses des questions sur nos langues que tu vois se mêler. Alors oui, la langue c'est gluant. Mais ce n'est pas non plus dégoûtant. Il faut y aller progressivement, ne pas la mettre tout de suite, et surtout éviter de l'enfoncer dans la gorge parce que les filles n'aiment pas qu'on leur farfouille dans le gosier. Kobus voudrait connaître la tienne, alors il cherche le courage de te bécoter. Tu le récompenses d'une claque et, alors qu'il se retire, penaud, tu te dis que tu n'es pas normale. Parce que c'est Sarah que tu voudrais embrasser. Peut-être devrais-tu accepter les léchouilles de Kobus, même si tu n'en as pas envie ? Pas question, non. Pas question non plus qu'il t'asperge avec son truc blanc ! Ça, jamais ! Pendant qu'on y est, il n'a qu'à s'asseoir sur ton lit pour te reluquer quand tu dors ! Et puis quoi encore !

Sarah nous bourdonne dans le ventre. Tous les deux on marche sur un nuage. C'est moi qu'elle préfère, mais ça ne nous empêche pas d'être amoureux d'elle en même temps.

Je le confie à Thando une nuit, pendant que, affalés sur le sofa éventré de la maison interdite, on partage une bouteille de mauvais vin :

— La tête de Michèle si elle l'apprenait, s'amuse Thando. Depuis la fugue, elle te surveille de près.

On s'esclaffe et je me pavane : depuis l'histoire de la fugue, c'est vrai, la rancune de Michèle s'est amplifiée. Elle veut toujours croire que j'ai volé un poète, son enquête se poursuit. J'en suis le héros… *Ma mère entre en mon cœur pour me consoler*… Elle a envoyé des copies de mon poème à l'orphelinat, à une bibliothèque, à un professeur, à un service d'archives. En ce moment, elle cherche du côté de la Suisse. Quel honneur elle me fait !

***

La porte de la classe s'ouvre sur M. Botha, grave, presque blême. Michèle repose sa craie pour descendre de son estrade et se précipiter vers notre principal. Ils chuchotent une minute avec beaucoup de raideur et soudain ils se retournent tous les deux vers Sarah. Ma chérie se décompose d'un seul coup, comme si son sang ne coulait plus et que son cœur s'était arrêté.

— Mademoiselle Craig, prononce froidement M. Botha, votre mère vous attend à l'extérieur.

De la sueur imbibe le front de Sarah qui, tête basse, se lève sans un mot.

— Prenez vos affaires, ajoute le principal.

Parce qu'elle allait les laisser derrière elle. Cramoisie, elle rassemble ses crayons, ses cahiers, sous des quolibets qui s'élèvent dans la classe. Elle s'efforce de ne pas y prêter attention et finit de ramasser ses fournitures avant de les ranger dans son cartable. L'atmosphère est pesante, dans un souffle je lui demande ce qu'il y a. Un sourire tremblant se dessine sur ses lèvres et, pleine de tendresse, elle murmure tout bas :

— Ce n'est rien.

Elle se racle la gorge, attrape son cartable, et quitte le pupitre qu'on partage, dans la troisième rangée. Une vingtaine de pupilles se clouent dans son dos quand elle franchit la porte, ce sont les mêmes que celles qui nous avaient crucifiés le jour de notre rentrée. Elle sort. Michèle revient au tableau et, l'air de rien, reprend sa leçon. Sa voix nous est lointaine car, pour la plupart, nous guettons par la fenêtre en attendant que Sarah débouche dans la cour avec le principal. Près du portail de l'école, des parents parlent en moulinant les bras. Très en colère, ils attendent eux aussi. Voilà Sarah qui, son cartable dans le dos et les bras immobiles le long du corps, suit M. Botha jusqu'à son bureau. J'entends vaguement Michèle parler de la leçon sur la population.

Je guette par la fenêtre.

Michèle fait semblant de ne rien remarquer et nous distribue des feuilles. Je n'y prête aucune attention. Au bout d'un bref moment, Sarah sort de chez le principal. Sa mère lui tient la main. Mais Sarah ne revient pas vers la classe, elle se dirige vers la sortie, elle s'éloigne… Est-ce qu'elle va disparaître comme Heidi ? J'ai envie de vomir, je n'arrive pas à réagir. Toi, en revanche, tu lèves le doigt, et tu n'attends pas que Michèle t'autorise à prendre la parole pour demander pourquoi Sarah est partie. Ta voix tremble. Michèle jette un œil agacé par la fenêtre et te répond fraîchement :

— Est-ce qu'on ne vient pas de voir la loi sur la population, Barbara ?

Tu pâlis. Dans la cour, au niveau du portail, une nuée de parents s'écarte au passage de Sarah et de sa mère. Ils les fixent toutes les deux d'un air hostile. Se sont-elles rendues coupables d'un crime ? Ont-elles une maladie ? Quelque chose de grave en tout cas, qui fait ployer Sarah de honte. Tête basse, elle suit sa maman qui passe tout droit parmi les autres parents. Certains crient des mots que l'on n'entend pas depuis la classe. Sarah et sa mère esquivent un crachat, et quittent l'école avant de s'éloigner sur la route. Elles deviennent petites, toutes petites, comme Heidi quand elle a disparu de la vitre arrière de la voiture. Une fois qu'elle s'est totalement effacée, Michèle se retourne vers toi et, sévèrement :

— Barbara… La loi sur la population ? Promulguée il y a deux ans… Nous l'avons vue la semaine dernière ! Tu l'as déjà oubliée ?

— Non…

— Alors que dit-elle ?

Tu ne vois pas le rapport avec Sarah. Outrée, Michèle te fait réciter la leçon. Tu la lui sors sans réfléchir :

« Toute personne dont le nom figure sur le registre est classée par le directeur comme personne blanche, personne de couleur ou autochtone, selon le cas, et toute personne de couleur et tout autochtone dont le nom figure ainsi sont classés par le directeur selon le groupe ethnique ou autre auquel ils appartiennent. »

Elle te félicite car tu as parfaitement interprété le premier alinéa de la récente loi que nous avons apprise. Ensuite, elle nous propose d'entonner le reste de la leçon sur la petite mélodie que nous avons inventée pour bien nous rappeler chaque mot. Des voix s'élèvent à la manière d'une chorale mais moi je ne chante pas, je suis rivé à la fenêtre, je ne me remets pas de la disparition brutale de Sarah, et de ces parents rebutés qui sont restés à cancaner devant l'entrée de l'école.

« Le Gouverneur général peut, par proclamation dans la Gazette, prescrire et définir les groupes ethniques ou autres dans lesquels les personnes de couleur et les autochtones doivent être classés aux termes de la sous-section (1), et peut de la même manière modifier ou retirer une telle proclamation. »

Michèle agite les mains. Un chef d'orchestre.

« Si, à un moment quelconque, le directeur estime que la classification d'une personne au sens de l'alinéa 1) est incorrecte, il peut, sous réserve des dispositions de l'alinéa 7) de l'article 11 et après en avoir avisé cette personne et, si elle est mineure, également son tuteur, préciser à quel égard cette classification est incorrecte et lui donner et, le cas échéant, à son gardien la possibilité de faire entendre son cas, modifier cette classification au registre. »

Michèle embrasse toute la classe d'un sourire satisfait. Excepté deux ou trois cancres, tout le monde a été bon sur ce coup-là. Ses yeux me tirent une balle de fusil, ensuite elle se retourne vers toi :

— Est-ce que tu as compris, Barbara ? Comment on applique la loi ?

Tu as du mal à avaler ta salive parce que, cette leçon que tu connais par cœur, tu n'en as pas réellement saisi le sens. Elle ressemble à certains poèmes, les restituer est très facile, mais on ne comprend rien à ce qu'a voulu dire leur auteur. Alors Michèle t'interroge sur un sous-chapitre. Là encore, tu ne vois pas le rapport avec Sarah, mais tu t'en sors :

« *Personne blanche* désigne une personne qui, en apparence, est manifestement, ou qui est généralement acceptée comme personne blanche, mais ne comprend pas une personne qui, bien qu'en apparence manifestement une personne blanche, est généralement acceptée comme personne de couleur. »

— Bien ! lance Michèle. Et après ?

Cette fois, elle s'adresse à toute la classe, de manière à vérifier nos connaissances. Nous peinons à nous rappeler la suite, elle nous aide :

« Une personne qui, en apparence, est manifestement une personne blanche est présumée… »

Kobus lève la main.

« … est présumée… être une personne blanche jusqu'à preuve du contraire. »

La cloche sonnant, Michèle finit par expliquer, rapidement, que Sarah était présumée blanche jusqu'à ce que, grâce à une batterie de tests infaillibles, le bureau de classification prouve le contraire. Toute la classe est suspendue à ses lèvres, ce n'est pas si souvent. Ravie de notre attention, Michèle précise que ces examens ont révélé que Sarah était une personne de couleur. Or il y a des écoles réservées à ces gens-là, comme les nôtres sont réservées aux gens tels que nous.

— Sarah, conclut-elle, ne pouvait pas rester parmi nous. Et nous parmi eux.

Je ne bouge ni ne pense à rien. Paralysé, j'encaisse ces mots qui sont des coups de poing. Mme Schultz nous libère pour la récréation. Je reste vissé à mon siège et toi tu ne sais pas si tu dois te lever, crier, partir en courant, aller jouer… En passant devant le bureau de Michèle, Kobus lui demande, enthousiasmé :

— Est-ce que c'est vrai, madame, que votre père est le directeur du bureau de classification ?

Michèle approuve avec fierté. En effet, c'est grâce à Jacob que Sarah a été replacée dans la bonne page du registre de la population. Normalement, nous ne devrions plus jamais la croiser. Un grand fracas interrompt leur discussion. C'est un bureau qui vient de se renverser ou plutôt qui a été renversé par un garçon saisi d'une crise de nerfs et qui hurle. C'est moi. Parce que je l'aimais, Sarah.

***

Sortie d'un chapeau de magicien, Graça apparaît avec une soupe de courge et de maïs qu'elle pose au centre de la table. Jacob ajuste sa serviette autour de son cou en cherchant son chien :

— Où est passé Wicus ? Quelqu'un a vu Wicus ?

Je suis nerveux, fébrile, on croirait au début d'une maladie. Tu n'as pas meilleure mine. Lothar aspire son velouté avec des murmures ravis et sourit de temps en temps à sa femme. Elle ne lui répond pas. Vague, elle touille sa soupe. Tu demandes à aller aux toilettes.

— Pour vomir ? cingle Michèle.

Lothar te soutient :

— Bien sûr, ma chérie, tu peux aller aux toilettes.

Piquée, Michèle lâche sa cuillère. Lothar se fait fuyant quand tu te lèves pour aller te soulager. Michèle se ronge un ongle en attendant que tu reviennes à table. Tu es de retour en même temps que Wicus arrive. Claudiquant, il se traîne jusqu'aux pieds de son maître pour lui réclamer des caresses. Jacob ne se prive pas de câliner son chien. Lothar se racle la gorge et dit :

— J'ai entendu dire que Sarah Craig avait trouvé une nouvelle école…

Jacob approuve en jetant un morceau de pain à son chien :

— Il lui faudra un temps pour s'adapter, pauvre petite… mais elle se remettra. Des cas comme ça, j'en vois presque tous les jours. L'autre fois c'était un bon gars qui ne pouvait pas se marier parce qu'il n'était pas inscrit dans le registre. Il affirmait qu'il était blanc… pauvre petit.

Lothar semble désolé lui aussi. Il prend deux pilules.

La frimousse de Sarah passe devant mon visage. Elle est si proche. Je peux sentir son odeur de citrouille. Tout tourne autour de moi, et dans ma poitrine, mon cœur se décroche. Dans ma tête, tout se mélange. Il y a comme un épais brouillard. J'entends Michèle et les autres qui parlent de la maison que Jacob ne parvient toujours pas à vendre, parce que Lothar refuse d'en payer les travaux. Lothar essaye de changer de sujet, et toujours il en revient à la petite Sarah. Quelque chose dans leur manière de dire *petite* m'énerve. La colère me monte, je me mets à hurler :

— Foutez-lui la paix, à la petite !

Lothar recule tout à coup, il manque de tomber de sa chaise, on dirait qu'il a peur de moi. Michèle me jette des coups d'œil indignés, Jacob reste imperturbable, une gueule de juge qui a le droit pour lui. Tu me dévisages, ahurie de ma tête de monstre. Mon cœur est en poussière, et tout le reste est enragé. Alors, je balance tout... Le machin de Lothar qu'on a vu dans la bouche de Mme Vissert. Le garage où Michèle m'a enfermé... Lothar qui se rinçait l'œil sur ton lit ! Je te prends à témoin. Mais tu défends ce vicieux, juste parce qu'il est ton père :

— C'était... Ce n'est jamais arrivé !

Lothar est livide et ne bouge plus. D'un froncement de sourcil, tu me supplies de me taire. Jacob tape sur la table :

— Maintenant ça suffit, p'tit Bosche !

Il comprend, me dit-il, que je sois blessé par ce qui est arrivé à la petite Craig. Mais je ne serai pas le premier à m'être amouraché de la mauvaise personne, enfin ! Lui-même... Oh... ce n'est pas une raison pour en faire tout un plat ! Quant à Lothar... personne n'est parfait et surtout pas lui, c'est vrai. Mais le passé est le passé ! Quoi que Lothar ait fait, je m'en remettrai ! Barbie aussi s'en remettra ! Si je savais...

Traversée de frissons, Michèle lorgne son père de biais. Moi je me lâche. Oui, c'est bien moi le gosse hystérique qui traite Lothar et Michèle de pervers et de sales hypocrites.

— Comment oses-tu ! crie tout à coup Michèle.

Elle est au bord des larmes et me flanque une gifle pour se soulager. Cette fois, je lui rends la pareille. Elle valdingue sur la table et me jette des regards médusés, ainsi qu'à Jacob, éberluée qu'il ne vole pas à son secours. Et Lothar ! Il étudie ses pieds sans oser réagir… Alors elle me jette toute sa rancœur à la tête : menteur ! Plagiaire ! Alcoolique ! Faux Aryen ! Son sac vidé, elle se tourne vers toi, menaçante :

— Vas-tu le dire à la fin, que ton frère ment !

Jacob tape du poing pour calmer le jeu, parce que Wicus, effrayé, est retranché sous la table d'où il pleure doucement.

Un filet d'urine coule le long de tes cuisses. Tu le suis qui descend jusque dans tes pantoufles pendant que Michèle te traite d'idiote, de peste, et que Lothar s'enfile pilule sur pilule pour contrôler ses battements de cœur. Mais c'est toi la plus faible autour de cette table. Michèle s'acharne sur la proie la plus facile.

— Tu sens la pisse, va te laver !

Elle te parle toujours mal, Michèle, mais toi tu continues à l'appeler maman, à jouer les petites filles modèles, à t'imaginer qu'un jour, elle t'aimera. Ça me rend fou. Hors de moi, je me lève, fais le tour pour te prendre par la main et t'obliger à quitter la table avec moi. Je t'entraîne dans l'escalier, fuir, les fuir, je ne supporte plus leur vue. Jacob se lève à son tour… pour sortir son chien. Lothar fait de même… pour aller se réfugier dans son bureau. Seule, Michèle n'a plus qu'à se lancer à notre poursuite.

Sept marches plus bas que nous dans l'escalier, elle me paraît toute petite, risible. Je lui ris au nez, d'ailleurs, quand nous arrivons sur le palier. Mais un rire… Dracula doit rire de cette manière. Bouche bée, Michèle s'arrête juste au-dessous de nous. Je la toise. Je la sens se glacer de terreur.

Je lève la main brusquement, pour l'effrayer un peu plus. Elle bascule de l'autre côté de la rambarde. De justesse, elle s'y accroche. Trois mètres la séparent du sol. En dessous, c'est le vide. Sa vie ne tient qu'à ses dix doigts, agrippés à la barre.

Elle pourrait hurler, n'est-ce pas ?

Pas du tout.

Suspendue au-dessus du vide, elle me troue la peau avec les yeux. Tu te libères de ma main pour descendre la sauver. Elle te rejette :

— Fiche-moi le camp, morveuse !

Tu restes près d'elle, interdite, à te demander ce que tu pourrais faire pour la contenter. Moins elle t'aime, plus tu veux la conquérir. Lothar, c'est pire. Tu ne veux pas voir, n'est-ce pas, la nature de son amour ?

Pour rien au monde Michèle ne veut que tu la sauves. Elle avise le sol. Il l'attire. Elle est tentée de se laisser choir.

Mettre fin à sa vie. Et nous faire porter le chapeau. Fabriquer notre malheur et finir en héroïne tragique. Elle est tentée.

On prie Dieu à longueur de journée dans cette famille. Mais elle est remplie de haine. Une si grande que la maison ne suffit pas à la contenir. La haine m'a contaminé moi aussi : je n'aspire qu'à voir Michèle s'aplatir sur le sol.

Mais Graça surgit de son ombre. Graça ne connaît pas la haine. Elle met toutes ses forces dans le sauvetage de Michèle.

Elle l'aime pour de vrai, c'est bien la seule.

Elle a ses raisons, Graça, mais j'ai beaucoup de mal à les comprendre.

Soudain, Michèle a l'air de tenir un tout petit peu à l'existence. Elle rebascule du bon côté de la rambarde et fond en larmes dans les bras de sa nourrice, qui la serre contre elle tendrement. Elle croit pouvoir nous protéger tous, Graça. Elle veut qu'on se réconcilie. Elle oublie la rancune alors que, pendant qu'elle sauve la vie de Michèle, son fils reçoit peut-être une raclée à la distillerie.

La voix pleine de sanglots, Michèle lève la tête vers moi :

— Vas-tu demander pardon ?

Je redescends à sa hauteur. Je me mets à genoux à côté d'elle.

— Je regrette…

Une lueur de victoire éclaire le visage de Michèle.

— Dieu nous met à l'épreuve, Wolfgang. Ses plans sont mystérieux et ses voix impénétrables…

— Je regrette, oui. Je regrette que tu ne te sois pas fait plus mal.

***

— Tu crois vraiment, Wolf, que ça arrivera sur son bureau ?

Tu lis par-dessus mon épaule : *nous voulons revenir à l'orphelinat.*

— Cette lettre prendra le même bateau que nous. Le même train, les mêmes ferrys, la même voiture… Elle finira sur le bureau de la Pie.

On est consignés dans nos chambres. J'en ai profité pour écrire cette lettre. Comment nous sommes traités. Comment Michèle nous frappe. Comment Lothar te reluque. C'est une lettre de dénonciation. Tu ne la contestes pas.

J'humecte le revers d'une enveloppe avec ma salive.

— Mme Pfefferli alertera les autorités parce que Michèle lui a envoyé mon poème, pour me nuire. Ça a dû lui mettre la puce à l'oreille.

Tu fronces le nez :

— Te nuire ? Toi, tu es toujours persuadé que tout le monde t'en veut.

— Et toi que tout le monde t'aime.

Je dois être assez proche de la vérité parce qu'à la ferme, plus personne ne nous adresse la parole. Pas un mot, à aucun moment. Jacob nous zyeute en lâchant des soupirs, et ensuite il embrasse le museau de Wicus. Lothar occupe son temps derrière sa caméra, à se raconter l'histoire d'une petite maison dans une jolie prairie. Michèle invoque le ciel en silence, prend Dieu à témoin. Tu comprends, Il n'a qu'elle à s'occuper… Et quand elle n'est pas en rendez-vous avec Lui, elle s'enferme dans la cuisine pour écrire son livre sur la pédagogie.

Un matin, je trie les raisins dans un hangar avec une dizaine d'ouvriers. Tu fais pareil face à moi, et à côté de Thando qui me jette de temps en temps un clin d'œil. Mais il est prudent, car Jacob nous surveille. Le maître de Terre'Blanche vérifie la cadence de ses ouvriers, de ses petits-enfants, de ses machines. Et des fois, il embrasse le museau de Wicus. Ce chien est son fils unique.

Au bout d'un moment, Lothar et Michèle sortent de la ferme, très apprêtés. Vont-ils à un enterrement ? Je les vois monter dans la voiture, elle démarre, et chlac ! un coup de bâton sur mes doigts.

— Reste concentré ! tonne Jacob.

J'ai laissé filer une tigette et du mauvais grain.

Lothar et Michèle reviennent deux heures après, quand les ouvriers et les petits-enfants versent le raisin trié dans le pressoir. On sent bien qu'il y a eu pas mal de coups de bâton entre-temps. Les grains giclent à mesure qu'ils sont broyés. Lothar et Michèle font une sale tête.

Silence pendant le déjeuner jusqu'à ce que Michèle nous envoie dans nos chambres apprendre des leçons, toujours la loi sur la population. À peine ma porte refermée, j'entends des pas dans l'escalier, puis le couloir. Ils s'arrêtent devant ta porte, l'ouvrent, la passent. La voix de Michèle traverse la cloison qui sépare nos chambres :

— Qu'est-ce que c'est que cette lettre que ton frère a envoyée en Allemagne ?

Tu ne dis rien. À mon avis, un filet d'urine coule le long de tes jambes, et tu le sens descendre jusque dans tes pantoufles.

Ta porte claque. Tu dois être soulagée, Michèle est sortie. Moi j'angoisse : bientôt mon tour… Mais je suis aussi heureux : bientôt fini. Alors je sors ma valise du placard et la pose sur mon lit. Au fond de moi, je suis sûr qu'ils vont nous chasser. Nous retourner à l'envoyeur. Enfin nous allons retrouver l'orphelinat.

Michèle entre dans ma chambre, sans cogner : je n'ai pas droit à de l'intimité. Grave, elle examine ma petite valise ouverte sur mes couvertures. Elle est encore vide.

— Tu as accusé tes parents de choses horribles, Wolfgang…

Elle lisse sa jupe pour ne pas la froisser en s'asseyant sur mon lit, juste à côté de ma valise. Lentement, elle remet en place ses boucles immobiles, puis répète :

— Cette lettre que tu as écrite… c'est abominable.

Sa voix est pleine de grumeaux. Je sors mes habits du placard et lui réponds d'une voix calme :

— J'ai rien inventé. Tout était vrai.

Michèle sort un mouchoir de sa poche pour éponger son front. Pourtant il est complètement sec.

— Qu'est-ce que c'est que cette valise, Wolfgang ?

— C'est parce qu'on s'en va, Michèle.

Je fais des efforts pour ne pas être agressif. Elle secoue la tête.

— Mais… où est-ce que tu t'en vas, Wolfgang ?

Tout à coup, elle se met à rire aux éclats, mais je ne me laisse pas démonter.

— Chez moi ! En Allemagne. À l'orphelinat, et ensuite je trouverai ma *vraie* famille.

Son rire redouble. Tu peux bien rigoler, vieille bique, je fais mes valises. Devant mes étagères, j'hésite sur les vêtements à emporter. Michèle se contient, et essuie ses paupières mouillées de rire. Avec ironie, elle me dit :

— Tu devrais plutôt prendre des vêtements chauds. N'oublie pas : l'été ici, c'est l'hiver là-bas.

Je hausse les épaules très haut parce que, vraiment, qu'est-ce que je m'en fous de la météo ! Même tout nu, je partirai ! Elle, elle se relève et jette les bras vers le ciel, pour convoquer Dieu j'imagine. Il n'a toujours rien de mieux à faire que répondre à ses incantations.

— C'est fini, Wolfgang ! Cette comédie, c'est fini !

Un frisson pénible me galope dans le dos pendant que, tout sourire, Michèle lorgne du côté de la fenêtre.

— Tu pensais vraiment que tu serais cru ? Un menteur tel que toi ?

Satisfaite de mon air inquiet, elle affiche toujours ce petit sourire triomphant.

— Ta plainte est bien arrivée devant un juge. Bravo ! Mais tu imaginais vraiment que… que tu serais cru ? Avec la position de ton grand-père ? Allons…

Elle fait une pause, respire à pleins poumons avec beaucoup de plaisir.

— Mais tu peux préparer ta valise, en effet…

Une seconde, j'hésite, parce que je n'en reviens pas. Elle nous laisse partir ? La vieille bique me joue-t-elle un tour ?

— Allez, allez ! Fais ta valise ! Tu pars à Pretoria !

— Preto…

— Si tu veux savoir, me coupe-t-elle, pour la saison, il fait plus chaud qu'ici. Plus sec aussi.

Voilà.

J'ai une mauvaise influence sur toi. Le juge l'a décrété.

J'ai besoin d'un suivi psychiatrique. Le juge l'a déclaré.

Je suis mythomane. Car le juge connaît bien Jacob. Et il a aussi eu connaissance d'un rapport officiel, qui ne concerne pas que moi. Il nous concerne tous. Il dit que l'envoi des quatre-vingt-trois enfants allemands en Afrique du Sud est une opération qui a été couronnée de succès. Tant sur le plan de l'accueil global que du contact individuel entre enfants et parents. Tous les enfants sont heureux chez leurs parents adoptifs. Le Fonds teutonique pour l'enfance a des nouvelles de chaque enfant. Aucune plainte ne lui est parvenue. Les parents sont satisfaits, et fiers des enfants que le peuple allemand leur a confiés.

Un succès. C'est donc que je mens. Ou que je suis fou.

***

Un disque tourne sur un pick-up. Assise à un grand bureau plein de désordre, Anna, la psychiatre qui nous a sélectionnés à l'orphelinat, écrit sur un cahier tout en chantonnant.

We three, we're all alone.

Living in a memory.

My echo, my shadow, and me.

Des feutres, les mêmes qu'à l'orphelinat, s'échappent de sa blouse blanche.

— C'est de l'anglais ? je lui demande depuis le fond d'un fauteuil en cuir.

— De l'américain.

Elle me montre l'album, debout sur une étagère contre un tas de livres de contes. Quatre Noirs en costumes blancs posent en couverture, à côté d'une guitare. Plaisants, rassurants, ils sourient de toutes leurs dents. Comme toi, ils font tout pour qu'on les aime.

— C'est sorti en 1939, dit Anna.

— Cette musique n'est pas interdite ?

Elle remue une tête amusée.

Anna a près de quarante ans, mais on ne les lui donnerait pas. Ses prunelles brillent. Elles sont noires, je ne l'avais pas remarqué avant. Quant à ses vêtements, ils sont incroyablement colorés. Sous la blouse de docteur, une robe jaune éclate de couleur, et ses pieds nus dans des sandales affichent des ongles rouges. Les chevilles croisées sous son bureau, elle referme son carnet et m'inspecte. Anna est un radar.

— Ça ne se passe pas bien chez les Schultz... J'ai cru comprendre.

Anna se penche légèrement pour attraper une bouteille de whisky dans un mini-bar et remplit un verre de glaçons.

De la buée se forme sur son verre. J'aimerais bien un verre, moi aussi. Je dois avoir un problème avec l'alcool. Anna déguste le sien en basculant sa chaise en arrière, au rythme de la musique :

— Tu te doutes bien que je ne peux pas vous renvoyer en Allemagne.

Je suis dépité, mais elle se réjouit.

— En revanche, je peux t'emmener au pays de Shaka Zulu.

— Shaka qui ?

Je me retrouve sur le siège passager d'une Jeep chargée d'une montagne de valises et de caisses. C'est l'aurore, nous roulons dans de grands espaces arides. Anna conduit, elle a troqué ses habits de psychiatre pour un casque beige et un ensemble kaki. Je tremble. Les Zulus sont les ennemis des Boers, je ne suis pas sans l'ignorer. Ils les ont – ils *nous* ont – sauvagement exterminés, je l'ai appris à l'école. C'est entre autres pour remplacer ces gens-là qu'on m'a importé ici.

Et Anna m'emmène chez eux ?

Compte-t-elle m'abandonner à de nouveaux parents, zulus ?

C'est ça ma leçon ?

Nous montons une côte sur un sentier rocailleux, très escarpé, battu par les vents. Je n'ose pas poser de questions. Quand nous arrivons sur un plateau, je bafouille :

— Pourquoi les Zulus ?

— À cause de Jung, me répond Anna, très calme.

Je ne comprends pas, et son sourire ne me dit rien de bon. Elle fait une petite grimace :

— Les Schultz… quel dommage. Ils s'étaient montrés si motivés.

La Jeep s'engage dans un étroit chemin. Bourbeux, il se dirige vers une vallée. La voiture cahote dur :

— C'est un raccourci ! hoquette Anna.

Des singes apparaissent dans un virage. Des babouins, dit Anna. Ils sortent les dents à notre passage. Plus loin, des zèbres s'abreuvent à un point d'eau en nous montrant leur derrière. Je n'arrive plus à déglutir, l'idée de devenir zulu me glace. Pourquoi on me fait ça ? Parce que j'ai échoué à devenir afrikaner ? Qu'on me rende à l'Allemagne !

La Jeep s'arrête, pile au milieu de nulle part.

— On s'est embourbé, peste Anna en sortant de la voiture. Viens m'aider, il faut creuser autour des roues.

On crève de chaleur. Alors je descends, et je dis :

— Est-ce que je peux faire pipi, avant ?

Mains sur les hanches, Anna, agacée, m'indique un arbre à une dizaine de mètres.

J'y vais. Où fuir ? je me demande en avançant vers mes toilettes. Au milieu de nulle part, il n'y a pas d'issue. Ça me désespère. Je fais demi-tour.

De nouveaux babouins se rassemblent autour de nous, et nous observent avec intérêt tandis que nous creusons autour des roues. Le plus courageux monte à l'arrière et s'enfuit à toutes jambes avec une valise, qui s'ouvre, semant des vêtements et des carnets de notes dans son sillage.

Nous voilà de nouveau sur la route. Je me perds dans mes pensées, je m'enfonce jusqu'à ce qu'un coup de frein me ramène à la surface. Cette fois, c'est le capot. Il crache de la fumée. La voiture vient de mourir, mais Anna reste de très bonne humeur. Moi aussi : au moins nous n'arriverons jamais chez les Zulus. Elle descend, claque sa porte, s'écrie :

— Les voilà !

***

Une bande de Zulus dévale le flanc d'une colline. Je me ratatine sous la boîte à gants. Ça ne sert à rien, mais je ne suis pas pressé qu'ils me trouvent. Quand vous savez que vous allez mourir, vous faites en sorte de vivre quand même. Enfin normalement.

J'entends le rire d'Anna. Et puis des paroles sourdes. Ma porte s'ouvre. Anna m'ordonne de sortir…

J'obéis en tremblant, pas le choix, ce qui fait rire les Zulus, beaucoup. Anna me prend par l'épaule et me présente au plus vieux d'entre eux. Il a au moins cent sept ans, mais on ne les lui donnerait pas. Ici, les gens font rarement leur âge. Les enfants ont souvent l'air plus vieux et les vieillards font jeunes.

— Mongezi va t'aider, dit Anna

Il serait *guérisseur. Guérisseur* veut dire psychiatre en zulu. Une plume sur la tête, des paupières enflées et des bracelets bleus en haut des bras, le psychiatre zulu me sourit, alors qu'il a probablement massacré des Boers pendant la dernière guerre.

Où fuir ?

Le soleil est bas dans le ciel. Puisqu'il indique l'ouest, je réalise tout à coup que je peux trouver le nord. Et donc rejoindre l'Allemagne, à pied, puis à la nage. Mais avant que cette idée ne se transporte de ma tête à mes jambes, on m'attrape par le bras et on me tire vers le sud.

C'est un flanc de colline à terre rouge, herbeuse par endroits. Sur l'autre versant, des huttes basses et rondes apparaissent. On dirait des ruches piquées à différentes hauteurs. Des dames sortent d'une maison centrale et m'y font entrer pour me vêtir de nouveaux habits. Elles m'enfilent un pagne tenu par une ceinture de peau. Sur le front, elles m'ajustent un bandeau orné de plumes. Elles rigolent. Je dois être ridicule.

Il fait nuit quand je sors de là. Je cherche l'étoile polaire dans le ciel, tu sais, celle qui te montre le nord. Mais des nuages la cachent. Je me résigne à suivre ces dames en attendant le matin. Le soleil se lèvera à l'est et… tu devines la suite.

Je retrouve Anna devant un repas. Elle porte une jupe plissée, de la peau de vache, et sa poitrine n'est couverte que d'un tablier de perles. Le psychiatre zulu lui lorgne les seins.

— Si tu rêves, murmure Anna, tu guériras.

Elle ajoute que Mongezi est un collègue de travail de Gustav Jung. Je suis bien avancé… Je ne connais aucun Gustav.

Nous mangeons quelque chose d'indéfinissable, mais d'excellent. Et nous buvons beaucoup, beaucoup de bière. Ensuite nous dansons sur des chants accompagnés de percussions. Ces danses demandent de la coordination et de la souplesse. Il faut lever la jambe très haut, jusque derrière les oreilles. Anna est très douée, on dirait qu'elle a dansé avec les Zulus toute sa vie. Ou alors elle est ensorcelée. Moi, ce n'est pas terrible, mais alors pas du tout. Je n'ai qu'une idée en tête, suivre l'étoile polaire. Mais les nuages ne veulent pas la découvrir.

Au milieu de la nuit, Mongezi et Anna me ramènent à la hutte centrale et me font asseoir sur une natte. Mongezi me tend une calebasse pleine d'un liquide gluant.

— Okoma !

Ça veut dire soif, en zulu. En d'autres termes, je dois boire. Mais pas question que je touche à ce poison.

— Bois, répète Anna. Bois et tu rêveras.

Mais je ne veux pas rêver ! Rêver ? Jusqu'à quand ? Louper le lever du soleil ?

Mongezi me colle sa calebasse sur les lèvres et, bien malgré moi, le liquide dégouline sur mes joues, dans ma bouche.

Et je me mets à rêver. Mais c'est très curieux, parce que c'est comme un rêve emboîté dans un autre.

Un garçon de douze ans, châtain et trapu, me porte dans ses bras. Je n'ai plus douze ans. Je n'ai plus huit ans non plus. J'en ai deux.

Des tonneaux s'entassent au fond de la pièce. Tous les murs sont en bois, le plafond est bas. Tu es là aussi, en barboteuse, dans les bras de maman.

Dans la hutte, je suis bouleversé. Des larmes me coulent le long des joues. J'avais oublié à quel point maman était jolie. Ses cheveux blonds, presque blancs... Elle est longue et fine, un I majuscule. Les pupilles bleues, pareilles aux nôtres. Elle a l'air triste, maman, et fatiguée. Dans la hutte, les larmes me brûlent.

La porte carillonne dans ce rêve. Un visage surmonté d'une casquette passe au travers. Il sourit. Ses dents sont si petites, on les dirait de lait. L'homme retire sa casquette avec des gestes de comédien. La voix d'une femme se réjouit :

— Regarde Frieda, voici ton mari !

C'est papa qui vient d'entrer ? Le visage de papa est tendre. Il me vient tant de larmes dans la hutte de Mongezi. Je me vide d'un gros bloc de chagrin.

Papa porte un uniforme militaire. Il est plus rutilant qu'un sou neuf. Nous, ses petits, on tend nos bras potelés vers lui. Mais maman semble contrariée de son arrivée. Pour la faire rire, papa dégrafe comiquement sa cravate, qui tient par boutons pression. Je zyeute ses mains agiles, et je pense *Oh mais que c'est ingénieux.* Je n'ai que deux ans dans ce rêve, mais je pense ça. Et puis je ris. Et puis tu ris. Et maman ne rit pas.

Après, c'est tout noir.

J'ai mal à la tête.

Barbie ?

Me revoilà dans le bureau d'Anna.

— Ne me remercie pas, dit-elle. Rien de très honorable, tu sais. J'ai profité de ce que le juge te place chez moi pour apaiser ma culpabilité. L'Allemagne vous a abandonnés au motif qu'elle n'avait plus les moyens de vous nourrir. Et ta sœur et toi avez été recueillis par des… Écoute. Tes parents n'auront pas à savoir, pour les Zulus. Pour ton dossier non plus.

Un dossier, notre dossier d'adoption est ouvert sur mes genoux. C'est un cadeau, un cadeau secret qu'Anna me fait. Parce que je ne suis pas censé savoir. Nous sommes donc nés à Brême, je l'avais oublié. Avant la guerre, papa était tonnelier. Anna me sourit :

— Le gouvernement, tu vois, n'aura pas réussi à totalement effacer vos origines.

Le dossier est plein de traces du passé. Par exemple, papa qui tombe en Russie, en 1943. Ludwig Mahler, un paysan de Lahn, qui nous a déposés à l'orphelinat deux jours après le décès de maman.

Je ne savais pas tout ça. Ou j'en avais oublié la moitié.

— *Memento vivere*, me souffle Anna.

C'est du latin. Ça veut dire *N'oublie pas de vivre*.

***

Deux Terre'Blanche et un Mahler m'attendent sur le perron, en rang d'oignons. Toi, tu te tiens en bout de ligne. Tu es la seule à me sourire. J'oublie le troisième Terre'Blanche : au pied de son maître, Wicus remue la queue.

Je tends les lèvres vers la joue de Michèle. Elle doit être aussi révulsée que moi parce qu'elle esquive mon baiser.

— Il faudra du temps, Wolfgang, pour réparer.

— Tu as grossi, Michèle.

— Je suis enceinte, Wolfgang.

Son ventre est énorme, assez gros pour contenir une flopée de marmots. Elle accoucherait dans la minute que je n'en serais pas étonné. Victorieuse, elle pose la main sur sa descendance. Des sparadraps lui recouvrent le bout des doigts. Mon départ n'a pas arrangé son appétit pour les rognures d'ongles. Maintenant, elle se bouffe les doigts. Je ne l'appelle toujours pas maman, mais désormais elle s'en fiche. Elle va être mère pour de vrai.

Lothar me serre la main. Bientôt papa, mission accomplie. Peut-être que Jacob ne le traitera plus jamais comme une chiffe-molle.

— Alors, Pretoria, comment était-ce ?

— Les psychiatres m'ont appris un tas de choses.

— Bien… Bien…

Lothar avale quelques pilules. Son cœur s'est encore fragilisé ? Jacob me tapote l'épaule :

— J'espère que ce séjour à l'hôpital t'a fait du bien, P'tit Bosche.

Il n'a rien compris. Mais c'est un homme heureux : son héritier de sang mûrit à l'abri du ventre de sa fille. Aux côtés de son père chéri, elle se rengorge de fierté. Mais sa charité chrétienne continuera à s'exercer sur nous. Notre première mission, après tout, est de repeupler le pays. Ça tient toujours.

J'aperçois Thando du côté de l'enclos aux autruches. Plein de joie, il sort un petit drapeau allemand de l'arrière de son dos et l'agite pour me souhaiter bon retour.

— Il y a de la tarte au lait pour fêter ton arrivée, dit Michèle. Et ta guérison.

Alors que nous entrons dans la maison, elle souffle à mon oreille :

— Pour le poème… je ne suis plus très loin. J'attends la réponse d'un professeur de littérature allemande. Il faut démêler ce conflit si nous voulons repartir sur de bonnes bases.

À table.

Et voilà Graça, sourire aux lèvres, tout attendrie de la tablée. À la grâce de Dieu, se dit-elle. La famille est réunie.

La nuit dégringole. Toi et moi on retrouve Thando et une bouteille d'eau-de-vie dans la maisonnette. Mais avant de trinquer il me serre dans ses bras.

— Alors toi ! Comment c'était l'Allemagne ?

Il plonge dans le vieux sofa plein de poussière et s'offre une rasade d'alcool.

— Je n'étais pas en Allemagne, Thando.

Je m'installe à ses côtés et étanche ma soif avant de te proposer de boire au goulot. Tu refuses avec dédain et t'assieds sur un papier journal que tu poses sur le sol trop sale.

— Wolf n'était pas en Allemagne. Mon frère s'est fait envoyer chez un docteur de Pretoria.

Il y a un reproche dans ta voix.

— Un docteur ? s'étonne Thando. Pourquoi tu ne me l'avais pas dit, Barbara ? Moi je le croyais en Allemagne.

— J'ai vu un guérisseur zulu. Il m'a enseigné les vertus du rêve. Par le rêve, tu guéris. Le rêve sait tout, même ce que tu n'es pas censé connaître. Même ce que tu n'as pas vu, le rêve le sait. Mais il ne te montre pas toujours tout. Moi, j'ai vu beaucoup de choses.

Je me retourne vers toi, qui m'en veux en silence de t'avoir laissée seule.

— Le rêve m'a montré notre vraie famille, Barbie. Papa avait une tonnellerie, avec ses frères. *Les frères Grimm.* Il avait des frères. Nous avons des cousins…

Tu restes un temps à me fixer, perplexe. J'insiste.

— Il nous reste de la famille à Brême, c'est un fait.

Tu détournes le visage, indifférente. Et tu te mets à examiner le sol sous le sofa. Quelque chose attire ton attention. Rien, pourtant, ne me paraît plus important que ma découverte :

— Il nous reste de la famille à Brême ! je te répète.

Tu te redresses et respires profondément :

— Je me doute, oui…

Vraiment, tu t'en fiches. Thando s'arrose le gosier et s'étonne :

— Ton frère retrouve ta famille… et c'est tout ce que ça te fait ?

Tu hausses mollement les épaules.

— Ils ne prennent pas beaucoup de nouvelles, je trouve.

— Je leur en ai donné, moi. Je leur ai écrit.

On entend une mouche voler. À nouveau tu t'échappes sous le sofa, et au bout de quelques secondes tu t'écries :

— Mais… Il y a une photo là-dessous !

— Je leur ai écrit, tu m'entends ? À nos oncles, à nos cousins !

Détachée, tu glisses la tête sous le canapé éventré. Thando me tape sur le genou.

— Moi je t'écoute ! Alors tu leur as dit quoi ?

— Mon envie de… *notre* envie de les revoir.

Tu t'étouffes là-dessous, mais je ne sais pas si c'est de rire ou de poussière. Peu m'importe, j'enfonce mon clou :

— Et nous sommes allés poster ma lettre, Anna et moi.

— Tu as bien fait, dit Thando, me flattant de nouveau le genou.

On entend ta voix, lointaine, caverneuse :

— Autant jeter une bouteille à la mer.

Tu ressors la tête de là, de la toile d'araignée accrochée à tes cheveux. Mais tu es ravie du trésor qui se tient entre tes doigts. Une photo… Tu as déniché une vieille photo. Et alors que tu lui souffles dessus pour la désensevelir de sa poussière, un cri déchire la nuit.

Tu t'affoles. Thando et moi on est trop ivre pour comprendre.

— Bande d'abrutis ! C'est Michèle !

Apparemment, elle accouche.

***

Le poupon hurle quand nous entrons dans la chambre. Celle où Maria est morte, celle où Michèle est née. Maculé du sang de sa mère, l'asticot se tortille dans les bras de Graça, entre les cierges allumés.

Il est si fragile… J'en serais presque bouleversé. Mais je ne perds pas le nord, moi. Toi, en revanche, tu retiens tes larmes, et Jacob pleure de joie. Michèle sourit, Lothar vacille. Trop de sang pour lui.

Graça te propose de baigner le petit. Vibrante de reconnaissance, tu la laisses guider tes mains dans une bassine d'eau tiède. Une expression étrange se peint sur le visage de Graça, comme si, dans ce tout petit être, elle reconnaissait quelqu'un qu'elle n'attendait pas. Toi tu t'en donnes à cœur joie, ce petit frère, tu l'adores déjà. J'aurais presque envie de joindre mes mains aux vôtres, mais je ne vais pas perdre le nord, non. Je les garde croisées derrière le dos. À mesure que le sang s'efface de la peau du bébé, une tache de naissance se détache au bas de son dos. Lothar s'écrie :

— Mon fils a la même tache que moi !

Et il verse sa première larme. C'est lui qui a fabriqué ce petit lui-même. Il n'en revient pas.

Graça sèche le nouveau-né et le couvre de baisers, mais avec une sorte d'appréhension, tu vois, telle une bonne fée qui serait arrivée trop tard pour éloigner le malheur d'un berceau. Sans réussir tout à fait à cacher son inquiétude, elle pose l'enfant sur le sein de Michèle. Assis au chevet de sa fille et de son petit-fils, Jacob s'émeut tantôt des photos de Maria, tantôt du visage de Michèle. Par moment, elles se ressemblent tellement. Il en est tout remué. Il se dit qu'il a mal aimé sa fille. Car oui, c'est bien sa fille. Les choses changeront. Il lui caresse le front. Jamais il n'avait fait ça.

Exténuée, Michèle pousse des soupirs de victoire et de soulagement : elle a regagné l'amour de son père, elle a donné un fils à la ferme, à son mari, au pays. Elle rassemble ses dernières forces pour allaiter son garçon. Mais il a une dent. Il la mord. Michèle retient un hurlement de douleur. Ça me rendrait presque ce petit morveux sympathique.

Voilà que je perds le nord : je me propose de le prendre dans mes bras. Je suis devenu fou, ou quoi ? Michèle me fusille de ses billes noires, mais Lothar l'encourage à me laisser faire :

— Tu pourras te reposer.

Elle est si lasse, et si sonnée par cette naissance, qu'elle capitule.

Dans mes bras, l'asticot gazouille. Il est ravi. Enchanté, il me réclame le sein. À moi… Michèle verdit de jalousie. Alors je lui offre mon poing, à la chenille. Graça, assise entre ses deux cierges, se presse la poitrine pour voir si du lait en sort. La source est tarie.

— Je m'en vais préparer une bouteille, elle murmure d'une voix éraillée.

Et alors que je berce mon petit frère, Jacob voit quelque chose tomber de ta poche. Ça ressemble à une photo. Le trésor que tu as déniché sous le sofa de la vieille bicoque vole doucement en tournoyant vers le sol. Jacob s'avance et attrape cette image juste avant qu'elle ne touche terre. Il la regarde. Il la retourne. Il l'étudie. Il la retourne à nouveau.

Sur la photo, un homme à large casquette est accoudé à la véranda de la maisonnette des Noah. On ne voit pas son visage dissimulé sous le chapeau. Mais sa tête est tournée du côté de la ferme. Jacob se sent défaillir. Encore une fois, il retourne la photo.

Paul N., 1913

Sa respiration s'accélère. Il s'approche de son héritier, endormi dans mes bras. Il le scrute, les yeux presque révulsés. Puis il dévisage Michèle. Puis il examine l'enfant. Puis il avise Maria, qui sourit dans son cadre. Puis il étudie Paul N. sur la photographie. Puis il fait la tête d'un vieux monsieur qui découvre en moins d'une seconde ce qu'il s'est caché pendant les trois quarts de sa vie.

Je peux te dire que ça lui fait un sacré choc.

Alors il pousse un hurlement, un long cri de bête remonté du fond de ses tripes.

Une phrase blanche se détache du fond noir :

Ils ont trouvé un foyer

Le noir s'en va, mais j'ai toujours mal à la tête.

Je vois maintenant des gens en habits du dimanche qui se promènent. Une voix commente :

— Les quatre-vingt-trois orphelins adoptés en 1948, il y a quinze ans, par des familles sud-africaines ont visité le monument aux premiers colons, symbole de leur pays d'adoption.

Le sourire d'Anna apparaît dans ce cadre, aux côtés de messieurs en costumes gris qui portent des lunettes cerclées. Anna est plus âgée que tout à l'heure. Elle doit avoir dans les cinquante ans, mais on ne les lui donnerait pas.

— Mme Anna Schleininger, dit la voix, s'est réjouie de reconnaître des visages de ces enfants devenus aujourd'hui des adultes. Un chœur d'hommes a interprété des airs allemands et sud-africains pour ces nouveaux citoyens dont le triste passé a été oublié grâce à leur nouveau départ dans ce pays du soleil et de tous les possibles…

Michèle se trouve parmi les gens qui assistent à cette espèce de célébration, en compagnie d'un enfant caché sous un large chapeau. Elle est plus âgée, elle aussi, de dix ans. La vache, ça fait quand même un choc. Lothar est là aussi, un peu tassé, tout fripé, collé à la ventouse de sa caméra. Il filme avec un grand sourire qui contraste avec la grimace soudaine de Michèle. Elle vient de s'apercevoir qu'un garçon de vingt ans, parmi les adoptés, ne récitait pas ce qu'il était censé dire avec tout le monde. Ce géant tout en muscles, en angles et en carrés, c'est moi. Les cheveux blonds coupés ras, les épaules et les hanches trop larges, des globes bleus qui mitraillent et un nez droit au milieu d'une tête de tueur. Toi, tu es moi en fille, moi je suis toi en garçon, on est deux charpentes solides, à la différence près que, au contraire de moi, tu es ravie d'être là, avec les autres adoptés. À l'exception de quelques-uns, tous chantent :

— Nous n'avons désormais qu'une seule patrie : l'Afrique du Sud. Ses problèmes sont les nôtres. Son avenir est notre avenir. Nous voulons participer à son combat contre le vent du changement qui s'est levé, et nous battre pour faire triompher nos idéaux.

Ça s'appelle un serment d'allégeance et c'est à te tirer des larmes. Je ne le prononce pas. Je n'ai pas dû bien apprendre ma leçon. Pour cette raison, la caméra de Lothar se détourne de moi, pour cette raison, je disparais de cette télé où ne demeurent plus que les adoptés qui jurent amour et fidélité.

Revoilà Michèle, mais elle n'est plus dans la télé. Dans sa cuisine, elle s'appuie contre l'évier pour ne pas basculer. Elle a vieilli en quelques secondes, je dirais de trois ans. Elle a peu de rides mais des cheveux blancs lui courent sur la tête.

Ce qu'elle voit arriver à la fenêtre est encore plus effrayant, Michèle en est horrifiée malgré le soleil qui inonde la vallée. Une armoire à glace en habits de ville et à la démarche militaire s'avance, avec toujours ce carré des épaules et ces angles à la face. Même sous cette lumière d'été, je n'ai rien d'engageant. Tu me tiens par la taille et un garçon de treize ans trotte devant nous. Maigrelet, il ne ressemble ni à une armoire à glace, ni à un Afrikaner, ni à un Aryen, ni à un Afrikaryen. Les cheveux à la fois blonds et bruns, il ressemble à un asticot à lunettes. Sa tignasse l'obsède. Sans arrêt, il la lisse du plat de la main.

— Combien de temps va durer ta convalescence, grand frère ? me demande-t-il d'une voix en mue.

Je donne l'impression d'être en pleine forme. Mais je lui réponds :

— Quinze jours devraient suffire.

Tu me lances un méchant coup d'œil.

— Tu penses ? Et le docteur, lui, il en pense quoi ?

Selon toute vraisemblance, le docteur dont tu parles recommandait six semaines, mais je semble sûr de mon estimation. Tu demeures perplexe et finis par reprendre, assez bas pour que l'asticot n'entende pas :

— Tout ça pour partir plus tôt en Allemagne… Vraiment, Wolf, le moment est mal choisi.

Coupable, j'observe l'asticot qui continue de trottiner devant nous. Les vacances d'été ont commencé au début du mois, il se réjouit de mon retour pour le repas de Noël, un festin. Wilhelm s'aplatit continuellement les cheveux, il craint que le vent les décoiffe. Pourtant le vent ne souffle pas même si quelques nuages se forment dans le ciel. Wilhelm y jette un œil anxieux. Le ciel s'obscurcit et le menace, lui personnellement, de tomber sur sa tête.

Au-dessus de son évier, Michèle tremble toujours. Sauf les boucles. Ses boucles, impeccables, ne bougent pas d'un poil. Elle se ronge un doigt, les ongles ne lui suffisent toujours pas, et referme la fenêtre pour ne plus me voir approcher de la ferme en votre compagnie.

— Est-ce que tu peux encore faire tes prises, malgré ton opération ? me questionne Wilhelm, inquiet d'un nuage de pluie prêt à crever au-dessus de sa tête.

— Bien sûr ! Au corps à corps, je battrai toujours mes adversaires !

Deux temps, trois mouvements, l'asticot est coincé entre mes bras et ses lunettes descendent au bout de son nez. Sa peau est si grasse qu'il me glisse entre les doigts. Il éclate de rire :

— Maman me badigeonne tout le temps de crème solaire.

— Même quand il pleut, tu ajoutes, navrée.

Wilhelm remonte ses lorgnons en rigolant nerveusement, ma force l'intimide, il ne se débat pas. Je me fais peur à moi aussi. Si je me croisais dans la rue je changerais de trottoir.

— Tu n'as pas l'air si malade que ça ! s'exclame Wilhelm en se tortillant. On dirait que tu reviens de l'armée !

Tout poisseux de crème solaire, je le libère d'un coup et me frotte les avant-bras :

— Sûrement pas ! Si ta mère ne m'y avait pas envoyé pour la discipline… J'y suis resté tout ce temps uniquement pour l'argent parce que…

— Tu veux toujours te payer ce voyage en Allemagne, me coupe Wilhelm, attristé.

Il s'assombrit, pose un tas de questions. Et mon autre travail après, avec les banquiers, c'était aussi pour faire des économies ? Pourquoi je ne les aide pas plutôt à la ferme ? Pourquoi je préfère la ville ? Pourquoi l'Allemagne et pas eux, ma vraie famille ? Tu acquiesces à chacune de ses réflexions et t'adosses au vieux pressoir. Wilhelm et moi te suivons et, criminel, je me justifie :

— Je suis né là-bas… il me reste de la famille.

— Et moi ? se révolte mon asticot de frère. Je ne suis pas ta famille ?

Il ne se laissera pas convaincre, toi non plus. Tu l'enlaces en crachant de longs soupirs.

— Ces gens n'ont jamais répondu à ta lettre, me rappelles-tu. Cette obstination… je ne comprends pas. Et se tuer au travail pour pouvoir s'offrir ce voyage.

Pris d'une inquiétude, Wilhelm demande si c'est grave, ma maladie. Pourtant, vraiment je semble en pleine forme.

— Notre frère s'est juste cassé un nerf, tu fais avec ironie.

Tu montres ton diaphragme, j'imagine que ma blessure est là ?

— Il travaillait trop. Il n'arrivait plus à respirer.

Perplexe, Wilhelm demande comment l'Institut des Banquiers de Hollande a pu me bloquer la respiration, alors qu'à l'armée, j'étais le plus fort. Ses lunettes dégringolent de nouveau, il les rajuste. Tu prends un ton dramatique.

— Trop de responsabilités. La banque ne lui convient pas. Mais il ferait n'importe quoi pour agrandir son pécule.

Je me défends :

— Ça va beaucoup mieux depuis l'opération. Je vais me reposer deux semaines chez Barbie.

— Pourquoi pas à la maison, grand frère ? demande Wilhelm. Une chambre est encore libre au premier.

Un éclair déchire le ciel, m'épargnant de répondre. Un nuage de pluie s'ouvre sur nos têtes, plus particulièrement sur celle de Wilhelm. Michèle rouvre sa fenêtre et se met à hurler :

— Wilhelm ! Tes cheveux !

Effaré, Wilhelm protège ses cheveux avec ses mains et court vers sa mère, légèrement de travers car ses lunettes sont recouvertes de buée et de gouttes d'eau. Mais il se soucie plus de sa coiffure que de sa vision. Tu le regardes s'enfuir, tristement, puis, indifférente à la pluie, tu m'entraînes vers un entrepôt. Je reconnais la silhouette lointaine de Thando.

***

Thando n'a pas du tout grandi, lui, mais son visage s'est beaucoup abîmé, ce qui ne l'empêche pas de se jeter dans mes bras avec un grand sourire.

— Toi ! Les banquiers ont voulu te tuer ! Tu aurais mieux fait de rester à l'armée…

Je suis bouleversé de le retrouver. Je ne sais pas si c'est à cause de ça, mais le soleil se fraye un chemin entre les gouttes, tout bas, et un arc-en-ciel se profile, et la pluie se retire.

— Passons saluer Sophie, dis-tu.

Bras dessus bras dessous, Thando et moi te suivons alors que tu marches devant nous, mains dans les poches et face au soleil tout nu. Caché derrière un reste de nuage, il enfile sa couverture orange pour descendre se coucher dans la mer. Les montagnes sortent leurs habits noirs. En deuil du jour, elles barrent l'horizon. Maman devait être habillée en noir aussi, quand on lui a dit que papa était mort. Tombé du ciel, un pareil à celui qui rosit au-dessus de nos têtes. Son plafond était bas, aujourd'hui sa fille marche en dessous, devant nous et face au soleil couchant.

J'hésite à parler, je déglutis plusieurs fois avant d'ouvrir la bouche :

— Je pars à Munich le 8 janvier. Vous venez, n'est-ce pas ? Je m'occuperai de vos billets.

Thando tend une oreille intéressée, mais tu n'es pas transportée. Où est passée la détermination de tes huit ans, quand tu as écrit cette lettre d'adieux avant d'envoyer Thando me libérer du garage ? Quand il nous a emmenés jusqu'au port où nous sommes presque parvenus à prendre un bateau ? La question me brûle les lèvres mais je n'ose pas la poser.

— Je vous avais promis, vous vous rappelez ?

Thando hoche la tête, mais tu fais mine de ne pas m'avoir entendu. À quoi penses-tu ? Que les temps ont changé ? Maintenant, on est grand ? Quand on est grand, on ne fait pas n'importe quoi ? Tu t'arrêtes devant l'enclos aux autruches pour caresser des têtes qui dépassent. Curieuse, l'une d'elles dresse son cou et le tord dans ma direction. Tu t'en amuses :

— Sophie n'a pas l'air de te reconnaître.

Tu jettes un coup d'œil rapide à Thando :

— Quel âge elle peut avoir, aujourd'hui ?

— Sophie ? Dans les soixante-dix ?

Ma respiration est difficile. J'insiste.

— J'ai assez d'argent pour l'Allemagne. Nous trois. Comme on avait dit.

Des oiseaux s'échappent d'un arbre, et Sophie l'autruche me considère d'un air médusé, telle une vieille tante qui retrouverait son petit-neveu après des années. Il a changé, c'est incroyable ce qu'il a grandi, c'est fou sa grosse voix, c'est insensé ce qu'il raconte.

— Cette fois, on y arrivera.

— Et Wilhelm ? tu lances. Qu'est-ce que tu fais de Wilhelm ?

Vous échangez un regard entendu, au sujet de quelque chose dont je ne suis pas au courant.

— Quoi, Wilhelm ?

— On ne peut pas le laisser…, tu murmures, surtout en ce moment.

Tu grattouilles le front de Sophie. Je crois bien qu'elle ronronne.

Une chaise roulante, poussée par Graça, et qui contient Jacob débouche soudain d'une allée.

— Retourne chez Noah…, bougonne Jacob d'une voix faible, le menton rentré.

Il parle dans le vide. Son corps est absent. Ou il est absent de son corps.

— C'est pas gentil ça ! le sermonne Graça.

Elle nous aperçoit tout à coup et se précipite, si on peut dire, vers nous, poussant la chaise où Jacob cahote tel un sac.

Après m'avoir embrassé avec chaleur (la famille est enfin réunie), elle esquive les approches de Sophie, tout en se désolant de l'état de Jacob, qui a empiré à chacune de ses attaques. *Votre pauvre pépé*, dit-elle à chaque phrase, avec beaucoup de compassion pour cet homme qui ne s'est jamais privé de corriger Thando. Le délabrement de Jacob ne me surprend pas. Graça lui caresse la joue avec une affection qui ne l'atteint pas :

— Votre pauvre pépé n'a plus que trois ou quatre mots à la bouche… Il garde les yeux ouverts même la nuit. À part la nourriture, il n'a plus goût à rien.

Sophie picore dans la nuque de Jacob, mais il s'en indiffère. Graça nous dit qu'elle doit y aller, et desserre le frein de son engin pour repartir.

— Je fais un cochon de lait et un pudding de Noël pour ce soir… Je servirai dehors s'il ne pleut pas.

Thando demande avec inquiétude si elle a pensé à mettre un morceau de cochon et une part de gâteau de côté, pour eux. Graça écarquille les lèvres d'indignation et Jacob grommelle *Ils nous tueront tous*, ce qui indique qu'il comprend tout. Peut-être même qu'il se rend compte de sa décrépitude. C'est horrible, il faut bien se l'avouer, mais le pire est que je n'en éprouve pas la moindre compassion. Graça et son malade retournent vers la ferme.

***

— Une lettre anonyme a atterri à la direction générale des affaires intérieures. Bureau de classification. Tu étais à l'hôpital, j'ai préféré ne pas t'en parler.

Étrangement, ajoutes-tu, ce courrier était ancien, il datait de 1959, mais n'a été envoyé que récemment. Sophie t'écoute aussi attentivement que Thando. Il bat des paupières intriguées quand tu évoques une convocation, où Wilhelm a dû se rendre avec Michèle.

— Maman en était malade... Wilhelm se serait caché dans un trou de souris. Elle lui a presque arraché les cheveux en lui faisant son brushing. Ce n'était jamais assez raide.

Mais il a plu ce jour-là. En moins de trois secondes, Wilhelm s'est mis à boucler et, une fois arrivé devant les experts, il était plus frisé qu'un mouton. Ce qui risquait de poser des problèmes pour l'épreuve du peigne.

— Jacob n'est plus président du bureau de classification depuis un moment... Mais les experts se sont montrés plutôt indulgents. Wilhelm remplissait la plupart des critères : ses traits sont fins, sa peau est assez claire, l'afrikaans est sa langue maternelle...

Je t'écoute, abasourdi, et Thando se tait en t'observant avec un air sombre. Perplexe, Sophie fouille le sol avec le bout de son bec.

— Il mange comme nous, il boit comme nous... Ajoute ça à son milieu, et à l'endroit qu'il habite, ça plaidait en sa faveur. Mais le test du peigne... Il est resté accroché dans ses cheveux. Trop de crêpures.

Tu sors un papier de ta poche que tu déplies. Il s'agit d'un journal, daté du 21 décembre 1966.

Est-il une personne blanche ?

Cette question est posée au-dessus de la photo de Wilhelm. Interloqué, je la relis, et Thando me demande de lui dire à voix haute ce qui est écrit. Il pousse un soupir d'effarement quand il l'apprend. Une colère sourde entre en moi. Tu restes d'un calme étonnant.

— Wilhelm devrait être reclassé *Colored*, changer d'école, de résidence. Papa a demandé la révision de cette décision. Il a convoqué la presse pour que ça ne s'éternise pas. Ça pourrait prendre des mois... Maman ne voulait pas qu'on en parle, bien sûr.

Je me revois enfermé dans le noir, sans une allumette pour enflammer la lampe à pétrole. Je sors de mes gonds :

— Michèle aurait sûrement préféré le boucler dans le garage pour le cacher !

— Elle rejette la faute sur papa. Elle l'accuse d'avoir des... enfin... des ancêtres pas très clairs. Lui, il n'y comprend rien du tout.

Thando se met soudain à rire aux éclats, et il ne peut plus s'arrêter. Il se frotte les mains le long des jambes, de haut en bas, tant il est hilare :

— Tout le monde sait ce qui s'est passé entre Noah et la femme de Jacob dans le temps !

— Il s'est passé quoi ? je lui demande.

Thando finit par se calmer, et il fronce ses sourcils pour bien se rappeler de ne plus rigoler.

— Moi je dis juste… il paraît qu'ils ne s'en cachaient pas.

Tu lui lances un regard sans dire un mot et sourdement, tu murmures :

— Wilhelm se sent si coupable.

Thando fait un geste agacé tout en claquant de la langue.

— Coupable de ne pas être un Blanc ? Donnez-le aux Zulus et qu'on n'en parle plus !

Cette idée plaît à Sophie qui relève la tête pour nous écouter de nouveau. Tu t'amuses :

— Wilhelm chez les Zulus ? Cette blague !

Tu conclus que te ne me suivras pas en Allemagne, alors que Wilhelm a besoin de toi. Sophie elle-même me jette une œillade accusatrice, un sentiment de honte m'envahit et aussi une rancœur. Pourquoi ne m'avais-tu rien dit ?

— Je ne suis pas en sucre, Barbie, tu aurais dû m'en parler.

Nous saluons Sophie qui nous voit prendre nos distances avec une sorte de mélancolie. On marche encore, arrivons bientôt devant une maison que je reconnais. La vieille bicoque de Noah est clinquante, rénovée jusqu'au portail qui a été repeint et dont la serrure a été changée. L'intérieur coquet où tu nous reçois n'est pas une découverte pour moi, ni que cette maison est ton chez toi, où des valises sont posées au milieu du salon. Les miennes, je suppose, pour ma convalescence. Thando se jette dans le canapé douillet qui a remplacé le sofa éventré. Moi aussi. Il tire une bouteille d'eau-de-vie de sa poche et se vante de l'avoir volée à la distillerie.

— Depuis que Jacob est dans sa chaise, je ne prends plus jamais de correction, proclame-t-il en ouvrant sa bouteille d'un coup de dents. Des fois, il me traite de *communiste*. Mais les insultes ça ne fait pas de mal.

— Communiste ? tu répètes en riant. Tu es communiste, Thando ? Comme Bobby Kennedy ?

Tu repousses la bouteille qu'il te propose et tu t'assieds sur une chaise basse face au canapé. Le parquet crevé a laissé place à un carrelage blanc, rutilant.

— C'est quoi d'ailleurs, *communiste* ? demande Thando.

— C'est quelqu'un qui est enfermé en Allemagne de l'Est, je fais en me réchauffant le gosier de cet alcool de fruits.

J'évoque un mur construit à Berlin pour séparer l'Allemagne en deux. Depuis, elles ne se rencontrent plus.

Elles n'ont pas le droit de se mélanger. Au comble de la surprise, Thando s'écrie :

— Ah bon ? Il y a aussi l'apartheid en Allemagne ?

***

Cochon de lait et riz au raisin, Graça sert le dîner de Noël, finalement à l'intérieur : dehors il fait chaud, mais un orage risque d'éclater. Souriante au milieu de ses cheveux blancs et de ses soixante-dix ans, Graça est ravie de nous voir réunis autour de la table joliment mise, et près de la crèche. De petits personnages posent dans un décor d'étable devant un berceau vide. La naissance du Christ est attendue pour minuit. Pourtant, Jacob fait la tête. L'œil vitreux, il marmonne dans sa barbe :

— Noah… retourne chez Noah…

Graça n'ose pas dire *C'est pas gentil, ça*. Sans se départir de son sourire, elle se retire en silence.

Je surveille le lustre branlant au-dessus de ma tête pendant que tu pries entre Michèle et Wilhelm. Jacob bave et interrompt ponctuellement les louanges au Seigneur :

— Ils nous tueront tous… Ils nous tueront tous… Ils nous tueront tous…

Il répète sa litanie en lorgnant Wilhelm. Par moments, il fixe Michèle avec une expression contrariée, et remue les lèvres pour dire quelque chose de pas simple, mais il ne réussit qu'à prononcer des syllabes désordonnées.

La prière terminée, Michèle lui sourit froidement et lui attache un bavoir rouge décoré d'étoiles blanches. Tu lui éponges le coin des lèvres. Une petite tristesse embête Michèle, mais je n'ai pas l'impression que ce soit l'état de Jacob.

Lothar est affecté, peut-être parce que les cheveux de Wilhelm sentent le brûlé : Michèle a dû lui faire un brushing pour réparer les ravages de la pluie. La pluie est un bienfait pour les champs, une malfaisance pour les cheveux de Wilhelm. Tout le monde sait pourquoi Dieu a fait la pluie et pourquoi Il a envoyé le messie, mais personne ne comprend pourquoi Il a fabriqué les cheveux de Wilhelm. Ses voies sont impénétrables, amen et bon appétit.

Gourmand, Wilhelm plante sa fourchette dans un morceau de cochon. Michèle et Lothar le dépiautent. Tu prépares une cuillère à soupe de riz pour Jacob, qui salive.

Une petite télé trône sur le buffet, qui parle toute seule dans son coin en se désolant que personne ne l'écoute. Michèle semble triste, mais triste !

— Tout va bien, ma chérie ? se préoccupe Lothar.

Michèle boit cul sec un verre de vin rouge, et dit oui. Rassuré, Lothar avance le bras pour lui caresser la main :

— Et cet éditeur ?

Michèle s'obscurcit. Lothar regrette déjà sa question mais, trop tard, le mal est fait. Michèle se morfond intérieurement : l'éditeur a bien accepté de publier son livre sur l'éducation – quinze ans d'écriture –, mais il ne donne plus signe de vie. Qu'a-t-elle fait pour mériter ce silence ? Elle s'essuie le coin de la bouche et observe sa montre.

— Dans quatre heures, dit-elle avec une joie forcée, le Christ sera né.

Lothar et Wilhelm, assis côte à côte, échangent un clin d'œil et se resservent du cochon. Moi je me tiens droit à tes côtés, et je fais en sorte de ne pas attirer l'attention, en particulier de Michèle. Heureusement, mon appétit s'est développé, j'engloutis, elle n'a plus de raisons de lorgner mon assiette.

— Ils nous tueront tous, dit Jacob en épiant Wilhelm.

Lothar jette un œil à son fils et ce qu'il voit lui inspire un sourire aussi beau qu'un rayon de soleil. Il n'a plus besoin de caméra pour enjoliver son monde, ses yeux lui montrent ce dont il a envie. De ce point de vue, Wilhelm lui semble aussi blond que le Christ qui sera né dans quatre heures. Alors cette reclassification… comprend pas.

— Apparemment, c'est un communiste, alerte Jacob.

Michèle et toi lui donnez la becquée, mais la moitié pendille et finit sur la nappe de Noël. Le quart sur le plancher.

— Retourne chez Noah, profère Jacob en semblant s'adresser à Michèle.

Les lèvres de Michèle se tordent, on dirait qu'elle s'empêche de crier. On sent bien qu'elle est tentée de se manger les ongles. Mais elle se retient. Jacob éclate d'un rire d'ogre qui l'éclabousse de postillons. Elle s'essuie calmement, puis demande à son mari :

— Des nouvelles de District Six ?

— Ils nous tueront tous, dit Jacob.

— Les démolitions ne devraient plus tarder, enchaîne Lothar.

— Apparemment, fait Jacob, c'est un communiste.

Michèle se tortille une frisette avant de la remettre en place.

— Retourne chez Noah ! lui crie Jacob en essayant de développer son idée, mais son cerveau refuse de fonctionner.

— Il y aura aussi des possibilités à Claremont, reprend Lothar en sauçant son assiette avec du pain. Et à Wynberg.

Alors que Jacob ouvre la bouche, et que Michèle y engouffre un morceau de pain, Lothar évoque un beau brin d'immeuble qu'il a repéré près du port. Deux étages remplis d'Indiens, de saltimbanques et de trafiquants d'alcool, de drogues et de curry. Après les expulsions, il aménagera de nouveaux bureaux pour la compagnie.

Tu secoues la tête, quelque chose te révolte dans ces propos mais tu préfères ne rien dire. Michèle repose ses couverts dans son assiette vide et, après avoir appelé Graça pour débarrasser la table, elle recommande à Lothar de désinfecter son immeuble avant d'y installer ses bureaux. Parce que District Six a eu la peste.

— La peste ? répète Lothar. C'était il y a plus de soixante ans !

— Apparemment..., tente Jacob.

Il oublie d'ajouter que c'est un communiste. Michèle interroge sa montre, pour ne pas manquer la naissance du Christ, et Lothar précise que la peste n'était pas due aux colorés, mais aux Nègres.

— Ils ont été déplacés à Langa, précise-t-il.

Un courant électrique se déplace le long de ma colonne vertébrale, puis une odeur de cannelle et de sucre vient me chatouiller les narines. Le pudding de Graça trône au milieu de la table. Elle le coupe en tranches égales qu'elle dépose dans nos assiettes. Lothar se frotte les mains sans se rendre compte que Michèle le scrute d'un air soupçonneux. Innocent, il échange des sourires tendres avec toute la famille, sauf Jacob. Il m'est facile de lire dans les pensées de Michèle : je n'aurais jamais dû me marier avec lui... Quelle erreur monumentale. Et son père qui, juste après la naissance de Wilhelm, a soudain trouvé les moyens de rénover la vieille bicoque de Noah... pour les y chasser ?

Des larmes se retiennent derrière ses paupières.

Grâce à Dieu, Jacob a eu sa première attaque et ils ont pu... ils ont dû... revenir à la ferme pour prendre soin de lui. Mais le soupçon concernant Wilhelm pèse désormais sur sa famille. Son éditeur ne lui donne plus de nouvelles, le pasteur ne lui dit plus bonjour, tout le monde se détourne d'elle. C'est à peine si on la laisse enseigner. Pourtant, elle a décidé de ne pas mettre Wilhelm à l'école dès la rentrée de janvier.

Michèle ajuste ses boucles et essuie le menton de son père, où collent des cristaux de sucre.

— Retourne chez Noah ! lui crache-t-il.

Elle lui enfile une cuillerée de gâteau dans le gosier pour le faire taire. Il est si injuste. Pourquoi lui demande-t-il ça à elle ? Son cerveau est-il à ce point en bouillie ? Que reste-t-il de l'homme qu'il a été ? La bouche pleine de sucre et d'épices, l'homme qui a été se tait et se détourne vers la télé allumée.

— Apparemment, c'est…

… un communiste.

— Ils nous tueront tous !

Lothar sort une boîte à pilules de sa poche et prend son remède pour le cœur. Lasse, Michèle annonce :

— Je vais chercher le petit Jésus pour le mettre dans la crèche.

— Déjà ? s'étonne Lothar en consultant sa montre. Il n'est pas encore né !

— Verwoerd passe à la télé ! s'écrie Wilhelm.

Enfin, la télé se voit écoutée. Elle a le bonheur de nous parler d'un monsieur important, dont elle nous rappelle qu'il ne faut pas l'oublier, car il a été assassiné, alors qu'il était important. Afin que nous ne l'oubliions pas, son sang est conservé sur le fauteuil où la mort l'a trouvé. Six mois déjà. Dieu, dont le fils est sur le point de naître, n'a pas voulu ça. D'ailleurs, le sauvage qui a tué Hendrik Verwoerd ne descend pas d'Adam. Encore merci aux États-Unis, à la France, à l'Angleterre… pour leurs condoléances. Hendrik Verwoerd était quand même le père de l'apartheid. Joyeux Noël à toutes et à tous.

***

Me voilà au volant d'une voiture, une BMW rouge grenat, sièges en cuir. Assise sur le siège passager, tu es épouvantée. Tu as cette même expression, tu sais, que la fois où nous avions quitté la ferme pour rejoindre l'Allemagne. Alors ça y est. Nous avons fait le grand saut. Thando n'est pas là et moi j'ai l'air coupable.

Le rétroviseur encadre une figure pleine de ressentiment, celle de Wilhelm. Assis à l'arrière, il est ficelé comme un très gros asticot.

— C'est à l'armée que tu as appris ça ? me blâme-t-il.

Je reconnais cette route escarpée, ces arbres qui ont grandi, ces paysages somptueux qui s'étonnent de ma voiture rouge. Wilhelm n'a pas la moindre idée de notre destination. En dehors du Cap, il ne voit pas où on pourrait aller.

Entravé par ses cordes, il tente de se rapprocher de la fenêtre par petits bonds. Par moments il s'arrête, étudie la route pierreuse qui monte, qui monte, et que les vents battent. Ils sont glacés.

— Maintenant, tu marmonnes, c'est sûr : la police est à nos trousses.

Ta voix est éteinte, un frisson me court dans l'échine.

— Encore faudrait-il qu'ils nous trouvent, je prononce sur un ton mal assuré.

Nous arrivons sur un plateau de terre mouillée, si molle que la voiture s'embourbe. Un mauvais sourire se dessine sur le visage de Wilhelm : Dieu a ensablé tes roues pour te punir. Dieu est contre toi. Dieu te punira : bientôt les sirènes de la police, espère mon petit frère. Le sale gosse est bien le fils de Michèle, pas de doute.

Je m'arrête, coupe le contact et me précipite dehors pour fondre sur une première roue, et creuser autour. Pas de temps à perdre, on dirait. Malgré mes demandes répétées, tu ne viens pas m'aider. Me fais-tu payer les cordes de Wilhelm ? N'es-tu pas complice, puisque tu es là ? En tout cas, tu me laisses me débrouiller tout seul. C'est vrai, l'habitacle de la voiture est plus confortable que le sol où je suis accroupi.

— Détache-moi..., te susurre Wilhelm en croyant que je n'entends pas.

— Il vaut mieux raisonner Wolf, d'abord...

— Est-ce qu'il est devenu fou ?

— C'est l'Allemagne qui lui fait ça. Il croit qu'on est des « personnes déplacées ».

— Comme les Noirs et les... hum... métis ?

— Tout à fait, Wilhelm. Ton grand frère veut remettre tout le monde à sa *vraie* place.

— Chez les Zulus ? s'exclame Wilhelm. Pourquoi il veut m'emmener chez les Zulus ? Ma place n'est pas chez les Zulus !

Abattu, Wilhelm bascule en arrière. Les larmes qui lui montent aux yeux te bouleversent. Essayant de contenir ton émotion, tu lui parles avec douceur, à voix basse.

— Il a repoussé son voyage à Munich pour toi… les Zulus, c'est une idée de Thando.

— Ce communiste ! s'écrie Wilhelm en fronçant le nez pour faire remonter ses lunettes toutes embuées. Je lui ai dit, à Wolf, que je ne voulais pas ! Alors il me kidnappe ! Et tu le laisses faire ?

Effrayé par une tête qui surgit soudain à la fenêtre, la mienne, Wilhelm me regarde comme si j'étais un diable à ressorts jailli d'une boîte.

— À cause de Jung ! lance le diable qui se balance au bout de son élastique.

Wilhelm sursaute, et toi tu ne sais pas si tu dois rire ou pleurer. Je m'accoude au rebord de la fenêtre :

— Wilhelm… Tu as bien compris, hein, ce qui s'était passé, à la commission ?

Wilhelm détourne la tête pour esquiver la question. Je continue quand même :

— Le rêve, lui, te dira qui tu es vraiment. C'est important, de savoir qui on est.

Convaincu qu'il n'a rien à répondre, il me toise.

La roue enfin libérée, je reprends le volant, les mains noires de terre.

— J'aurais dû prévoir, je ronchonne. On s'était embourbé exactement au même endroit avec Anna.

La voiture cahote sur un étroit chemin semé de pierraille. Tressautant, tu te retournes vers Wilhelm qui sautille lui aussi, et tu lui souris pour lui promettre que les choses vont s'arranger. Visiblement, il ne te croit pas, mais se risque à me demander si, au moins, on sera de retour avant la rentrée des classes.

— Sûrement, je dis, mentant effrontément. Es-tu seulement sûr que ta mère t'a réinscrit ? Elle ne voulait pas qu'on te voie à l'école, je crois… Peut-être qu'elle a prévu de t'enfermer dans le garage, non ?

Wilhelm devient cramoisi, il s'indigne. Maman ne ferait jamais une chose pareille ! Elle le sait bien, elle, qu'il s'agit d'une…

— … erreur regrettable…

… que papa va arranger.

Des babouins apparaissent dans un virage, avec leurs petits, très étonnés de ma BMW rouge. D'habitude, ce sont des gens à pied, ou des Jeep kaki. Plus loin, des zèbres s'abreuvent à un point d'eau. Ils ne nous prêtent aucune attention. Tu t'émerveilles de leur robe noire et blanche pour dérider Wilhelm. Et il éclate en sanglots.

— Pourquoi vous me faites ça ? il hurle entre deux hoquets.

Coupable, je n'arrive plus à déglutir. Wilhelm est inondé de larmes qui me transperçent. Au bout d'un moment, je m'arrête à nouveau, cette fois pour le détacher après lui avoir fait promettre qu'il ne s'enfuirait pas :

— Où veux-tu que j'aille ? dit-il résigné.

— Quand j'avais ton âge… j'avais pensé pouvoir aller en Allemagne à pied. Tout est possible, tu vois.

— Oui, mais toi tu es fou.

Nous redémarrons, une poussière orange s'élève du sol. Portée par le vent, elle nous suit. Tu te retournes vers Wilhelm.

— J'espère que tu nous pardonneras, Wilhelm. Il nous en coûte à nous aussi, tu sais ?

— Le guérisseur ne te fera aucun mal, je lui promets en lui souriant dans le rétroviseur. C'est la même chose qu'un psychiatre.

Wilhelm ne paraît pas rassuré pour autant, il pleure tout doucement, renifle tout son saoul.

— Alors… même détaché…, je suis prisonnier ?

Je lui dis que ça arrive. Parfois, des liens invisibles nous attachent. Ils sont pires que des cordes parce qu'on ne les voit pas. On se croit libre alors qu'on est en prison.

Une pluie fine clapote soudain sur le capot. Le ciel s'obscurcit. Wilhelm lisse ses cheveux du plat de sa main.

***

Anna a troqué son casque et sa blouse contre un tablier de perles et une jupe de peau. Elle nous accueille aux bras d'un vieillard d'à peu près cent dix-sept ans. Il ne les fait pas. Je reconnais Mongezi, le collègue de Gustav Jung. Par une étrange magie il a envoûté Anna, à moins qu'il ne l'ait droguée : il est devenu son mari. Elle n'est pas sa première épouse, et se trouve assez loin d'être la seule. Mais c'est la cheffe. Voyant le capot de ma voiture fumer, elle ordonne à deux grands costauds de la pousser aux côtés d'une autre carcasse de bagnole. La Jeep d'Anna est adossée à un buisson, où elle sert de maison à un couple de chèvres.

Mongezi attrape Wilhelm gentiment par l'épaule et l'escorte en lui parlant une langue inconnue. La mine peu assurée, d'autant que la nuit dégringole, Wilhelm remonte constamment ses lunettes et jette parfois un œil dans son dos pour vérifier que nous sommes bien là, en retrait, avec Anna. Anna hoche la tête, approuvant toutes mes paroles. Pourtant, elle n'était pas au courant du malheur de Wilhelm :

— Les journaux n'arrivent pas jusqu'ici. Qui a signalé votre frère au bureau de classification ?

Pas la moindre idée, réponds-tu avant de préciser que Lothar a fait appel de la décision de reclassifier Wilhelm en personne colorée. Tu ne te sens pas très à l'aise et surveilles du coin de l'œil notre petit frère qui avance à contrecœur. Anna s'arrête tout à coup :

— Avez-vous finalement rencontré votre famille allemande ? demande-t-elle.

— Aucune nouvelle…

Mon visage se rembrunit. Mais je lui annonce mon prochain départ pour Munich.

Nous nous arrêtons devant la case qu'Anna nous destine, tandis que Wilhelm et Mongezi poursuivent vers la chambre aux rêves. J'y avais retrouvé la mémoire l'autre fois. Wilhelm se retourne, inquiet de se voir abandonné. Tu lui fais un petit signe d'encouragement, puis nous entrons dans notre abri. Très simple, il est meublé de deux nattes, d'un tapis tressé et deux tabourets.

— Reposez-vous ! nous recommande Anna.

Les deux costauds de tantôt nous déposent des valises. C'est bizarre, il y en a beaucoup. Anna s'éloigne avec eux, en faisant cliqueter les perles de son tablier. On s'allonge sur nos couches, face à face, genoux repliés. Rien n'existe au monde que nous deux, nos souffles mêlés et les étoiles qui nous guignent par une ouverture dans la paroi. Un long moment s'écoule ainsi à partager le silence, le plaisir d'être ensemble, et aussi une inquiétude, pour Wilhelm. Nous n'en parlons pas. Qu'y aurait-il à en dire ? Tu t'en remets aussi aux sortilèges de Mongezi.

Te retournant sur le dos, tu respires un grand coup avant de murmurer :

— Quand tu étais à l'armée…

Tu fais une pause, hésites à reprendre, en trouves finalement le courage.

— … et que j'étudiais à Stellenbosch…

Tu t'arrêtes de nouveau, songeuse. Je continue pour toi :

— L'œnologie et le français… Une couverture pour ne pas te marier. Je me rappelle très bien.

Tu te mets la main derrière la nuque. Un sourire vient se promener sur ton visage

— Papa et maman font ce qu'ils peuvent, tu sais… et ils croient en ce qu'ils font. Mais là, vraiment, les gars qu'ils m'ont proposés.

— Et Kobus ? Lui non plus ? Toujours pas ?

Tu secoues la tête. Pas envie de mariage, surtout avec lui ! Tu te rapproches de ton frère, le seul mâle que tu tolères, avec Lothar… Un court instant, on avise une étoile qui brille plus que les autres dans la meurtrière.

— Quand tu étais à l'armée… à briser des cœurs… Je partageais ma chambre de la pension avec une amie… Elsa. Je ne t'en ai jamais parlé, si ?

— Je m'en rappellerais…

— Elle était étudiante en psychologie.

Ta voix s'enroue, tu te racles la gorge pour te débarrasser d'un gros chat.

— Son mémoire de fin d'études portait sur le traumatisme de la guerre. Comme elle a su… vu… que je faisais souvent des cauchemars, elle a voulu étudier mon cas. La plupart du temps je rêvais d'endroits si sombres qu'on aurait dit des forêts où j'étais perdue. Et j'y sentais la présence de gens qui ne me voulaient pas du bien. Elsa pensait, comme toi, que j'étais une *personne déplacée*... Franchement, si c'est pas gonflé, quand on sait ce qui se passe ici ! En plus elle était pour... je veux dire les zones réservées, tout ça.

Tes yeux se baissent une seconde, dans l'attente de ma réaction.

— Et tu t'es laissé étudier ?

Ma question te fait tressaillir. Tu regardes autour de nous avec anxiété. Tu te sens nerveuse. Fermant les yeux, tu avoues :

— C'était ma première fois.

Des grumeaux se forment dans ta voix, ils remontent à tes yeux où ils se changent en larmes. Et tout à coup, tu te mets à t'accabler de reproches. Mais alors, qu'est-ce que tu te dénigres ! Tu es nulle. Quelque chose ne va pas avec toi. On aurait dû te liquider, parce que tu n'es pas normale. Quelque chose cloche avec toi. Tu es comme une handicapée. Agitée, tu remues les mains, balances la tête de tous les côtés ainsi que pour te sortir de ton corps, t'en libérer parce qu'il t'oppresse. Et tu me jettes des regards agacés.

— Ne me dis pas que tu n'es pas choqué !

Toi visiblement, tu l'es. Tu es détestable, dis-tu, d'autant plus détestable que tu caches ta maladie à tout le monde, et moi je ne te détesterais pas ? Alors que tu nous salis ?

— Enfin, Wolf ! Est-ce que ta première fois était avec un garçon ?

Je m'absorbe dans le plafond, avec un sourire qui te dérange.

— Non. C'était la fille d'un haut gradé, un jour de fête. Pas terrible. Je veux dire… Je n'ai pas été très performant.

Tu replies les jambes, ta jupe glisse en haut de tes cuisses.

— Je me demande des fois si je n'aime pas les filles pour faire comme toi.

Ta voix est tremblée, mais tu ne pleures pas. Tu t'empêches. Ce serait tellement pitoyable, songes-tu. Alors tu te désignes d'un doigt accusateur :

— Ce que j'ai fait… Ce que je suis… c'est interdit par la loi.

— Sarah aussi… elle était interdite par la loi. Tu l'aimais, non ?

— J'étais censée être une Aryenne, Wolf. On était censés…

Je n'entends pas la suite, parce que tout à coup, je remarque, sur le haut de tes cuisses, des cicatrices, verticales, et qui se superposent. Tu te tournes, et te retournes, restes une seconde sur le dos, te remets sur le côté, roules à gauche. Et moi je suis ces cicatrices, que je ne m'explique pas. Je ne me rappelle pas que tu te sois blessé le haut des cuisses ? Tu reprends :

— Ce qui m'a fait le plus mal, avec Elsa… En réalité, elle ne m'aimait pas. Elle avait besoin d'un cobaye pour son mémoire. Elle m'a essayée. Pour voir comment ça faisait avec une fille.

Tu t'arrêtes pour prendre une grande bouffée d'air. Tu en manques. Et je ne t'aide pas :

— Qu'est-ce que c'est que ces cicatrices, sur tes jambes ?

Embarrassée, tu allonges tes jambes, et tires ta jupe vers le bas, de toutes tes forces, pour ne pas laisser dépasser un millimètre de peau. J'ai vu quelque chose que je ne devais pas voir ? Soudain, je pense à Lothar. Et je m'horrifie de ce que j'imagine. Tremblant, je te demande :

— Ce n'est quand même pas Lothar qui t'a…

Tu nies, énergiquement. Ton malaise grandit. Tout, mais pas ça. Pas question de parler de ces blessures. Alors tu en reviens à Elsa. Parce qu'elle t'a fait moins mal que ces mutilations ?

— Elle a fait pareil avec un Indien. À Durban. Elle a eu des relations avec lui, pour l'étudier, voir ce que ça faisait avec un Indien. Mais moi, je n'avais pas été amoureuse depuis Sarah.

— Moi non plus, depuis Sarah, je n'ai jamais été amoureux.

— Je ne crois pas que ça m'arrivera encore un jour. Pas toi ?

Tes yeux, alors, deviennent transparents. Ces coupures, c'est toi-même qui te les es faites.

Chambardé par ce que je viens de comprendre, parce que, tu sais, je l'ai vu, vraiment vu, je fonds en larmes. Tu ne comprends pas pourquoi je me mets à pleurer.

Parce que je n'ai pas pu te défendre. Et, là encore, c'est toi qui me protèges en me prenant dans tes bras.

***

Le repas est aussi indéfinissable que la première fois, mais il est encore meilleur. Wilhelm boit beaucoup, beaucoup de bière, mais après manger il refuse de danser et va s'asseoir tout seul sur un gros caillou isolé sur un terrain plat, d'où il cuve son alcool et partage son désarroi avec Dieu.

À corps perdu, tu te jettes dans la danse. Moi aussi. Heureusement je n'ai pas peur du ridicule, car je le suis. Surtout face à Anna, dont la jambe se lève toujours aussi haut, et toi qui te débrouilles très bien. Je ne te connaissais pas cette souplesse. Tu l'expliques par les bals de printemps, où Elsa t'a emmenée quelques fois, du temps où elle t'employait en tant que cobaye.

Épuisés et suants, nous prenons une courte pause. Tu en profites pour me montrer des pas de Charleston. Eux aussi, tu les as appris du temps d'Elsa. Elle a fait plein d'expériences, jusqu'aux clubs de jazz de District Six. Elle y avait ses entrées, et ses amants. Pour les amants, tu ne l'as su que plus tard. Après le jazz, vous retourniez dans votre pension de Stellenbosch et passiez le reste de la nuit à écouter de la musique dans de douces étreintes.

Vers le milieu de la nuit, Mongezi arrête les danses et se met à contempler les cieux, où un signal mystérieux s'est révélé. Alors il rejoint Anna, ivre de danse, d'alcool et de joie. Il lui souffle deux mots à l'oreille puis, ensemble, ils s'en vont attraper Wilhelm, l'arrachant à son caillou, chacun par un bras. Wilhelm a tout juste le temps de rajuster ses lunettes. Il avait espéré qu'on l'oublie, et que ses parents, ou la police, viennent le libérer. Ses prières n'ont pas été entendues. Abattu, il se laisse traîner sans résistance dans la hutte aux rêves.

Dieu le punit.

Anxieux, il se laisse allonger sur une natte et scrute avec angoisse la calebasse remplie de potion magique qui s'avance vers ses lèvres. *Okoma !* Ça veut dire soif, tu l'auras compris. N'osant refuser de boire, Wilhelm accueille le liquide avec appréhension. Il lui glisse sur la langue, puis dans la gorge, puis l'étouffe avant de dégringoler dans son ventre. Indifférent à la toux de Wilhelm, qui peine à reprendre son souffle, Mongezi prononce une incantation pour aider notre petit frère à sombrer dans le sommeil. Un sommeil qui n'est pas un vrai sommeil, mais plutôt un voyage dans des mémoires cachées, les siennes, celles de ses proches, voire ses lointains.

Wilhelm ne dort toujours pas, il étudie le plafond avec une expression affolée. Il ne dort pas encore, non. Pourtant il lui est donné de voir.

Wilhelm se met à rêver.

Un jeune homme retranché derrière des chariots regroupés en cercle esquive des lances. *La sentinelle du chariot à bœufs*, prononce Wilhelm dans son endormissement, tout chamboulé de reconnaître la grande bataille de la rivière ensanglantée. Il en a souvent été question à l'école… Mais ici c'est en technicolor : des Boers en costume d'époque se battent contre des Zulus, et ce jeune homme héroïque évite des flèches.

Sa petite taille et la brousse de ses sourcils évoqueraient bien Lothar, et Wilhelm serait comblé de se découvrir un aïeul si courageux. Mais il est très bronzé. Et, quoique ses lèvres soient assez fines, son nez s'épate vers le bout. Et ces cheveux… lui, c'est sûr, il manquerait le test du peigne.

Wilhelm prend un envol, désormais il est un oiseau. Il plane au-dessus des vallées, des montagnes, des années. Puis il atterrit dans la cour de la ferme, où il reconnaît Jacob. En ce temps-là, Jacob ne porte aucun lorgnon, sa tignasse est noire, et son âge tourne autour des trente, trente-cinq ans. En salopette, il chique du tabac sur une véranda familière, où il se tient assis face à un homme à casquette. Entre eux deux, une table, un jeu de cartes, deux verres et une bouteille.

Cette véranda… ne serait-elle pas la devanture de sa première maison ? Celle où il a habité entre sa naissance et la dernière attaque de Jacob ? Pépé s'était endetté pour la rénover, de manière à ce qu'ils puissent avoir leur chez eux… Est-ce que ce type à casquette était l'ancien propriétaire ? Comment se fait-il que Jacob et cette personne de couleur jouent aux cartes en se partageant du tabac ? Surtout que, s'il s'agit bien du propriétaire, Jacob l'a exproprié, non ? Ce que racontent les rêves…

Wilhelm repart, et en sept secondes il traverse deux ou trois années. Jacob a beaucoup d'émotion à voir le ventre arrondi de Maria. Il lui demande de ne pas s'épuiser à sarcler au jardin potager. Maria a exactement la même tête que sur la vieille photo de mariage… et puis dans ce ventre… *Maman*, murmure Wilhelm, c'est maman qui est là-dedans et qui n'est pas encore mûre. À l'expression de bonheur de Jacob s'en ajoute une autre, de doute. Jacob se doute de quelque chose. Il interroge Maria du regard et elle lui caresse la joue : *bien sûr qu'il est de toi. Je t'ai choisi, toi, pas Paul. Je t'ai épousé, toi, pas Paul !*

Soulagé, Jacob croit son épouse, qui se croit elle-même. Sauf que des fois, on se trompe même quand on se croit. Les époux se contemplent amoureusement et soignent ensemble de jeunes légumes au potager. Bientôt une toute jeune fille timide les rejoint. Elle ressemble à Thando, ce communiste. Est-ce Graça ? En tout cas, elle a l'air de croire que Maria ne devrait pas croire ce qu'elle croit, et que Jacob se trompe, ou qu'il est trompé, ou quelque chose comme ça.

Jacob repart. À partir de ce moment-là, Maria tourne la tête et croise le sourire lointain de l'homme à casquette, accoudé à la véranda sur le terrain voisin… Leurs échanges de sourire sont très étonnants, surtout que, dans le dos du bonhomme, sa femme se balance dans une chaise à bascule. Elle y berce un poupon endormi à son sein, en prononçant doucement son prénom. *Rabia*. Quelque chose comme ça, oui. Témoin de ce spectacle gênant, Graça détourne la tête. Ne pas voir, ne rien savoir. Pourtant elle sait. Dans les baraquements des Noirs, tout se sait.

Une seconde plus loin (qui doit valoir quelques jours, je pense) un flash éblouit Wilhelm : dans le jardin du bonhomme à casquette, quelqu'un vient de le prendre en photo. C'est l'image que tu avais retrouvée sous le vieux sofa, juste avant la naissance de Wilhelm. Jacob l'avait vue tomber de ta poche, dans la chambre de Michèle. Il l'avait ramassée, retournée sept fois, lue, relue neuf fois : *Paul N. 1913*. Ses doutes, endormis depuis quarante ans, s'étaient ravivés en trois secondes.

Cauchemar.

Tout le temps de leur mariage, Jacob avait eu foi en Maria.

Tout le temps de sa mort, il lui avait rendu culte.

Quarante ans plus tard, lui arrivait un petit-fils tout pareil à Paul N. Paul Noah.

Voilà Wilhelm à la rencontre de lui-même.

Soudainement, il comprend qui il est. Il comprend pourquoi Jacob hurle constamment à Michèle *Retourne chez Noah !*

Il comprend pourquoi pépé a fait rénover la maison de Noah après sa naissance : pour les y chasser.

Et mon dieu, songe Wilhelm, ses parents, les deux, ne viennent pas uniquement de Hollande, d'Allemagne et de France. Madagascar, la compagnie orientale des Indes, et le Mozambique se sont invités au banquet. Peut-être même les Khoikhoi ?

Et cet adultère !

Sous le choc, mais je ne sais pas si c'est le choc de l'adultère ou celui des Khoikhoi, Wilhelm perd de l'altitude, fait des zigzags dans le ciel, tel un avion avant de s'écraser en Russie. À deux doigts de se fracasser contre une montagne, il est emporté ailleurs, au-dessus d'une lettre qui s'écrit :

Je tenais à porter à votre attention que le dénommé Wilhelm Adolf Jacob Mahler est le produit d'une infraction aux lois suivantes : Loi sur l'immoralité de 1959, Loi de suppression du communisme de 1950, Loi sur l'interdiction des mariages mixtes du 1er juillet 1949, Loi de classification de la population du 22 juin 1950 (renforcée en 1957), Loi d'habitations séparées du 27 avril 1950, Loi sur la représentation distincte des…

Wilhelm se réveille en hurlant, enragé de n'avoir pu lire la suite de la lettre. Pris d'une fièvre, il se débat contre la compagnie des Indes orientales, l'adultère, le mensonge, et le Mozambique.

Il enrage. Mais moi, je connais la suite, où la main d'un vieil homme forme les pleins et les déliés de cette lettre. Dans une chaise roulante, Jacob en est peut-être à sa deuxième attaque.

Assez de tête lui reste encore, pour se venger de Paul en dénonçant son petit-fils. Mais comme il n'a plus assez de jambes pour envoyer sa lettre, il fait venir Thando. Il lui remet l'enveloppe en lui recommandant d'aller la poster. Analphabète, Thando ne peut pas lire qu'elle est adressée au bureau de classification. Il est aussi distrait. Alors il oublie d'autant mieux cette lettre que, le jour d'après, Jacob est victime de sa dernière attaque.

Dieu l'a puni, et toc, chacun son tour.

Des années plus tard, au moins sept, Graça croise par hasard ce courrier dans le fond d'un tiroir. Interrogé, Thando se rappelle la mission dont il ne s'est pas acquitté. Graça lui passe un de ces savons… n'a-t-il pas le sens du devoir ? Un peu de compassion pour le pauvre pépé ?

Thando reconnaît ses torts mais, sur un ton jaloux, il reproche à sa mère l'affection qu'elle porte à ce pépé qui lui a fichu de sacrées corrections quand même ! C'est vrai, admet Graça. Mais Jacob a tant souffert ! Il lui en a coûté d'exproprier Paul Noah, qui était son ami. Pour se punir de l'avoir fait, et pour ne jamais oublier l'adultère de Maria, il s'est juré de regarder cette bicoque devenir une ruine. Ou la vendre… très, très, très cher. Le prix de sa souffrance. Pauvre pépé…

jusqu'à la naissance de Wilhelm, il avait cru… alors, un peu de compassion !

Jacob doit être pardonné, amen.

Graça se charge donc, personnellement, de poster le courrier du pauvre pépé. Quelques jours après, le destin de Wilhelm est scellé, malgré un long et savant brushing.

***

Debout sur le perron de la ferme, aux côtés de Michèle, et de la chaise roulante de Jacob, Lothar est ébloui par des flashes. Ce sont des journalistes et des curieux, très nombreux, auxquels il lit une déclaration : après huit mois et dix-sept jours de procédure, les juges se sont ralliés à sa cause. La loi sur la population sera prochainement modifiée. Désormais, dans l'intérêt de la population afrikaner, toute personne née de deux personnes classées blanches ne pourra plus être déclassée. Pour s'agrandir, le peuple afrikaner doit assouplir ses règles ! Des gens un peu métis, sur les bords seulement, valent toujours mieux que des gens noirs jusqu'à la moelle. Sans parler des Indiens.

Ainsi l'unité des familles et de la nation est-elle préservée.

— Ils nous tueront tous, grommelle Jacob dans sa chaise roulante.

Debout à droite de son époux, Michèle tient les poignées de cette chaise fermement. Elle sourit, mais on dirait quand même qu'elle fait la gueule.

Un journaliste lui tend un micro et demande si, suite à sa fugue, Wilhelm a été retrouvé.

— Il ne s'agit pas d'une fugue, proclame Michèle, mais d'un enlèvement. Huit mois et dix-sept jours d'enquête ont été nécessaires, mais nous avons fini par retrouver sa piste.

Elle étouffe un sanglot :

— La police est en route.

Deux grosses larmes roulent sur ses joues. Elle hésite à les essuyer, car les pleurs d'une femme bafouée sont toujours très émouvants. Vibrante, elle dit que c'est une trahison, une trahison des deux enfants allemands qu'on lui avait présentés aryens. De toute évidence, il n'en est rien. Surtout la fille qui… Michèle se censure tout à coup : ta maladie pourrait se retourner contre elle. Pas le moment, vraiment pas le moment. Bref, ces enfants achet… adoptés, sur lesquels il y a eu tromperie, ont enlevé son fils pour le livrer aux Zulus.

Mais elle est prête à pardonner. Elle est une mère, n'est-ce pas ? Et elle est une bonne chrétienne. Un murmure d'admiration s'élève dans la foule des journalistes et des curieux. Michèle est une sainte. Que son nom soit sanctifié.

J'entends des sirènes de police au moment où, dans une hutte, une femme tend un miroir à Wilhelm. Visiblement, il sort d'une séance de coiffure. À en croire tous les cintres plantés dans les parois, Wilhelm vit ici depuis longtemps. Je dirais huit mois et dix-sept jours : une année scolaire de fichue. D'autres habits sont pliés dans deux valises qui attendent d'être fermées. Les traits détendus et la peau gorgée de soleil, Wilhelm semble heureux de son reflet dans la glace. Satisfait, il entortille les longues tresses qui auréolent son visage, et qui tombent dans ses reins.

Vraiment, oui, ça lui plaît beaucoup, même s'il a l'air d'une fille, en plus une fille de couleur.

Toi et moi sourions aussi, niaisement, sur deux tabourets posés près de l'entrée. Une barbe s'embroussaille sur mon menton, des poils t'étouffent les aisselles. Note bien, ces toisons sont rousses, identiques à celles du roi David. Mais pin-pon, pin-pon, pin-pon. La police débarque et nous embarque.

Je me demande si on avait prévu de ramener Wilhelm à la ferme.

Je me demande si on n'était pas plutôt sur le point de partir en Allemagne…

Comment on aurait fait avec un garçon de treize ans ?

Il est une personne blanche !

Daté du 7 septembre 1967, le journal apporte cette réponse au-dessus d'une photo de Wilhelm, que Michèle s'est empressée de raser. À côté de cette une, une autre image montre deux diables derrière des barreaux.

L'article rappelle que les deux Allemands adoptés par les Mahler attendent leur jugement pour avoir enlevé un mineur.

***

Une plaque de rue annonce *Hanover Street*, sur un fond d'émail bleu. Hanovre, le même nom que la gare d'où on est parti.

Une rivière de gens coule dans cette rue de Hanovre, avec des brouettes de fruits, des étals de marché, des enfants jouant au ballon et des draps étendus entre les immeubles. Blancs, roses et bleus, ils se prennent pour des papillons et volent aux fenêtres. Des néons fatigués clignotent aux devantures des magasins.

Hanover Street, répète un nouveau panneau.

Mais ça ne ressemble pas à l'Allemagne.

J'ai le même âge que tantôt, mais les cheveux coupés et la moustache courte. Plus de barbe. Je marche dans la rue à tes côtés.

— Cette chanteuse, dis-tu, c'est du tonnerre !

Tes cheveux ont poussé. Je ne vois pas tes aisselles, donc je ne sais pas ce que tu as fait de tes poils en touffe. À ta gauche, Kobus, qui a beaucoup grandi depuis la dernière fois. Ses cheveux sont toujours étincelants, ses os coupants et ses mirettes flamboyantes. Vos doigts sont entrelacés. Une bague en or brille à vos annulaires. Thando est là aussi, il avance devant nous en sifflotant.

— Je l'ai vue une fois, lance-t-il. C'est vrai, elle chante pas mal pour une Blanche.

Un anneau scintille à son doigt également, mais d'argent. Il le frotte constamment avec son pouce, l'air étonné de sa présence.

Pas d'autres femmes que toi à mon bras.

Thando s'arrête sous un panneau qui fait de la réclame pour une boisson noire, *Coca-Cola*. Il salue une connaissance, nous présente :

— Ils ont gagné trois mois de tôle ! il s'exclame, plein d'orgueil.

L'autre nous avise, pas impressionné mais un peu surpris.

— Trois mois ! Eux ?

— C'était pour avoir emmené leur frère en balade…, répond Thando. Ils sont sortis la veille de Noël.

Nous sortons de prison…

Kobus rougit jusqu'à l'intérieur des os. Il n'est pas fier, toi non plus. Plus de Zulus, jamais plus. Plus d'Elsa non plus. Le mariage, oui. Mais il t'est difficile d'aller contre toi-même : tu esquives les baisers de Kobus, qui souffre à son tour de ne pas être aimé. Il t'a voulue… il t'a eue. Et il t'aura. Kobus te ressemble, il s'attache aux gens qui ne l'aiment pas. Et il s'attend à ce que ça change un jour, par magie. Au fond, vous êtes bien assortis. Je me demande quel est l'état de tes cuisses. Est-ce que tu te mutiles toujours ?

Thando donne quelques billets au bonhomme contre un sac rempli d'herbes. Il la hume en vrombissant de plaisir. Nous repartons, Thando en tête, vous au milieu, moi qui referme la marche. Kobus te caresse le haut du crâne. On dirait plutôt qu'il te lave la tête. Tu te contiens. Thando lève le nez vers le ciel.

— Je ne crois pas en Dieu, moi. Mais maman a prié pour vous tous les jours. Pour tous les prisonniers du pays. Elle prie pour tout le monde…, ça m'énerve.

Il se retourne vers moi, moqueur :

— Et maintenant que tu as bouffé tout ton fric, comment tu vas nous emmener en Allemagne ?

Tu as une grimace de colère et, d'une voix rageuse, tu lui réponds avant moi :

— Ne t'inquiète pas pour lui, il s'est déjà réengagé dans la banque.

Je bredouille, je bafouille, je suis mal assuré.

— Je vais me refaire, oui… Vous m'avez lâché, ça me coûtera moins cher.

Visiblement, aucun de vous ne regrette d'avoir choisi le mariage au lieu du voyage en Allemagne. Moi, je ne renonce pas à notre rêve d'enfant.

— D'après mes calculs, je pourrai prendre les voiles à la fin de l'année.

Tu t'arrêtes pour resserrer tes lanières de sandales, et tu me balances :

— Oui… Si ton nerf néphrétique ne lâche pas avant !

Boum. Comme ça.

Des enfants assis sur des escaliers contemplent les lumières des navires s'allumant dans la baie. Les vagues sont hautes. La baignade n'était pas bonne aujourd'hui, mais la pêche, si. Kobus m'examine, perplexe :

— Je n'en reviens pas que tu aies réussi à te faire réengager à la banque. Ils sont au courant que tu es… un ancien détenu ?

— Ils n'avaient personne d'autre sous la main. Mon patron est parti se former en Hollande… à la maison mère.

Tu ajoutes :

— Ils n'avaient personne qui bosse comme quatre. Mais avec un seul nerf néphrétique.

Des hommes fument à l'extérieur d'un magasin d'épices, sous une publicité pour des cigarettes. Non, ils ne fument pas des cigarettes, c'est de la Dagga, tu nous dis sur un ton d'initiée. Encore un souvenir d'Elsa, je suppose. Avec elle, tu as appris, même si elle ne t'aimait pas. Tu t'arrêtes à côté d'un escalier de pierre pour partager quelques bouffées avec les fumeurs. Derrière nous, un chemin pavé se déroule qui relie deux rues.

— C'est là que ça se passe, nous fais-tu remarquer. Ils ne devraient pas tarder.

Des joueurs de cartes, des parieurs, des fumeurs et des musiciens s'activent sur les marches et sur l'allée.

Kobus te voit t'asseoir sur le capot d'une Ford rouillée, mal garée, une roue sur le trottoir. Tu lui as lâché la main, il est perdu. Il hume malgré lui ces vapeurs d'herbes brûlées. Elles t'étourdissent. Tu rigoles. Pourtant, à tes poignets, je vois des cicatrices pareilles à celles des cuisses. Elles sont moins nombreuses, mais plus nettes. Plus tranchées. Je manque défaillir.

Thando siffle une vendeuse d'oranges debout devant sa brouette. Elle mord à l'hameçon, alors il la repousse en riant :

— Désolé, je viens de me marier !

— Trouduc !

— Tu ne voudrais pas avoir affaire à Zandile ! Elle est gradée dans le congrès panafricain !

***

Des garçons à chapeaux et à tête louche s'installent sur les marches de l'escalier. Ils ont des guitares en main. Un autre, habillé pour le carnaval et le visage peint, les rejoint. Sept marches, chacun la sienne. Les guitares jouent pour les passants, et pour des gamins qui se trémoussent autour des bouches d'incendie.

Une fille débouche d'en haut et se poste au milieu d'eux tous, en biais.

— La voilà…, tu me chuchotes en te collant à moi. La chanteuse dont je vous parlais tout à l'heure.

Son visage est lumineux de bonté. Le soleil donne des reflets dorés à ses cheveux bruns, coupés à la garçonne. Elle a un joli profil… On dirait Heidi.

Elle se met à chanter.

No mixed dancing,
No mixed dining,
No mixed bands.

Ton cœur bat très vite contre moi. Je le sens comme s'il était à l'intérieur de mes côtes. Le mien s'ouvre aussi. Quelque chose entre à l'intérieur, une chaleur, qui me monte aux joues.

How the hell do you run a jazz club in District Six ?

Son petit corps chaloupe avec grâce sur la marche d'escalier. Sûre de son geste, élastique, elle chante avec une force étonnante pour son gabarit. Thando claque des doigts à son rythme, tous les regards la suivent. Ses mouvements lents, l'habileté de ses musiciens, tout nous charme. Je retiens mon souffle, impossible de me détacher de cette frimousse radieuse, de cette voix rauque, qui m'enflamme.

Qui t'électrise.

Nous retrouvons tous les deux l'émotion de tomber amoureux.

We won't move from District Six.

— Tu l'as dit Frances ! Oh non ! On ne partira pas ! Frances…

Je me retourne vers la personne qui vient de dévoiler son nom. Des cheveux platine encadrent son visage foncé, ses paupières sont trop maquillées, son pantalon moule une bosse. Kobus me tape sur l'épaule en la désignant :

— C'est quoi ça… ?

— Je ne sais pas, je réponds à Kobus.

Kobus fixe cette personne d'un air perplexe, et ce n'est pas pour lui déplaire. Suant, ton époux lève soudain la tête pour échapper à une haleine d'égout. D'autres puanteurs sortent des fenêtres. Il étudie les environs, inquiet, s'arrête sur de vieilles dames assises au milieu de la rue, sur des chaises en paille. Leurs maris fument la pipe au pas des portes.

Les passants vont, tête basse ou dans les nuages, le chapeau à la main. Une danse s'engage sur l'escalier aux sept marches, autour de Frances. Thando s'y mêle. Le regard de Frances s'arrête sur moi. Je continue de m'énamourer, une saveur de biscuit à la citrouille me remonte. Le goût de Sarah. Toi aussi, non ?

— Abdul ! s'écrie la personne aux cheveux blond platine.

C'est une voix d'homme qui se veut femme.

— Est-ce que ton père sait que tu es là, Abdul ?

Abdul agite des maracas derrière Frances. La figure peinte en noir et blanc, il porte ce costume de carnaval, rouge avec du satin bleu, et un nœud papillon jaune. Il éclate de rire :

— Est-ce que tu peux garder un secret, Kewpie ?

Kewpie lance à la cantonade :

— Son père est un homme très rigoureux.

Il y a des murmures amusés. D'un éclat de rire, Frances s'y joint. Une fossette se creuse sur sa joue et moi, j'ai envie de l'embrasser sur la bouche. Tu soupires, je crois de lassitude, parce que Kobus t'attire à lui. Il te souffle à l'oreille :

— Kewpie ? Est-ce que c'est même un vrai nom ?

— Elle s'appelle Eugène Fritz, tu lui marmonnes, agacée.

— D'où tu sais ça, toi ?

Kobus est mal à l'aise de te voir si à l'aise dans ce drôle d'élément.

Une voix monte du public :

— Abdul ne quitte plus son costume depuis qu'il a gagné le premier prix du carnaval !

— Je suis passé à Aspeling Street tout à l'heure, dit Abdul, en secouant ses maracas. Papa mangeait son bout de tarte sur la terrasse avant d'aller à la mosquée. Il ne m'a même pas reconnu.

— Tu viens me voir à l'Ambassadeur ce soir ? lance Kewpie

— Certainement pas ! Tu n'es pas mon type !

Rires. Je rencontre à nouveau les yeux de Frances. Quelque chose de chaud se blottit en moi. C'est une fièvre sans douleur.

Thando danse, souriant. C'est aux bains publics, là-bas, qu'il sourit. Son grand-père y est né. Et puis, un dimanche, la peste l'a fauché.

Je tombe, je tombe, je tombe, je tombe amoureux.

Frances m'emmènerait dans une épicerie, elle remplirait un sachet de cacahuètes, me dirait *Ce sont les meilleures de la ville*, et moi je la demanderais en mariage. Elle dirait…

— … j'entends rester libre. De mes mouvements, de mes sorties, de mes conduites… Si tu t'engages à me traiter comme une égale, alors oui, je veux bien t'épouser.

Alors un avion volerait au-dessus de la mer. On serait dedans et, à travers un hublot, on admirerait les montagnes. Elles rappelleraient les cartes postales de Mme Pfefferli. Les nuages seraient blancs, de la crème, ça donnerait envie d'y goûter. La carlingue étincellerait dans un rayon de soleil. Deux lignes vertes seraient peintes près des fenêtres. L'avion s'appellerait Luxair, Boeing 707.

Ce serait le milieu d'une année.

— Papa ? C'est Rosie. Tu n'arrêtes pas de bouger tes yeux… C'est parce que tu vas te réveiller, n'est-ce pas ? On dit qu'on voit sa vie en entier avant de mourir. Mais toi, tu vas revenir, hein ? Parce que tu m'entends, oui ? Papa… tu as vu cette personne qui a tiré, oui ? Excuse-moi, je n'arrive plus à prononcer son prénom. C'est comme si elle ne faisait plus partie de notre famille. Comme si tout à coup elle était étrangère. On sait que la main qui vous frappe est souvent proche. On le sait. Mais on n'arrive pas à l'imaginer. Papa ? Je n'arrête pas de repenser à ton anniversaire… et celui de Mandela. Lui, tu sais bien, beaucoup le voient comme un vendu. C'est vrai qu'il a été conciliant avec les Blancs. C'est vrai que les Noirs n'ont pas grand-chose, à part le chômage. C'est pas avec les mots sucrés d'Obama qu'on fera la paix en profondeur. Surtout au Cap ! Moi, je voulais que tu fasses la paix avec toi. Alors je t'ai offert la tonnellerie de ton papa pour ton anniversaire. J'ai cru que comme ça, Brême serait un petit peu au Cap, et que toi tu te sentirais entier. J'ai cru que tu arrêterais de penser que c'était de ta faute, tout ça. Le nazisme. L'apartheid. Mais comment je pouvais croire une chose pareille, alors que même moi je me sens coupable ? Papa ? Tu avais raison. Tu n'aurais jamais dû revenir au Cap. Tu voulais rester en Europe. C'est Arya, Barbie et moi qui avons insisté. Marianne était trop petite, mais elle aurait sûrement préféré rester là-bas, elle aussi. Je suis désolée, papa. Et je veux te dire merci d'être mon père. Tu n'as pas été un super papa pour moi. Alors que pour Marianne… Mais c'est pas grave. Être ta fille me suffit. Ta gueule d'Aryen, je l'aime. Parce que j'ai la même. Et que c'est pas une gueule de nazi.

— Hitler, je ne l'aimais pas.

C'est un vieux monsieur sans cheveux mais avec des poches enflées sous ses lunettes. Les épaules étroites et les hanches larges, il ressemble à un triangle. Il doit avoir dans les soixante-cinq ans, et les fait largement.

— Il criait beaucoup, dit une femme qui porte une tasse aux motifs Véronique à ses lèvres. Mais il était très aimé…

Les joues roses et le nez pointu, elle est ronde, un ballon. À mon avis, ils sont mari et femme : on dirait un frère et une sœur. Des fois le mariage fait ça.

Assis sur un canapé en velours vert, ils sourient à deux jeunes gens. Celui qui porte de larges favoris sur les tempes et une chemise blanche aux manches retroussées sur des bras velus, c'est moi. Je souris d'un air tendre. À mes côtés, Frances croque dans un morceau de gâteau aux noix, en même temps qu'elle fume une cigarette. Nous portons tous les deux une bague d'or tressé à l'annulaire. Une table basse recouverte d'un napperon brodé et d'un vase rempli d'œillets rouges est disposée entre eux et nous.

— Quand votre père est-il tombé en Russie ? demande le monsieur.

— En quarante-trois, monsieur.

— Wolf en a eu la confirmation récemment, précise Frances, par la Croix-Rouge.

Nous restons un moment sans parler, puis la dame se racle la gorge avec une petite tristesse :

— Vous deviez être très jeune.

— Je m'en souviens quand même, madame.

— Helge, appelez-moi Helge.

Son mari hoche la tête :

— Et moi, Markus.

— Eh bien… je me vois vers deux, ou trois ans. Mon père pousse une porte qui carillonne. Il dégrafe sa cravate. En permission, je suppose.

— Vous habitiez Munich ?

— Brême. Mon père a encore de la famille là-bas. Nous avons prévu d'aller les voir à la fin de notre tour du pays.

— Ensuite nous reviendrons à Munich, dit Frances. Si vous voulez bien nous louer votre rez-de-chaussée ?

— Vous êtes un couple très sympathique, murmure Helge. Notre fils vous ressemble… Il serait enchanté. Vous êtes bien brave de reprendre des études. Vous avez déjà travaillé, n'est-ce pas ?

Je raconte mes années d'armée, mes premières études, mon expérience à l'Institut bancaire de Hollande. J'étais très jeune. Mais j'ai supervisé vingt personnes, puis trente. Puis quatre-vingt-trois.

Le couple est séduit par ce portrait de moi, très favorable. Pas un mot de mon séjour chez les Zulus, et de mes trois mois de prison.

— Wolf aime les choses bien faites, ajoute Frances en soufflant une bouffée de cigarette. Il s'est épuisé au travail pour nous offrir ce voyage, reprendre ses études…

— Tu exagères.

— C'est toi qui as exagéré : hospitalisation, convalescence…

Elle se retourne vers Helge :

— Un nerf néphrétique. C'était une rechute.

Markus nous ressert du thé pendant que Helge découpe trois tranches de gâteau.

— Il a parfois du mal à respirer, explique Frances avec une mimique douloureuse. Le diaphragme, vous savez. Il y a aussi les petits problèmes urinaires.

Elle fronce les sourcils et se tient les côtes, pour leur montrer à quel point je peux avoir mal. Gêné, je baisse la tête. Helge sourit largement à Frances : elle en a de la chance d'être mariée à un homme si courageux. Frances écrase sa cigarette dans un cendrier en terre cuite où il est écrit *Bonne fête papa*.

— De mon côté, je compte trouver un travail. Je ne me vois pas vivre aux crochets de mon mari.

— Quel est votre métier ? demande Helge, intéressée.

— Chanteuse. Dans un jazz-band à Cape Town. Mais mon guitariste et mon joueur de maracas ont été… enfin déplacés. Hanover Park. Mitchell Plains. Ce sont des zones réservées aux personnes de couleur. Les Noirs non plus n'ont pas le droit d'habiter en ville.

Helge et Markus donnent l'impression de ne pas comprendre.

— Excusez-moi, dit Helge, embarrassée, je ne connais pas très bien le jazz. Moi j'étais remailleuse de bas.

Markus aspire une goutte de thé et repose sa tasse au milieu de sa soucoupe, exactement au milieu. La voix de Helge se trouble.

— On ne peut que vous encourager dans toutes vos démarches. Comment pourrait-on vous rejeter après…

Elle tourne la tête vers un grand buffet à tiroirs et à vitres, derrière lesquelles sont rangés de la vaisselle et des livres pour enfants.

— Je ne comprends pas comment on peut abandonner un petit, dit-elle dans un souffle.

— Déplacer, Helge, déplacer. Mes parents sont morts, ils ne m'ont pas abandonné.

— J'entends bien, mais tout de même ?

— Tout ce temps, j'étais resté allemand. J'ai pu faire mon passeport, récemment.

— C'est la moindre des choses, soupire Helge.

Une émotion contenue lui passe sur le visage. Après un silence, elle se retourne vers Markus.

— Tu te souviens, les fusées ?

Les traits de Markus se crispent, ses yeux s'emplissent d'une soudaine tristesse.

— Elles ressemblaient aux sapins de Noël d'aujourd'hui.

Helge pose la main sur le bras de son mari avec affection.

— La nuit on dormait habillés. Au cas où il y aurait des bombardements.

Ils échangent un sourire aimant. J'aimerais être amoureux de cette façon quand j'aurai vieilli. Markus se lève, il a du mal à cause des rhumatismes. Une fois debout, il vacille une seconde, puis s'en va fouiller dans le premier tiroir du buffet, en marmottant. Il trouve un tas de documents tenus par un bout de ficelle. Le sourire aux lèvres, il revient s'asseoir, mais c'est dur, à cause des articulations qui craquent. Une fois qu'il y est arrivé, il pose ces papiers à côté des œillets, et défait lentement le nœud.

— On n'en parle pas beaucoup, il dit. Moi j'ai dû m'enrôler pour ne pas perdre ma compagnie d'assurances. Si j'avais su. Si j'avais tout su, je serais parti en Amérique. Mon frère vivait là-bas. Mais après-guerre, moi, j'ai dû répondre à ce questionnaire.

Il sort un vieux papier du dossier et le pose sur le napperon, entre les œillets et le gâteau. Helge regarde ce document comme s'il lui brûlait les yeux. Je n'ose pas y toucher. Frances non plus.

— Les alliés voulaient savoir qui était impliqué, murmure Markus. Et comment. Et jusqu'à quel point.

Il retire ses lunettes pour se frotter les paupières et moi, je suis suspendu à ses lèvres. J'ai l'impression d'être plongé dans le temps où mon père venait de mourir. Markus et lui sont de la même génération. Ils auraient pu se connaître.

— C'est un questionnaire de dénazification, dit Helge d'une voix éraillée.

— J'ai été blanchi, s'empresse de préciser son mari.

Sa voix devient blanche aussi.

— L'Allemagne vous a sûrement abandonné, mais peut-être que les vôtres n'auraient pas pu vous offrir une bonne vie ?

Frances écrase sa deuxième, peut-être sa troisième cigarette dans le cendrier et, révoltée, en rallume aussitôt une autre :

— C'est quoi, une bonne vie, Markus ? Wolf ne vous le dira pas, mais il a vécu des choses terribles. Alors la bonne vie, à d'autres !

Un long chemin de fumée sort des narines de Frances.

— L'organisation qui s'est occupée de son adoption était pronazie. Elle voulait réussir en Afrique ce que les nazis avaient raté en Allemagne.

Frances s'assombrit. Markus baisse la tête tout en hérissant un sourcil. Helge se réfugie dans une tasse de thé. Ils donnent l'impression de vouloir échapper à des souvenirs, alors que je veux m'y enfoncer. Au bout d'un moment, elle dit :

— Et vous, Frances ? De quelle origine êtes-vous, finalement ?

— Hollandaise, par mon père.

— Et du côté de votre maman ?

— Juive, souffle Frances en jetant une bulle de fumée dans l'air.

Un voile de honte recouvre les époux. Frances ne le voit pas. Innocemment, elle continue.

— La famille de ma mère a fui la Russie à l'époque du Tsar. Nous habitons le même quartier depuis toujours, au-dessus d'une librairie que mon grand-père a ouverte à District Six. Des gens en sont expulsés en ce moment.

Sans reprendre son souffle Frances raconte le camion pelleteuse qui a démoli la baraque de son musicien de carnaval. Elle retient ses larmes :

— Quitter ce fichu pays était la seule solution. J'ai mis le temps à l'accepter. Mais Wolf avait raison.

Blême, Frances triture le bout de sa cigarette. Je la couve d'un regard amoureux. Helge pose sa soucoupe sur la table. La porcelaine tintinnabule.

— Quand vous arriverez à Brême, dit-elle, je suis sûre que les vôtres vous reprendront dans votre famille.

***

Un trio de Kobolds en fer forgé protège la devanture d'une tonnellerie.

Les Frères Grimm

Il me semble reconnaître le carillon que papa faisait sonner.

Regarde Frieda, voici ton mari !

Le visage de papa était si tendre.

En retrait de Frances je franchis le seuil de la porte. La sonnette froufroute. Une forte odeur de bois nous accueille. Des tonneaux sont alignés sur de longues planches étagées.

— On est là ! hurle une voix bourrue occupée en haut d'un escalier.

Le bout d'une chaussure apparaît sur la marche la plus haute, et puis c'est le pied entier, dans une botte où s'enfonce un pantalon. Au-dessus des jambes, courtes, un ventre d'homme bedonne, une peau luit de sueur.

Le voilà en bas. Se frottant les mains dans un chiffon sale, il nous dit bonjour, s'arrête sur Frances. Il est sensible à sa beauté, elle en est flattée. Lui ne paye pas de mine avec ses tétons qui pointent au travers du maillot. Mais il m'inspire de la tendresse, et le sentiment d'être rentré à la maison. Parmi les miens. Est-ce le lieu, qui me retrouve ? Est-ce l'odeur, qui me renifle ?

Aux tempes du bonhomme, les favoris sont du même poil que le mien. Ses yeux ont la même forme allongée, mais sont bruns. Nos sourcils dessinent des arcs pareils, chez lui plus fins. Il ne me reconnaît pas. En revanche, il est gêné d'être étudié sous toutes les coutures par un inconnu et sa femme au drôle d'accent. La voix cassée, je parle le premier :

— Adolf ?

Ses yeux s'étonnent, m'examinent de longues secondes. Et, médusé, il porte sa main à la bouche.

— Hans ?

Il s'avance et me détaille mieux.

— Hänsel !

Il se jette dans mes bras où il éclate de joie. Sa bedaine me vibre dans l'estomac, ça chatouille. Je suis bouleversé parce qu'il ne m'a pas reconnu. Mais avec qui pourrait-il me confondre ! Il recule pour mieux me regarder.

— Tu tenais dans une main la dernière fois !

Il me tombe à nouveau dans les bras en éclatant de rire, mais je n'en suis pas sûr car en même temps il verse des larmes. Oui, il pleure-rit. Au niveau de l'estomac, ça donne une autre vibration. Moi aussi, je suis ému, mais rien ne sort. Frances se tient à l'écart, remuée et étonnée, et entrevoit, dans l'escalier, de nouveaux souliers. Ils se posent sur la première marche et la femme qui en est la propriétaire pointe finalement le bout du nez, un bout très timide. Elle et son nez et ses pieds restent là, immobiles, ne sachant comment réagir.

— Bonjour ! lui dit Frances, soignant son accent.

Intriguée par cette étrangère et le grand blond aux bras de son petit brun, elle hésite toujours. Adolf la rassure d'un large sourire, lui fait signe de venir :

— C'est Hans ! Mon cousin Hänsel !

Les cils battants, elle nous rejoint en essuyant ses mains sur son tablier. Elle se mord les lèvres, esquisse un sourire, zyeute son mari sans savoir que faire.

— Embrasse-les ! s'exclame Adolf.

Muette de stupeur, son épouse pose un baiser froid sur ma joue, et un autre sur la tienne, peut-être moins frais. Ses baisers vous frôlent et s'envolent. Et puis elle balbutie d'une voix très grave :

— Qu'est-ce que je vous offre ?

Frances lui sourit pour la mettre à l'aise.

— Si vous aviez deux bières à la cerise ?

Moi je reste sans voix, encore sous le choc de ces retrouvailles, et ne sachant comment dissiper le malentendu. Katia hoche la tête et s'enfuit chercher à boire, pendant qu'Adolf nous invite à nous asseoir sur de petits tabourets. Il pose ses deux grandes mains sur ses genoux et nous examine l'un et l'autre un petit moment, il n'en revient pas.

— J'ai reçu ta lettre, il dit. Il y a bien seize ans de ça. Mais, pour commencer, ne m'appelle plus Adolf !

Il se met de nouveau à rire. Et moi je ne sais pas quoi dire.

— Tu l'as su, non ? On ne peut pas… Bref, maintenant c'est Rüdi ! Depuis longtemps, c'est Rüdi !

— Rüdi, répète Frances, charmée. De Rudolph ?

C'est à ce moment que je dis :

— Et moi c'est Wolf.

Rüdi prend un air peiné.

— Oui, j'ai vu ça dans ta lettre. Alors ils vous ont rebaptisés ?

— Qui ça ?

— À toi de me le dire, Hänsel !

Un ange passe, et Rüdi s'écrie soudain :

— Et ta sœur ! Est-elle venue avec toi ?

Un peu honteux de ton absence, je lui réponds :

— Elle n'a pas pu venir. La prochaine fois…

Rüdi hoche légèrement la tête, comme s'il n'osait en demander plus. Et Katia nous rejoint avec trois belles pintes de bière.

— Tu ne prends rien, Katia ? lui susurre Rüdi en la prenant par la taille.

Katia bredouille qu'elle a encore de la comptabilité et se retire à pas de souris. Elle s'engage dans l'escalier qui donne accès à la remise.

— C'est la grossesse qui la rend émotive, l'excuse Rüdi. Ça fait plusieurs fois qu'on essaye. Ça ne tient jamais.

Frances me prend la main. Elle s'abandonne à une profonde mélancolie :

— Nous aussi, dit-elle à Rüdi. On n'y arrive pas.

Profond silence. Mais à mesure que passent les secondes, ma joie l'emporte sur la tristesse. Je suis si heureux d'être chez moi, les fesses vissées à ce tabouret de bois que mon père a peut-être sculpté en se disant : un jour, mes enfants poseront leurs fesses là-dessus, et puis un autre jour, mes petits-enfants poseront leurs petites fesses là-dessus… et jusqu'aux arrière-arrière-arrière-petites fesses des arrière-arrière-arrière-petits-enfants, et jusqu'à la fin des temps. Mais le temps en a décidé autrement, papa a valsé en Russie. La chaîne est rompue. Rüdi brise le silence pour évoquer des souvenirs. Il se marre de l'enfant que j'étais, qui n'avait qu'une expression à la bouche : *Oh ! Mais que c'est ingénieux.*

— Au moins tu n'auras pas trop souffert de la guerre, conclut-il.

C'est une drôle d'atmosphère où se mêlent chaleur, douleur, douceur.

— Ta lettre m'a bien touché, Hänsel… Ou préfères-tu que je t'appelle Wolf ?

— Je t'avouerai que je ne sais plus quoi penser…

— Ta lettre en tout cas… J'aurais aimé qu'il y en ait d'autres.

— Pour ça il aurait fallu que tu me répondes, Rüdi !

Rüdi rentre le menton, reste un moment étonné.

— Je t'ai écrit deux fois, Hänsel. Tu ne m'as jamais répondu.

Imagine le choc, une secousse électrique, mon cœur qui s'emballe et le brouillard dans ma tête. Je m'entends lui jurer que je n'ai jamais reçu ses lettres. À son tour il reçoit une décharge en plein cœur, n'y comprend rien. Comment deux lettres timbrées, postées et expédiées par avion ou par bateau – des compagnies sûres, en plus – ont pu s'évaporer dans la nature ? Par quel phénomène ? Sur nos tabourets nous cherchons tous les trois une explication.

— Michèle ? lance brusquement Frances.

— Michèle ? répète Rüdi.

— Sa mère lui a joué de drôles de tours… ce ne serait pas étonnant qu'elle ait confisqué ces…

— Elle nous avait dit que vous étiez morts ! s'écrie Katia, revenue de son pas de souris.

Trois paires d'yeux se lèvent vers elle. Dans les miens et dans ceux de Frances, il y a une incompréhension. Dans celui de Rüdi, un reproche.

Quand nous les quittons, Frances s'amuse d'une statue qui s'érige non loin de là, et qui figure un âne surmonté d'un chien que monte un chat sur lequel se dresse un coq. Il paraît qu'ils sortent d'un conte où ils sont musiciens.

***

Je ne porte plus de moustache mais des lunettes de soleil et un short. Torse nu, je suis assis dans l'herbe, et j'effeuille une pâquerette au bord d'un lac où flottent des bateaux à voile. De grands arbres au tronc fin s'élancent vers le ciel, je crois que ce sont des pins, le vent souffle dans leurs aiguilles. Soucieux, je fronce les sourcils.

— Pourquoi ma mère leur aurait dit que nous étions morts ?

Adossée à un siège de voiture planté dans l'herbe, devant une grande tente orange, Frances tire sur une cigarette et fait des bulles de fumée.

— Je pense que Katia parlait de Michèle. Pas de ta vraie mère.

— Je suis sûr qu'elle parlait de maman.

— Tu as épluché votre dossier d'adoption en long et en large. Il n'y avait rien, Wolf.

Sa main se promène dans ses cheveux. Elle porte un joli haut zébré de fines rayures rouges et bleues et boit quelque chose dans une tasse en même temps qu'elle fume avidement sa cigarette. Pensif, je reprends :

— Ce dossier est plein d'incohérences. Pourquoi il n'y a que le certificat de décès de papa ?

— Parce qu'il est mort en héros, Wolf. Ta mère, elle, elle a crevé de faim.

Une camionnette rouge et blanche est garée tout près, dans l'herbe, elle aussi. Une coque de bateau attachée sur le toit, des rideaux aux fenêtres, sa porte coulissante est ouverte sur un habitacle composé d'une table et d'un petit lit. Un drapeau sud-africain flotte à l'arrière du camping-car. Ça doit être Frances qui l'a mis là. Je ne pense pas que ce soit mon genre. En plus il est décentré, moi je l'aurais mis bien au milieu.

Frances se réchauffe au soleil en fermant les yeux, et chantonne un air de jazz, qui me fait du bien, qui ravit les herbes, les pins, et le soleil. Mais je n'arrive pas à m'ôter cette idée de la tête.

— Et si elle n'était pas morte quand on nous l'a dit ? Si c'était arrivé plus tard. Si on lui avait volé ses enfants, avant de changer leurs noms, et qu'elle soit morte de ça, justement.

— Tu te fabriques un film, Wolf.

— N'empêche. Quand on a pris le train, à Hanovre, il y avait une maman, sur le quai. Elle a longtemps couru à côté du train en appelant sa fille. Karin…

Je rougis, je baisse les yeux, j'ai l'air désemparé. Frances bascule en avant pour m'embrasser. Sa langue un peu pâteuse ne me plaît pas tant que ça. Elle sent aussi la fumée froide.

— Si ta maman avait vécu plus longtemps, dit-elle, Rüdi l'aurait su, et il te l'aurait dit.

Elle ouvre ses bras ronds et s'enchante du paysage :

— Profite du pays natal !

Mais le pays natal ne m'intéresse pas. Des pensées sombres m'obscurcissent : bonjour, je m'appelle Hans, et je ne suis pas au courant… Est-ce que je devrais tout te raconter ? As-tu toi aussi un premier nom ? Je n'ai pas pensé à le demander à Rüdi. Pas pensé, ou pas osé ? Un coup de vent nous rafraîchit et envole le drapeau accroché au bus. En dessous, un graffiti apparaît : « Sales fachistes ». Quelqu'un l'a griffonné dans la précipitation, c'est assez frais, je crois. Le drapeau semble avoir été déplacé pour recouvrir ces mots indélébiles. Ils ne sont pas flatteurs… sinon on ne les aurait pas cachés avec le drapeau, qui s'en trouve décentré.

Je fais toujours la gueule. Frances finit sa tasse.

— Tu n'es jamais content, Wolf ! Tout le monde te parle allemand. Ils ne voient pas la différence. Comme n'importe quel Allemand, tu traverses l'Europe en été. Qu'est-ce que tu veux de plus ?

Je jette un soupir de dépit.

— Je m'attendais à devoir me battre, ne serait-ce que pour reprendre mon passeport. Personne ne m'a fait la guerre. Je ne suis plus une personne blanche dans sa zone réservée, je suis un Allemand. Mais… ça ne va pas.

— Tu ne seras jamais soulagé ?

— Alors toi, des vandales viennent écrire *Sales fachistes* sur le bus au milieu de la nuit, tout ça parce que tu y as collé un drapeau sud-africain. En plus, ces types nous traitent de fachistes alors que leurs parents étaient sûrement des nazis, et tu voudrais quoi… qu'on profite du paysage ? C'est nous, les fachistes, Frances ? Qui sont les fachistes ?

Frances écrase sa cigarette dans un cendrier qui émerge des herbes.

— De toute façon, tu ne seras jamais chez toi nulle part. Chez toi, ça n'existe plus. C'est le passé. Enfin… Nous serons à Lahn dans trois ou quatre jours. Tu retrouveras ton orphelinat.

Frances offre sa frimousse au soleil qui la réchauffe. La cuit, même. Elle se met à rire :

— Ce ne sera plus exactement les mêmes enfants qu'à l'époque, je pense. Mais si ça peut te faire du bien.

La figure crottée de Heidi me passe devant la figure. Dans ma tête, elle a toujours cinq ans.

Le camping-car traverse du pays, des pays. Il serpente sur des routes de montagnes, s'arrête au bord de précipices pour des pique-niques. Frances déplie une table, je découpe des pommes de terre pour en faire une salade, avec un morceau de cervelas. Je verse une sauce toute prête sur nos assiettes. Je prends des photographies. Filent les voitures, avec des gens qui nous saluent par les fenêtres.

Frances n'ose pas répondre quand on lui parle, ça s'entend qu'elle est étrangère, elle ne l'affiche pas trop, mais ça se voit quand même, à cause du drapeau.

Le matin, elle se lève avec le soleil. Dans un demi-sommeil j'entends la porte coulisser, et puis je sens l'odeur du café et puis son souffle dans mes oreilles, sa langue dans ma bouche.

Il me manque toujours quelque chose. Ou quelqu'un.

***

— Je te dis que c'était là…

Au volant, j'indique un parking, très laid, sur la droite. On le voit par la fenêtre baissée de Frances. La journée tire sur sa fin.

— Tu en es sûr ? Vraiment, vraiment sûr ?

Frances pose la main sur sa poignée de porte :

— Tu ne veux pas qu'on aille voir quand même ?

De l'autre côté, j'observe un immeuble de trois étages, face au parking.

— Et là, il y avait une ferme. J'y jouais avec les enfants du paysan.

Cet immeuble a remplacé la fermette de Heidi. Envolée, disparue, comme les deux lettres de Rüdi. Un coup de Michèle ? Plus rien n'existe de mon enfance. Excepté toi, ma jumelle. Mais toi, tu t'en es détachée. Parce que nous sommes partis. Nous sommes devenus rien. Pareils à des morts.

Frances sort seule de la voiture, une photo de moi entre les mains, à huit ans. La seule, je crois bien. Elle déambule entre les voitures, s'avance vers une palissade.

Je me perds dans des pensées trop sombres pour être racontées. Un certain temps. Un long moment. Et tout à coup, je vois Frances qui me fait des signes de loin, dans le soir qui tombe. Elle n'est pas seule, une personne, plutôt petite, l'accompagne. Un frisson me saisit. Cette personne, qui gesticule près de Frances, peut-elle témoigner de mon passé ? Ranimé par la silhouette inconnue, mais peut-être pas, je bondis hors de la voiture.

J'avance vers elles, en m'efforçant de ne pas courir, de ne pas montrer mon agitation. Je ne veux effrayer personne.

C'est une femme. Brune, les cheveux longs et bouclés, petite en effet, toute petite. Sa silhouette se précise, elle me dévisage en me souriant, j'éprouve une sorte de vertige. Je bascule. Me voici de retour en arrière, en quelques secondes je recule de vingt-cinq ou trente ans.

J'ai huit ans, je monte dans la voiture garée devant l'orphelinat, qui doit nous conduire à Hanovre. Elle démarre. En route pour la gare.

Mais la voiture s'arrête soudainement.

Les prés se figent autour, et aussi les vaches. Le temps s'immobilise. Puis repart, à l'envers. La voiture se met en marche arrière, lentement. On ne part plus à Hanovre prendre le train, puis le ferry, puis le bateau. Retour à Lahn, en marche arrière. Dans la vitre, la silhouette de Heidi reparaît, se précise. La voiture nous ramène au pensionnat, Thomas est heureux de nous retrouver, Heidi me saute au cou et je l'accueille dans mes bras. Je la demande en mariage. Mais à huit ans, il paraît qu'on ne peut pas. Et puis le temps retourne sa veste et file en avant. Heidi se transforme en cette femme à qui Frances présente son mari.

À cette seconde, j'ai la sensation de ne l'avoir jamais quittée. Elle m'a reconnu, je la reconnais. Elle m'avait promis de ne jamais m'oublier.

Promesse tenue.

Frances lui sourit, me sourit, heureuse de nous avoir réunis, le passé et moi. Le passé, j'ai dû lui en parler. Un petit peu. Mais elle ne le connaît pas. Alors elle pense, Maintenant, Wolf va accepter le présent. Ce sera plus facile, pour faire un enfant. Devenir parent. Tu vois, Wolf, tu n'as plus huit ans !

Frances se trompe, parce qu'elle ne sait pas. C'est pour ça. C'est pour ça que, à la minute où je retrouve Heidi, tout ce qui s'est passé depuis notre départ de l'orphelinat s'évapore.

Comme un mirage.

Me frottant les favoris, je regarde Heidi, et je n'arrive plus à croire que je suis parti. Que j'ai grandi loin d'elle. Que j'ai épousé Frances pour de vrai.

Vibrante d'émotion, Heidi nous invite à la suivre vers l'immeuble à trois étages.

— La ferme a été transformée en appartements une douzaine d'années après que tu es parti. J'habite au dernier.

Il y a un soupçon de reproche dans sa voix. Frances le capte sans le comprendre. Elle devine deux ou trois choses, me jette un coup d'œil interrogateur : pourquoi ne lui ai-je jamais parlé de Heidi ? Alors que je lui ai tout dit de Sarah ?

Nous montons l'escalier. Heidi raconte :

— L'orphelinat a été démoli en soixante et un, le jour où ils ont construit le mur de Berlin.

C'est un appartement tout neuf, les murs blancs, une terrasse carrelée donnant sur des champs agricoles. Une grande peinture est accrochée sur un pan de mur du salon. *La Guerre*, signée Otto Dix. Je suis happé par des jambes nues, percées de balles. Je leur imagine le visage de papa, avant de découvrir, plus bas, le reste du corps. Et le visage du cadavre. Non, papa ne ressemble pas à ça. Il n'a pas pu se décomposer comme ça. Pas de visages découverts sur cette peinture, mais des soldats sous des casques, masqués, embrumés, embrochés en enfer. Un homme massif traîne un blessé, en me regardant. Lui, c'est un vivant, le seul : il lui reste des yeux.

— Dix voulait se débarrasser de tout ça, prononce un homme derrière mon dos. Mais est-ce qu'on peut s'en remettre ?

Je me retourne. Il me sourit.

— Au moins… ne pas oublier, n'est-ce pas ?

Bonjour, il s'appelle Wolfgang, il est le mari de Heidi. Bonjour, moi aussi je m'appelle Wolfgang, mais vous pouvez m'appeler Wolf. Frances tique. Pourquoi je ne lui dis pas de qui je suis le mari ? Elle corrige :

— Je suis Frances… l'épouse de Wolf. Je ne pensais pas que Wolfgang était un prénom si courant ?

Apparemment, si. La faute à Mozart ? Wolfgang nous installe dans des fauteuils pendant que Heidi s'affaire à la cuisine. Chaleureux, il me dit combien il est content de me rencontrer. Pardon, de *nous*, rencontrer :

— Heidi m'a parlé de vous.

Eh bien Wolf ne m'a pas parlé de Heidi, pense Frances en croisant et en décroisant les jambes. Elle voudrait le dire, mais n'ose pas se lancer. Elle cherche un cendrier autour d'elle, n'en voit pas, demande si elle peut fumer. Wolfgang lui répond que malheureusement, personne ne fume à la maison.

— Le père de Heidi est mort d'un cancer des poumons. Et moi, je n'ai jamais commencé. Et vous Wolf, vous fumez ?

— Non, me devance Frances. Il boit.

Il y a un silence gêné et des raclements de gorge. Frances regrette, décroise et recroise ses jambes à nouveau parce qu'elle ne trouve pas de sujet de discussion.

Heidi nous sert le thé dans des tasses aux motifs Véronique, toujours ces tasses Véronique. Ces fleurs sur la porcelaine me réchauffent le cœur, ainsi que le thé épicé qu'elles contiennent, et les petits biscuits à la pâte d'amande confectionnés par Wolfgang : il est confiseur de métier. J'observe le mari de Heidi avec jalousie, Heidi examine ma femme avec rage. Mais elle parvient, quand leurs regards se croisent, à cacher sa colère sous un sourire bienveillant. Elle me jette des coups d'œil parlants. *Tu m'avais promis.* On parle de choses et d'autres, choses allemandes, choses sud-africaines, Otto Dix, la guerre, les gens déplacés, les pays découpés, les zones réservées, et Heidi lance cette phrase :

— Je ne veux choquer personne, mais il faut être réaliste. Si on ne se protège pas, comme vous le faites en Afrique du Sud, on disparaît. Nous, sans le mur, on serait envahis.

Médusée, Frances écoute Heidi expliquer que les gens de l'Est sont des paresseux, dénués de sens de l'humour. Elle s'étrangle, pas uniquement parce que l'apartheid la rattrape là où elle n'aurait jamais cru la trouver, mais parce que, malgré le mépris affiché par Heidi, je continue à l'écouter, béat.

Moi-même j'en suis choqué. Mais il y a des gens, vous les aimez inconditionnellement. Ceux qui sont de votre sang. Ceux qui sont de votre enfance. On ne rompt pas avec son sang. Et son enfance, on ne la quitte jamais. Parce que, au milieu de ce qui vous déplace, de ce qui vous remplace, c'est tout ce qui vous fait tenir en place.

***

Mon jumeau,

Grand merci pour ta longue lettre et ton invitation à vous rejoindre à Munich. Je suis bien contente que tu aies retrouvé notre cousin, mais je dois t'avouer que je n'ai pas très envie de replonger dans cette vieille histoire.

Je comprends aussi ton émotion à revoir Heidi, mais je crois qu'on ne peut pas revenir en arrière. C'est malsain. Nous ne sommes plus ces enfants de huit ans. Tu te fais du mal, Heidi se fait du mal à elle aussi. Je me mets à la place de Frances et du mari. Tu peux bien te sentir coupable de tromper ta femme, mais est-ce que ça excuse quelque chose ?

Ici nous avons eu la naissance de Samora, dont je t'envoie la photo avec cette lettre. Zandile a accouché le 17 mars dernier. Thando n'en revient toujours pas de ce petit morceau de lui-même. Une plume. Samora est né bien avant terme. Je suis sa marraine. Thando a insisté. *Sa deuxième maman*, il a dit. Rien d'officiel, tu penses bien, mais ce rôle me va et il me tient à cœur. Je ne serai jamais mère, moi, tu sais pourquoi. Alors Samora me va bien.

Thando (il boit de plus en plus) reste très présent dans les travaux de la ferme pour lesquels papa n'y entend rien. Les bras de Wilhelm manquent depuis qu'il est entré à l'Institut de Formation agricole. Bref, la cheffe c'est moi, Kobus m'aide beaucoup en attendant le retour de Wilhelm.

Papa a fini par accepter que Wilhelm reprenne la ferme, plutôt que les assurances. Il a fait des pieds et des mains pour que Wilhelm soit accepté à l'Institut d'Elsenburg. La loi a changé grâce à son affaire, c'est vrai, mais les mentalités tardent à évoluer. Il n'y a qu'à voir comment maman réagit à sa nouvelle coupe, tu sais, les tresses. Il ne veut pas en changer. Quelque chose s'est brisé entre la mère et le fils. Ils ne se pardonnent pas.

Maman fait ce qu'elle peut. Être mère ne doit pas être simple… Excepté pour Graça ! Samora est toujours ravi de gazouiller dans ses bras. Zandile étant très occupée au Congrès national africain, Samora est la plupart du temps gardé par sa grand-mère ou moi. Je suis devenue une championne des biberons et des couches. Je ne suis pas avare de câlineries et ce gosse me les rend si bien que des fois je me prends pour sa mère !

Kobus, oui, c'est un amour de mari. Il n'y a rien à dire, il se décarcasse. Il me soutient en tout et me seconde à merveille. Mais je ne l'aime pas. Je n'y arrive pas. Des fois, je le laisse me toucher. Je pense à autre chose en attendant que ça finisse. Le pauvre se console aux baraquements. Là-bas, les filles ne peuvent pas se refuser. Je me sens mal pour ces gamines. D'autant que c'est un peu de ma faute.

Pépé Jacob, maintenant. Il va comme d'habitude… imagine-toi… il ne s'était pas contenté de dénoncer Wilhelm, tu sais ? Le notaire nous a appris récemment qu'il avait déshérité maman. Tout le monde sait pourquoi. Maman en est morte de honte et fait tout pour réparer. Elle s'occupe de Jacob en digne fille. Le domaine est quand même censé revenir à la Fraternité. Il n'y a plus qu'à espérer que pépé ne s'en aille pas trop vite.

J'en termine avec Sophie… Notre autruche est morte avant-hier ça lui faisait tout juste soixante-treize ans.

Crois-moi si tu veux, mais j'en ai pleuré toute la nuit.

Il n'y avait que le souffle de Samora qui dormait dans son berceau au pied du lit pour me réconforter.

Voilà, mon jumeau, j'espère que je n'oublie rien, tu me manques, c'est étrange de se trouver à treize mille kilomètres de toi.

Treize mille kilomètres.

Impossible de me rendre compte de ce que ça fait.

Ça me fait comme treize mille années.

Ta jumelle

***

Une mèche sur le front, je suis penché sur une table où je travaille dur, très, je suis quelqu'un qui s'applique.

Je griffonne sur une feuille au milieu d'un tas de dossiers. Des plis creusent mon front. Mes favoris ont poussé, grisé. Je ne fais pas vieux, mais je suis plus adulte que tantôt, malgré mes pieds nus sous la table, et un short à rayures vertes.

De la musique sort d'un haut-parleur. Un monsieur chante en anglais. D'après la pochette du disque, il s'appelle Sixto Rodriguez. Assise sur un fauteuil à bascule en rotin blanc, sous une couverture, Frances fredonne sur la musique. Elle s'en sort mieux que le chanteur. Sa voix est bouleversante, mais je n'y suis pas sensible.

Du matériel photographique est adossé à un coin de la pièce, à côté d'une étagère pleine de classeurs. Il y a ma caméra.

Frances se balance en chantonnant, zyeutant par la fenêtre où le ciel est clair. De temps en temps, elle s'arrête de chanter pour mâchouiller une tranche de pain de seigle. Elle aussi a vieilli. Fini la coupe à la garçonne, elle porte une queue de cheval retenue par un élastique. Son visage s'est arrondi, il est recouvert de taches brunes marbrées. Sa main, tachée elle aussi, remonte de ses genoux à sa poitrine. Elle a grossi. Beaucoup grossi. Elle est enceinte.

Une tristesse dans son regard. Brusquement, elle lance :

— Tu es rentré tard, hier.

J'hésite un peu, puis je déclare :

— J'avais un dossier de crédit à boucler au bureau.

— Tu sentais la bière et la cigarette.

— Je suis passé chez Markus en rentrant.

Frances tourne la tête, on dirait qu'elle ne me croit pas. J'ajoute :

— Il te confirmera si tu veux.

— Me confirmer quoi. Que tu me fuis ?

Je suis glacé de nous entendre nous parler si froidement. Ça ne s'accorde pas avec la musique, si chaude. Je me tords sur ma chaise et, de biais, je soupire, je soupire, je soupire. Frances se dandine dans son fauteuil en se massant le ventre.

— Tu étais avec elle.

Mon pied va se cacher derrière mon mollet, ça me fait deux nœuds dans les jambes.

— Combien de temps vas-tu me ressortir cette histoire, Frances. C'est fini. Depuis longtemps.

Frances caresse toujours son ventre pour prendre son bébé à témoin :

— Vous l'avez quand même fait. Comment avez-vous pu nous faire ça.

Je me racle la gorge, quelque chose m'encombre le gosier. Quand tu te sens coupable, ça te gratte autour de la glotte, mais c'est difficile de savoir exactement où et pourquoi. Mes jambes se décroisent et se recroisent. Mon pied s'enroule autour de ma cheville. Frances recommence à fredonner, fermant les yeux pour mieux s'imaginer qu'elle accompagne Sixto Rodriguez. Son groupe doit lui manquer. Je ne suis pas sûr qu'elle ait réussi à en refaire un. Son visage se crispe, sa respiration s'accélère, ses lèvres se froncent et, subitement, elle me tombe dessus :

— Je n'arrive pas oublier vos regards, dans la forêt, quand on s'échangeait ce pétard…

— C'était il y a cinq ans, Frances.

Elle ne m'écoute pas. Elle ne peut pas m'entendre.

— L'occasion était trop belle…

Elle se tait et garde le silence pour me faire réagir. Je me tortille toujours, j'ouvre la bouche, mais je suis incapable de parler. Le poids d'une grosse bêtise me paralyse, m'empêche de prononcer le moindre mot. Frances continue, la voix éraillée :

— Si elle ne t'avait pas viré… ce n'est pas moi qui serais enceinte aujourd'hui.

Mon cœur se serre. J'ai du mal à soutenir le regard de Frances. Je baisse la tête.

— J'ai cru… j'ai eu tort. Je te l'ai dit.

Ventre en avant, Frances se lève, difficilement à cause du poids du bébé. Elle avance jusqu'à moi et me pose la main sur son abdomen.

— Tu crois qu'il ne sent rien ? Son père se prend pour un gamin… Et moi, tous mes amis sont enfermés dans des townships pendant que je me prélasse en Allemagne de l'Ouest avec un enfant de huit ans…

Mains sur les hanches, Frances bat des cils, tourne sur elle-même, semble chercher une issue, tourne encore sur elle-même et soupire bruyamment. La respiration lui est difficile. Sixto Rodriguez chante toujours de sa voix humble et douce.

— Je veux rentrer…, souffle-t-elle d'un seul coup.

Ces mots me font l'effet d'un choc à la tête. Un nuage brouille ma vision. Frances ne se laisse pas émouvoir. Elle ajoute :

— Tu as ton cousin Rüdi, à Brême… Et Katia… tu n'as pas besoin de moi. De nous.

Je me lève brusquement de ma chaise, qui se renverse en arrière.

— Arrête avec ça ! Je ne vis pas avec Rüdi ! Je ne fais pas un enfant avec lui ! Je le vois une fois par an ! Je ne sais même pas si la dernière grossesse de Katia a pris…

— Je veux rentrer au Cap ! crie de nouveau Frances.

Je me mets à flageoler, le rebord de la table me tient. Sixto Rodriguez chante toujours de sa voix humble et douce.

— Ne me demande pas ça, Frances. Pas à moi ! Je ne donnerai pas mon enfant à l'Afrique du Sud.

— Parce que c'est mieux ici ? hurle Frances.

Elle fond en larmes et se laisse tomber sur sa chaise à bascule. Je la recouvre de sa couverture à carreaux, puis je m'agenouille, et pose ma tête sur son ventre.

— Tu devrais rappeler ce producteur.

— Hansa Records n'en a rien à faire de mes chansons contre les murs. Et tout le monde se fout de District Six, ici… Je veux rentrer.

Voilà que le bébé se met à gesticuler. Nettement, je sens des doigts sous la peau de Frances, qui me pétrissent la joue. Ils recommencent, encore et encore.

Je me mets à lui parler. Je dis de jolies choses, que je l'emmènerai au parc, je lui ferai des châteaux de sable à Brême, je l'emmènerai à la tonnellerie pour son premier Noël, je lui ferai des salades de pommes de terre, j'irai lui cueillir des champignons, des châtaignes et des noisettes, je lui apprendrai à faire du vélo, je me lèverai la nuit quand elle fera des cauchemars.

Frances pousse un petit cri de douleur, que je n'entends pas parce que je suis en conversation avec le bébé. Quelque chose ne va pas, et je ne m'en aperçois pas non plus quand mes genoux se mouillent d'un liquide qui coule entre les jambes de Frances.

Au bout d'un moment, quand même, je remarque la flaque qui m'entoure.

Le bébé a reçu mon message cinq sur cinq.

***

Cher Wolfgang,

J'ai bien reçu le faire-part de naissance, avec la photo de Rosie, son fin duvet blond et ses yeux, bleus, n'est-ce pas ? Dieu fasse qu'elle les garde de cette couleur.

Je me doute bien que ce courrier n'était pas ton initiative, même s'il est signé de vos quatre mains, celles de ton épouse, et les tiennes. Mais je ne t'en veux pas. Dieu m'est témoin, une mère pardonne tout. Je suis si heureuse de recevoir enfin de tes nouvelles, après sept ans de silence.

La naissance de Rosie est pour moi une joie immense. Comme la plupart des enfants recueillis par le Fonds, te voilà père, une belle réponse à nos attentes.

Il est toujours heureux d'être parents, surtout pour nous, tu le sais, tu le comprends, les temps sont difficiles. Nous ne serons jamais trop nombreux pour faire triompher nos idéaux… Alors, bienvenue à Rosie.

Je crois savoir que tu écris régulièrement à ta sœur ? Cette bonne action sera portée à ton crédit au jour du jugement dernier. Puisque tu as son oreille, veux-tu bien la convaincre du bonheur, et de la nécessité, d'enfanter ? Je m'inquiète, elle ne veut pas se soumettre au devoir conjugal. J'ai peur qu'elle ait été sous l'emprise du diable durant ses études à Stellenbosch. A-t-elle enfreint la Loi de Dieu et celles des hommes ? Tu vois de quoi je parle, n'est-ce pas ? Si cela t'est possible, raisonne ta sœur avant qu'il ne soit trop tard. Notre famille ne se remettrait pas d'un nouveau scandale.

Wilhelm demande souvent de tes nouvelles. Pas à moi, mais à ta sœur, à ton père aussi. Il lui est répondu *Wolf n'écrit pas beaucoup*… Wilhelm, tu sais, s'entend bien mieux avec Lothar et Barbara qu'avec moi. Je l'ai porté, je l'ai enfanté dans la douleur, je l'ai soutenu dans les épreuves que nous avons traversées. Mais Wilhelm est toujours défiant à mon égard. Il me juge coupable de tous ses malheurs.

Si cela t'intéresse, sache qu'il a terminé ses études et qu'il s'en donne à cœur joie à Terre'Blanche. Dieu m'est témoin, je suis la seule à le tempérer. Impulsif, il voudrait nous lancer dans la production de Pinotage, ouvrir un restaurant, fabriquer du fromage de chèvre, organiser des visites, créer des « terroirs », vendre notre vin à l'étranger. Wilhelm subit l'influence de forces démoniques. Je m'en inquiète, comme nombre de nos voisins. Dieu nous éprouve.

Quant à ton père, si tu en veux des nouvelles, son cœur s'est encore fragilisé, mais il trouve un grand soulagement dans la direction de la chorale, les petits films qu'il se fabrique avec sa caméra, et l'église où, avec monsieur et madame le Pasteur, il s'implique toujours davantage. Je n'ai rien d'autre à dire de Lothar, si ce n'est que je m'efforce toujours d'être une épouse dévouée à mon mari, comme j'ai toujours essayé d'être la meilleure des mères pour vous, et de porter mes élèves au plus haut de leurs possibilités. Dieu m'en est témoin.

Ton grand-père, enfin, fêtera bientôt son centième anniversaire. Il se porte bien, grâce à Dieu, qui lui prête vie, et à la Fraternité, qui en a fait son président d'honneur. Papa, qui n'a plus toute sa tête, est parfois sujet à des délires, où il s'adresse à Paul Noah, qu'il imagine voir partout et qu'il accuse d'avoir séduit ma mère. Nous avons fini par ne plus prêter attention à ces égarements. Nous savons à quoi nous en tenir. Il serait malheureux, tout de même, que nous ayons à souffrir du délabrement de ton grand-père. Aussi, je me suis fait instituer sa tutrice et appose ma signature sur tous les documents qui concernent Terre'Blanche, ou qui *nous* concernent. Ainsi ai-je pu me restaurer, *nous* restaurer, dans le testament que, par faiblesse, ton grand-père avait modifié. Dieu m'est témoin que je prends grand soin de lui.

Quant à moi, si cela t'intéresse, bien sûr, sache que mon livre a été publié il y a trois ans, même si les accusations infondées qui ont plané sur Wilhelm ont retardé sa diffusion. Et pesé sur les ventes. Des méfaits, il reste toujours quelque chose… Pourtant, même si de mauvaises langues mettent encore en doute ma qualité, et celle de Wilhelm, mon livre a été très bien reçu dans les milieux de l'éducation et de la pédagogie, où il servira bientôt, j'espère, de référence. Une mère doublée d'une enseignante sait de quoi elle parle.

Sache tout de même, Dieu m'est témoin, qu'il n'est pas un jour sans que mes prières se portent sur toi. Dieu m'a entendue, et nous a exaucés par la naissance de cette petite-fille. Nous la devions à nos pères, nos pionniers, nos héros sacrifiés, tous ceux qui, comme Hendrik Verwoerd, sont morts pour nous.

Ton père, ton frère, ton grand-père et la Fraternité se joignent donc à moi pour te féliciter de la naissance de cette petite-fille, *notre* petite-fille à tous, et pour te souhaiter aussi, *nous* souhaiter à tous, un fils de ton sang, qui ne manquera pas d'arriver, comme nous l'espérons pour ta sœur, mais je ne reviens pas là-dessus. Je suis fort aise de voir que toi, tu l'as compris : l'Afrique du Sud est la patrie de notre petite-fille, ses problèmes sont les siens, son avenir est le sien. Elle participera à notre combat, et se battra, avec nous tous, pour faire triompher nos idéaux.

Ton grand-père m'appelle, cher Wolfgang, il demande des soins constants, dont je ne te ferai pas l'inventaire, mais qui seront portés à mon crédit au jour du jugement dernier.

Nous nous réjouissons de votre retour – car vous finirez bien par rentrer, n'est-ce pas ? Et de voir grandir notre petite-fille dans un environnement propice.

Sois délivré du mal, mon cher enfant.

Ta mère qui pardonne

***

Tête calée contre un coussin appuyé sur un mur, je relis cette lettre, je crois pour la septième fois, et je me frotte les yeux. Ils n'arrivent toujours pas à croire ce qu'ils lisent.

Ils recommencent.

Sidéré, je n'entends pas les hurlements venus de la cuisine, où un gros bébé se débat contre la nourriture que Frances tente de lui enfiler dans la bouche.

Je n'en reviens pas d'en être le père.

— Une cuillerée pour papa ! tente de le convaincre Frances.

Je relis encore les mots de Michèle. Le menton rentré dans le cou, je me gratte les favoris avec un air perplexe.

Les cris ont cessé. Adossée au mur à côté de moi, Frances m'annonce que Rosie est couchée. Pourvu qu'elle dorme, une demi-heure, ce serait bien. Des cernes témoignent de sa fatigue, mais les taches brunes ont disparu. Elle a beaucoup maigri. Son pull est recouvert de légumes écrasés qu'elle essuie, regrettant qu'ils n'aient pas fini dans l'estomac de Rosie :

— Elle a encore perdu cent grammes, prononce-t-elle avec un sanglot dans la voix.

Frances se sent coupable, elle ne comprend pas, pourquoi cette *anorexie mentale* ? Est-ce parce qu'elle a échoué à l'allaiter ? Est-ce parce que je l'ai trompée.

— Et les regards de Helge quand on se croise dans l'escalier. Rosie crie tellement, elle croit que je la maltraite. Moi seule bien sûr ! Tout est de la faute des mères, n'est-ce pas ?

Frances retient ses larmes, mais pas sa rage. Rosie qui pleure toute la journée, nous qui nous disputons en plein jour, et après vingt-deux heures. Ils n'ont qu'une hâte, les Gruber, ça se voit, qu'on s'en aille.

— De toutes façons, mes essais ne donneront jamais rien. Hansa Records a signé Frantz Reuther. C'est vrai que ses mélodies sont très travaillées… mais en attendant…

Après une pause, elle reprend :

— Il va bien falloir qu'on rentre, Wolf.

J'ai l'impression d'un seau d'eau glacée qui me noie sous ses torrents. Je transpire, de grosses gouttes de sueur au front. Elles sont gelées.

— Je ne donnerai jamais ma fille aux Schultz, Frances.

— Ta fille ? me balance Frances. Parce que tout à coup, elle t'intéresse ?

Maintenant, c'est le déluge. Ah ! Les promesses n'engagent pas ceux qui les font ! Heureusement !

— Parce que tu n'en tiens aucune !

Rosie est trop petite pour s'en rendre compte, mais Frances est assez grande pour me le reprocher : non, je ne me lève pas la nuit. Pas une fois je ne me suis levé, non. C'est bien simple, je ne l'entends même pas crier. Tiens, à l'instant, alors qu'elle hurlait dans la cuisine, je ne l'entendais pas. À mon habitude, j'étais ailleurs. Mais où ça encore ? Avec Heidi ? Et à quelle époque ? En 48 ? Ou vingt ans après ? Non, je ne sais toujours pas changer les couches de Rosie. C'est bien simple, je ne supporte pas l'odeur. Pourtant, on ne peut pas dire qu'elle chie beaucoup, vu qu'elle ne mange pas ! Non, je ne l'emmène pas au parc, non, sous prétexte que la poignée de la poussette se trouve trop bas, alors ça me fait mal au dos.

— Tu ne crois pas que j'ai mal au dos, moi ?

Brusquement aux aguets, elle se tait, se lève, va à la chambre de Rosie qu'elle ouvre avec des miaulements de maman chat. C'est qu'elle l'a entendue pleurer, avant moi, qui ne comprends que maintenant. Je tiens toujours cette foutue lettre entre les mains, et ce qui m'effraie, peut-être plus que ce que j'y lis, c'est qu'au fond de moi, je l'ai toujours su.

Je savais ce que dirait cette lettre avant qu'elle soit écrite.

Et pourtant, je m'en étonne, je ne peux pas me résoudre à ce qu'elle soit vraie.

Voilà bien l'enfer.

Ce ne sont pas les fourneaux où le Diable fait tourner les pécheurs à la broche. L'enfer c'est cette lettre, qui existait avant que Michèle ait pensé à l'écrire, et où je suis enfermé comme dans un garage, et qui m'empêche de tenir les promesses que j'ai faites à ma fille. À ma femme.

Alors les critiques me pleuvent dessus, tels des avions militaires sur la Russie. Frances ne peut pas comprendre. Alors elle m'en veut. À mort.

Frances, je suis désolé. Mais si tu étais à ma place, alors tu le sentirais. Quand on vous déplace pour que vous vous reproduisiez, et que vous finissez par accomplir votre mission, vous ne pouvez pas changer les couches de cet enfant : il est le triomphe de Michèle. Surtout quand l'enfant a votre gueule, et que votre gueule, vous la détestez. Parce qu'ils la vénèrent.

Pourtant, je l'aime Rosie.

Mais je n'arrive pas à le dire. Et je ne sais pas le montrer.

Je crois que j'aime aussi Frances. Mais je ne peux pas m'en rendre compte.

***

L'appartement est vide et tout à fait silencieux. Un mot est posé sur une table, plié en deux. Je le prends, mon alliance d'or tressé scintille. Mes mains tremblent, j'hésite à le lire. Finalement j'abandonne ce bout de papier sur la table et j'enfile un manteau avant de sortir, avec une écharpe orange. Je croise Mme Gruber au rez-de-chaussée. Des poireaux dépassent de son caddie et des flocons de neige sont accrochés à ses cheveux. Bonjour Helge, comment ça va ? Et les rhumatismes de Markus ?

— Tiens donc, je dis, il neige ?

Elle détourne la tête et s'enfuit vers la porte de son appartement. A-t-elle peur de moi ? Je sors, début de soir, gris, oppressant. Le froid me mord méchamment, mais il est sec. Je resserre tout de même mon écharpe, mal assortie à mon manteau de cachemire beige. La neige tombe dans mon col avant de se changer en gouttes d'eau. À quelques pas, je tourne à droite, la route serpente, et j'atterris devant une espèce de taverne dont la grande vitre embuée abrite une foule qui braille, rigole, s'engueule. J'entre là-dedans, je frôle quelques tronches avinées et je m'accoude au bar. Je commande une bière.

J'y plonge tête la première. Une moustache blanche se dessine autour de mes lèvres.

Seul dans mon coin, je me perds dans mes pensées, me rappelant mes disputes avec Frances. Je m'en rends compte, je suis sur le point de tout perdre. J'ai peut-être déjà tout perdu. Dans mon dos des ricanements se détachent du brouhaha.

Je réalise qu'on parle de moi. De Frances. Partie en Afrique.

Des rires éclatent, moqueurs. L'alcool, ça rend tout rigolo, surtout le malheur des autres. Mais je ne suis pas assez saoul pour m'amuser de mon sort. Je prends sur moi pour ne pas exploser. Je m'essuie la bouche, ma main me semble monstrueuse. La vache, c'est vrai qu'elle est grande, avec des veines qui saillent. Un homme, un vrai, qui boit, et je rebois, et je rebois, mais je ne me sens pas plus joyeux. Mes narines se dilatent, mes pupilles s'élargissent.

Au bout d'un moment, je me retourne vivement vers les rieurs. Ils sont passés à autre chose, ce n'est plus moi qu'ils raillent, mais je reviens en arrière :

— Si vous avez quelque chose à me dire les gars, profitez, je suis là !

Ils me jettent des regards incrédules, quelques-uns effrayés. Je ne suis pas beau à voir. Une tête d'assassin, la gueule déformée par la haine. Un inconscient, qui a tellement bu qu'il trouve tout rigolo, finit par lâcher :

— Avec la tête que tu as, moi je ne vais pas t'emmerder !

Il se fait rire, beaucoup, il se tape sur les jambes. À quelques mètres, des gens se mettent à chanter en chœur. Moi, indigné, j'appuie mon index contre ma poitrine :

— Nazi ? C'est moi le nazi ?

Les rires et les chants couvrent ma voix, et mon provocateur se marre toujours : une femme vient de vomir sous une table. Tout seul, je continue de m'enflammer dans mon coin.

— L'Afrique du Sud, c'est moi ? La politique raciale, c'est moi ? L'apartheid, c'est moi ?

Je me fais pitié. Et je bois, et je bois, et toujours mon index sur ma poitrine, et je parle dans le vide, à ma pinte de bière, à un dos qui me frôle, à un œil qui ne fait que me croiser. À tous, je m'adresse ainsi qu'à des procureurs qui feraient mon procès. J'éprouve un si grand sentiment d'injustice, et j'ai le cerveau si imbibé que je finis par prendre à partie un type qui a le malheur de s'accouder près de moi. Éberlué, il m'écoute lui cracher à la figure :

— Les Afrikaners ne sont pas tous des nazis !

Amical, le type me tape sur l'épaule :

— Tu devrais rentrer chez toi.

En temps normal, j'aurais compris qu'il m'invitait à retourner à la maison. Ça m'aurait rendu triste. Mais là, je suis si ivre. La colère monte. *Rentre chez toi !* Me revoilà enragé… *Rentre chez toi !*

Et Frances qui a bouclé des valises pour rentrer chez elle.

Au Cap ?

J'aurais préféré qu'elle me quitte pour quelqu'un. Mais le Cap ? J'explose, je hurle. Un coup de poing part à l'aventure. C'est moi qui le donne, des gens rient aux éclats, les autres poussent des cris, les poings volent dans tous les sens. Il en arrive un par le haut, pile au sommet du crâne.

Me voici à terre, devant l'entrée. Au-dessus de moi, un type que j'empoigne m'injurie. Si seulement j'avais une hache… Je n'ai que mes poings, je cogne de toute ma rage, le sang pisse.

Je perds connaissance.

Je me réveille au même endroit, une bande d'ahuris debout autour de moi qui m'inspectent comme si j'avais la lèpre.

J'ai du mal à respirer. Mon diaphragme se bloque. Mes boyaux se tordent.

— Nazi ! hurle quelqu'un.

Je tourne les talons en m'essuyant le front.

Je rentre aux premières lueurs du jour, et croise Mme Gruber et son caddie. À sa mine horrifiée, je comprends que je suis une loque. Je ne ferai pas long feu dans l'appartement que Frances a déjà vidé…

Et ce mot, ce mot que je n'ai pas voulu lire, je le déplie.

Rosie est ton portrait craché et tu ne le supportes pas. Retourne donc chez Heidi et repartez tous les deux en 1948, puisque c'est ce que tu veux. Rosie et moi rentrons chez nous, où tout est à construire.

C'est un coup de poignard dans le ventre. Il s'enfonce, il se retourne, il me laboure jusqu'aux reins.

***

Je suis assis par terre, en tailleur, la lettre de Frances est repliée sur mes cuisses. Un téléphone dans les mains, je ne dis rien, j'écoute, observant les voilages blancs qui flottent aux fenêtres de l'appartement. Il est vide. Le fil du téléphone s'entortille autour de mes doigts. Très long, il relie Munich au Cap. Toi à moi :

— Et tu as ressenti la même douleur que moi, au même moment ?

— Comme des coups de poignard dans les tripes, oui.

Après un silence, tu dis que tu as tenté de me joindre plusieurs jours de suite. Je t'apprends que j'ai dormi dehors. Désemparé, je déroule la lettre de Frances, la manipule sans la lire. Ma gorge se gonfle de chagrin. Au départ j'ai l'impression d'une bille molle dans mon larynx, qui grossit, qui durcit, qui devient un ballon. Dans un souffle, je lâche :

— Frances m'a quitté.

Je ne peux plus parler. Toi non plus, tu ne pipes pas un mot. On s'écoute respirer un petit moment et, après une grande inspiration, je dis :

— Je ne supporte pas l'idée que Rosie grandisse là-bas.

— Là-bas…, tu répètes d'une voix très douce.

Et tout à coup, tu es gagnée d'une douleur, tu te mets à sangloter. Bouleversée, tu me racontes en détail une histoire folle, un drame arrivé à Terre'Blanche au moment où j'avais mal aux tripes, et où tu avais la sensation de coups de poignards dans le ventre. Tu étais vissée sur le trône. *Ça* ne sortait pas. C'est étrange, cette manière que tu as de dire *ça*, comme si *ça* avait un nom mais qu'il était impossible, ou interdit, de le prononcer. Un coup de feu, en revanche, a été prononcé quand tu étais enfermée aux toilettes. Il ne s'est pas interdit, lui. C'était Jacob. Le cul dans sa chaise roulante et le fusil sur les genoux, il faisait le guet dans la cour. Il avait pris cette habitude, un passe-temps, et puisqu'il ne faisait jamais rien de bien méchant, Michèle le lui laissait.

— C'était son joujou, tu dis.

Tu racontes, et je vois Jacob qui marmonne son habituel, *Ils nous tueront tous* en caressant la crosse de son fusil. Brusquement pris de panique, à croire qu'il voit un fantôme, il déporte son fusil vers son épaule et tire, tire, tire sur tout ce qui bouge. Ça court dans tous les sens. Des poules, des chèvres, des autruches, des hommes… D'ailleurs Jacob vise plutôt les hommes. Un jeune garçon finit par tomber au sol. Raide mort. Touché en plein cœur.

— Je venais de recruter Gadhla comme charpentier. Seize ans tout juste…

Tu fais une courte pause, renifles pour essayer de te calmer. Mais les mots s'échappent de ta bouche, avec des hoquets. Toi tu n'as rien vu, c'est Thando qui t'a raconté. Au bout de quelques minutes, un bonhomme se jette sur la chaise de Jacob pour le renverser, et que la boucherie s'arrête. Jacob bascule. Il tombe dans le pressoir, et l'allume en essayant de se rattraper. Et toi, collée à ta cuvette, le ventre en flammes, impossible de te lever. *Ça* te labourait du haut de l'estomac jusque dans les reins. Tu croyais mourir. Depuis les toilettes tu entends les cris de Michèle. Elle gueule à l'assassin, parce que le pressoir commence à déchiqueter Jacob, par le haut. Michèle voit le sort qui est fait à son père depuis la fenêtre de sa chambre, au premier. Assis sur le lit, les genoux repliés sous le menton, Lothar tremble. Il s'imagine sûrement qu'*ils* vont venir le chercher à son tour, et qu'*ils* vont le jeter dans la presse, lui aussi, où son sang va se mêler au jus de raisin séché sur les parois de la cuve. Michèle lui hurle de faire quelque chose. *Sois un homme ! Sois un homme pour une fois !*

Il ne bouge pas, Michèle le traite d'imbécile, et de toutes sortes de noms d'oiseaux, de mammifères, et d'insectes. Alors il n'en mène vraiment pas large pendant que, dans la presse, Jacob se débat en poussant des cris. Une douleur se fait sentir sous l'aisselle de Lothar. Elle se répand dans le bras, il est attiré vers le sol, sa poitrine l'oppresse. Il fouille ses poches, trouve une boîte de comprimés, mais s'effondre sur le sol avant de l'ouvrir. Sur le ventre, il regarde fixement le plancher en se demandant s'il n'est pas en train de faire une crise cardiaque. Il espère que non, enfin je crois. Michèle ne lui prête aucune attention, elle ne quitte pas des yeux le pressoir et se demande si elle ne va pas descendre. Mais s'*ils* la jetaient dans la cuve à son tour ?

— Thando est arrivé, dis-tu sur un ton rauque. Il s'est précipité vers Gadhla, mais c'était trop tard. Un trou dans le cœur, tu penses !

Un sanglot t'étouffe, il te faut un moment pour reprendre ton souffle.

— Et puis il a vu les jambes de Jacob dans le pressoir. Sa tête était écrasée, mais les jambes bougeaient encore. Un réflexe, tu sais, comme les coqs quand ils continuent de courir après qu'on leur a tranché le cou. Alors…

Alors à la fenêtre de Graça, Samora, huit ans, voit son père ramasser le fusil à terre. Thando voit la tête de Jacob en bouillie. Il l'a compris, c'est fini. Mais ces jambes qui gesticulent… Il tire.

— Thando a voulu abréger les souffrances de pépé. Il pensait qu'il y avait encore de la douleur. Moi, je suis persuadée qu'il était déjà mort. Tu imagines bien que Michèle n'est pas de cet avis ! Elle raconte partout qu'on aurait pu le sauver !

Tu t'arrêtes pour te remettre de ton émotion. Tu respires, tu te désoles :

— Il n'y avait plus rien à faire.

Et toi, pendant ce temps, tu poussais, tu poussais. Tu te disais que tu n'avais jamais été constipée à ce point. Tu n'arrivais pas à te dire autre chose.

— Kobus était parti en Namibie pour quelques jours. Et comme le téléphone est en dérangement, Wilhelm était allé chercher le médecin dès le matin… pour moi.

Wilhelm s'en revient en voiture avec le médecin. En passant la grille de Terre'Blanche, il lui confie son inquiétude à ton sujet : tu n'as pas décollé du trône depuis le lever du soleil. La voiture remonte un chemin, longe la maisonnette, rejoint la ferme. Atterrés, Wilhelm et le docteur découvrent un cadavre dans une flaque de sang. Un peu plus loin, une bouillie de pépé macère dans un pressoir encore allumé. Et Thando, une momie, fusil au bras, est assis sur le rebord du pressoir avec Samora qui lui tient la main.

— Thando était sous le choc. Samora lui caressait la main en lui répétant qu'il avait bien fait. Graça était aux autruches… Rien vu, rien entendu.

Et Wilhelm est pris d'une crise de nerfs quand, à l'étage, dans la chambre de ses parents, il découvre le corps de son père, étendu face contre terre. Il est mort, Michèle ne l'a pas compris, ou alors elle ne peut pas s'y résoudre. Donc elle l'insulte, elle le traite de chiffe-molle et lui hurle encore de faire quelque chose.

Tu pousses un gémissement à fendre l'âme.

— Quand ils sont venus me libérer… Il y avait un bébé mort dans la cuvette ! Ta sœur a pondu un cadavre de mioche dans les chiottes ! Je ne savais même pas que j'étais enceinte ! Un monstre, Wolf ! Ta sœur est un monstre !

Mon âme est fendue. Je t'écoute pleurer et puis je m'entends te dire :

— Des fois, je voudrais m'endormir… me réveiller, et recommencer notre vie.

— Ce serait toujours la même, Wolf ! Les vies n'aiment pas qu'on les déplace…

— Y a la photo du vieux Blanc dans les journaux, tu as vu ? Comme quoi il serait la preuve.

— La preuve de quoi, Naledi ?

— Que les Noirs voudraient pas uniquement remplacer les Blancs, mais aussi les exterminer.

— Quand j'entends ce genre de saloperie, ça me démange un peu, Naledi…

— Lui, en tout cas, il est parti trop loin. Le docteur Malema a parlé à l'équipe de le débrancher.

— Il a eu la chance d'être soigné. On ne peut pas en dire autant de Samora Sisulu !

— Sisulu ? Il a pas choisi tout seul de se tuer après avoir tiré sur ce vieux, peut-être ?

— Sisulu est un héros, Naledi… Est-ce que les fermiers blancs ont rendu les terres ? Ils nous dégagent avec des bulldozers, là où nos ancêtres sont enterrés. Ils arrachent les croix de nos tombes.

Et toi tu t'inquiètes qu'on débranche celui-là ! Ça leur apprendra à nous traiter comme des animaux !

Un fusil est posé contre un mur couvert de papier peint à fleurs.

C'est une grande pièce, basse de plafond, avec un mur à deux fenêtres sans rideaux, protégées par des barreaux extérieurs. Elles donnent sur une allée où se promènent des chiens tenus en laisse par leurs maîtres, et des enfants tenus en laisse par leurs mères. Ils vont le long d'une clôture en béton, surmontée de fils barbelés. C'est une prison où les gens ont choisi de s'enfermer. Au-dessus, le ciel est bleu.

Une bouteille de vin, un verre à pied et une paire de ciseaux traînent sur une table. Elle trône au milieu de la pièce, entre un petit lit collé au mur, où je suis assis, jambes repliées sous moi. Les cheveux en bataille, barbu, j'ai les traits tirés et de gros cernes.

Je dois avoir quarante-quatre ans, ici. Mon lit est petit, trop petit.

Du papier cadeau dans les mains, avec des cœurs, j'emballe une poupée. La télé est allumée sur une commode. En couleur, elle est petite, mais elle a un très gros derrière. Une femme à la voix suave babille à l'intérieur. Je tends l'oreille, je lève la tête vers elle. Ses cheveux sont noirs, sa peau brun foncé, et deux boucles en forme d'edelweiss pendent à ses oreilles.

J'éprouve une immense tendresse pour elle.

Des micros s'agglutinent autour d'elle, les mêmes que ceux qui nous ont sauté à la gorge à la gare de Hanovre. Bombardée de questions, elle répond :

— Thando Sisulu croupit depuis huit ans dans une cellule, où il est impossible de s'allonger, pour un crime qu'il n'a pas commis. Nous nous réjouissons d'avoir obtenu la commutation de sa peine de mort en une peine de prison à vie. Mais ce n'est pas suffisant.

Ses edelweiss m'hypnotisent. Elle cherche à avancer, mais la nuée de micros fait barrage :

— Pourquoi vous, avocate indienne, représentez-vous un condamné africain ?

— Mes documents d'identité m'établissent comme Cap Malay. Ce qui n'est pas…

Sa parole est coupée et l'on en vient à une autre image, où une femme fardée, assise devant un bureau, un papier à la main, vous plonge dans les mirettes pour que vous l'écoutiez bien.

Sans s'adresser à personne, elle explique à tout le monde : Jacob Terre'Blanche, président d'honneur de la Fraternité, a été victime d'un assassinat politique huit ans plus tôt. Le criminel Thando Sisulu, époux de Zandile Sisulu, une activiste du Congrès national africain, a d'abord été condamné à mort grâce au témoignage de la fille du défunt, Michèle Schultz. Sa peine a été réduite… Il la purge à la prison de sécurité maximale de Robbeneiland. Comme ses congénères, il a eu l'occasion de renforcer son endoctrinement par les terroristes Mandela et consort, jusqu'en 1982. Le terroriste communiste Goldberg, quant à lui, est détenu à la prison centrale de Pretoria. Mais on voit mal comment une révision du procès de Thando Sisulu a pu être obtenue dans ces circonstances, et comment sa libération ne compromettrait pas l'ordre public.

Affectée, la femme s'arrête une seconde pour contenir ses émotions, et elle reprend.

Ce sont les propres petits-enfants de la victime, deux orphelins allemands adoptés après la Seconde Guerre mondiale, qui ont demandé la révision du procès. Pour rappel, Barbara et Wolfgang Schultz (elle détache bien chaque syllabe) ont séjourné *eux aussi* en prison il y a quelques années. Quant à maître Patel, elle appartient à une famille dont les activités clandestines, au sein du Congrès national indien, sont connues de longue date. Qu'on ne s'y trompe pas… Ce qui est en jeu dans cette affaire, c'est l'indépendance de l'Afrique du Sud, et sa force de résistance face aux pressions internationales qui…

Après, la femme fardée parle de trois chambres, d'un référendum et d'une constitution. Des gens blancs ont donné une chambre à des gens métis, une autre à des gens indiens, mais pas de chambre à des gens noirs. Parce qu'il n'y a que trois chambres au parlement. Alors les Noirs, je crois, ils couchent dans des Bantoustans. Et Thando dort en prison. Je suis de retour en Afrique.

***

Je marche lentement, de biais, au milieu d'un terrain vague où sont entassés des gravats. Le vent siffle au-dessus, et au loin fument les cheminées des bateaux qui glissent sur un océan d'argent. Voûté, la vue brouillée, je pense un effet de l'alcool, j'ai dans la main mon paquet cadeau, avec ses cœurs.

Je m'arrête devant une grande bâtisse, délabrée, à deux étages. Une librairie, au rez-de-chaussée, est fermée. Sa porte en jouxte une autre où une sonnette pendouille.

J'hésite à sonner.

Est-ce que ce n'est pas chez Frances ? District Six ?

De la musique hurle par une fenêtre ouverte à l'étage et décorée de ballons de baudruche.

Daddy, daddy cool !

C'est de l'anglais. Ça veut dire papa est détendu.

Crispé, j'hésite à sonner.

We Won't Move est écrit à la peinture rouge sur la façade.

J'hésite toujours.

She crazy about her daddy
Ooo she believes in him
She loves her daddy

Ça veut dire qu'elle est folle de son papa. Et qu'elle croit en lui. Parce qu'elle l'aime.

Un cotillon m'arrive sur la tête, je lève les yeux, il a dû tomber par accident de la fenêtre.

Je n'ose toujours pas sonner, *daddy, daddy cool*, je reste debout devant la porte, un idiot qui frissonne et qui voit flou.

Au bout d'un moment, des pas descendent d'un escalier, derrière la porte. J'entends la voix de Frances :

— Tu donneras ces sandwiches à la maîtresse, pour les enfants qui ne peuvent pas en amener. Tu m'as bien entendue ?

Mon cœur bat à se rompre. Il éclate quand la porte s'entrebâille. Elle se referme car Frances a oublié d'en retirer la chaîne. Je ne trouve plus mon souffle. Voilà, c'est ouvert. Une petite fille métisse s'engouffre et disparaît en courant. Je vois toujours flou, mais je devine le sac de plastique rempli de sandwiches, je pense au beurre de cacahuètes, qui se balance au bout de sa main.

Frances aime le beurre de cacahuètes. En attendant, debout sur la marche qui la sépare du trottoir fracassé, elle est sidérée de me voir. Elle est toujours aussi belle. Peut-être encore plus. Moi, je me sens minable. Émi, je bafouille :

— C'est une belle musique.

— Boney M. ? Oui. Un coup de Franz.

— Franz ?

— Reuther. Celui qui était vedette chez Hansa Records quand je…

— C'est lui qui chante ?

— Oui. Mais il a une doublure. Il fallait un Noir pour ce genre de musique. C'était pareil avec Sixto Rodriguez. S'il avait été blanc, on se serait rendu compte qu'il valait mieux que Bob Dylan. Et moi, il m'aurait fallu… Enfin si j'avais la gueule de Sarah Vaughan ou de Frank Sinatra… Et toi ? Qu'est-ce que tu veux ?

Je balbutie. Elle me dévisage, et m'examine des pieds à la tête.

— Tu as bu ?

Maladroitement, je lui tends mon paquet cadeau.

— C'est pour Rosie…

Frances reste plantée sur son perron minuscule, muette, des points d'interrogation à la place des yeux. Derrière elle, un grand hall est décoré d'une bannière où il est écrit *Joyeux Anniversaire.* Au-dessus, une autre, défraîchie, proclame *Les amis de District Six militent pour le retour des expulsés : we won't move !*

Des pas descendent dans l'escalier derrière Frances. Les entendant, elle se trouble, s'avance sur la marche pour refermer la porte. La voix d'une enfant la traverse :

— C'est papa ?

Frances se décompose et, se retournant :

— Ce n'est rien, Rosie, remonte, je reviens tout de suite !

Je crois plutôt qu'elle reste en bas et qu'elle colle son oreille à la porte. Frances s'en doute, alors elle murmure tout bas :

— L'année dernière, tu n'es pas venu. Celle d'avant non plus. Et encore avant… rien.

Rosie cogne à la porte.

— Papa ! C'est toi ?

Crois-le si tu veux, je ne suis pas fichu de répondre… Et pourquoi Rosie n'ose-t-elle pas sortir ? Se rendre compte par elle-même. A-t-elle peur de moi ?

— On ne peut pas compter sur toi, me lance Frances, avant de pivoter vers la porte : remonte, je suis là dans cinq minutes !

Je ne dis rien. Quelque chose me paralyse et m'empêche de réagir. Les pas de Rosie remontent dans l'escalier. Une colère sourde m'envahit.

— Je te paye une pension alimentaire rubis sur l'ongle…

— Parce que le juge t'y a forcé !

Je reste planté là, lui tends de nouveau mon cadeau aux cœurs colorés. Elle secoue la tête, elle n'en veut pas.

— J'ai été un mauvais père mais…

— Tu n'es pas un père du tout, Wolf ! Rosie commence à peine à se remettre de… Elle mange presque normalement. Ne fiche pas tout en l'air !

L'année dernière, celle d'avant, et les autres je ne suis pas venu, répète Frances. Rosie m'attendait. Cette année, on ne m'attendait pas. On ne m'attendra plus. Une moue désolée se dessine sur les lèvres de Frances. Elle me tourne le dos. Je m'en vais.

***

Thando doit avoir quarante-sept ans mais on lui en donnerait vingt de plus. Pas seulement à cause des lunettes, mais à cause des yeux rouges, enflammés, qui clignent parce que la lumière les agresse. Le ciel est gris pourtant, et le jour faible.

Ses cheveux ont poussé, ils sont devenus blancs. Des rides gondolent sur son front, d'autres sillonnent entre son nez et sa bouche.

Des chaînes attachées à ses chevilles et ses mains le relient à d'autres bonshommes, tous la même sale tête, noire, brune, beige. Assis dans un bateau, ils regardent une île qui se profile dans l'horizon. Sauf un jeune garçon qui fixe la rive de l'autre côté. Elle est si loin, on dirait un jouet. Le garçon se demande s'il pourrait regagner le continent à la nage, une fois qu'on l'aurait détaché. À sa place, je ne m'y risquerais pas.

Des phoques nagent autour de l'île. Les vagues se fracassent à ses cailloux. Ils débarquent. Le courant est fort. Tu ne pourrais pas retourner sur l'autre rive à la nage, non, sinon il t'emporterait au fond avant ton premier kilomètre.

Ils franchissent une porte, longent un couloir, étroit, sont fouillés par des gardes blancs. Thando reçoit un pantalon court, une chemisette et des sandales. Les moins noirs reçoivent des chaussures fermées et un pantalon long. Thando avance encore, sa tête est ailleurs, il ne pense pas à grand-chose. Je suis fatigué, lui dit tout son corps, fatigué, fatigué, fatigué. Fa-ti-gué.

Le voilà dans une carrière, une grande cuvette pleine de condamnés qui raclent des parois avec des pioches. Cette roche est si blanche qu'elle scintille. Thando en est aveuglé, ça lui fait mal aux yeux. Par moments il s'arrête, mais très brièvement parce que des gardes, lunettes de soleil sur le nez, veillent au grain. Une seconde, il repose ses yeux, et recrache la poussière qu'il avale. D'ailleurs il ne respire pas, il râle.

Ça doit faire un moment qu'ils creusent.

Je crois que c'est de la chaux.

Ils ont peut-être creusé eux-mêmes cette cuvette pareille à un cratère. Plus ils creusent, plus leurs yeux les piquent, plus leur peau se dessèche, plus leurs poumons s'encrassent, plus leur regard s'éteint. Sauf quelques-uns. Des rêveurs.

Le revoilà. Cette fois, il ramasse de la merde d'oiseau. Il s'en satisfait. C'est moins pire que la chaux. Mais il tousse encore et ses yeux sont rouges et secs. Des filets de pêche sont échoués sur la plage. Il en ramasse un ou deux avec des compères.

Il dîne à présent d'une bouillie. D'autres ont en plus de la soupe, ou du riz. Leur peau est plus claire, alors ils ont aussi un café. C'est affiché sur un mur. Plus tu es noir, moins tu as droit à de la confiture. Pareil pour le beurre, le sucre, le café, le… Mais Thando s'en indiffère. Même d'avoir échappé à la mort, il s'en fiche. Vivre pourquoi ? Il y aura toujours un Terre'Blanche pour lui mettre son pied au derrière ou du plomb dans les fesses. Sa parole ne fera jamais le poids contre celle de Michèle. Comment cette avocate espère-t-elle le sortir de là ? Et Zandile… oh, elle a bien emmené Samora au procès, mais c'était encore un moyen de lui enseigner la haine. Lui n'a même pas la force de haïr. Des fois, il le regrette. Si Graça lui avait enseigné la haine, peut-être aurait-il la force de se révolter ?

Parce que…

Personne ne sait ce qu'est l'isolement parmi les chiens au milieu d'un chenil. Ce qui a tué Sobukwe.

Et puis creuser une tranchée pour y être enterré, et se faire pisser dessus par des gardiens. Après, tu n'as pas le droit de te laver.

Lui l'a vu. Mais on ne lui a jamais fait. Parce qu'il se tait.

Pour qu'on vous fiche la paix, il suffit de ne pas exister.

Thando défait les cordes de son filet de pêche. Il se fabrique une ceinture de nylon. Avec du cuir. Il a usé assez de sandales pour se faire autant de ceintures qu'il veut.

Il pisse dans un seau, s'allonge sur un vieux bout de tissu, replie ses jambes. Sa cage doit mesurer dans les trois mètres carrés. Il récite une prière, mais on dirait plutôt un poème.

Dans les ténèbres qui m'enserrent,
Noires comme un puits où l'on se noie,
Je rends grâce à Dieu quel qu'il soit,
Pour mon âme invincible.

Il le répète plusieurs fois.

Mais il n'arrive pas à s'en convaincre.

***

Le soir est tombé, je me vois à travers les barreaux qui protègent la fenêtre d'une pièce éclairée. Je suis assis dans un salon, un fusil sur mes genoux, face à un homme. Il frotte la crosse d'un pistolet ainsi qu'il ferait briller de l'argenterie :

— Pourquoi remuer cette merde ?

— Quelle merde ?

— Ne joue pas au plus malin avec moi, Schultz. Ce type qui a buté ton grand-père.

— Il voulait abréger ses souffrances.

— Tu n'en sais rien, tu n'étais pas là.

— Ma sœur, si.

— Quand ça… pendant qu'elle noyait son marmot dans les chiottes ?

Je ne moufte pas. Pourtant, je brûle de lui cracher quelque chose à la figure. Mais il ne faut pas. Il sort des cartouches d'une boîte, m'en propose quelques-unes. Je les refuse.

— Toi alors… ils ont pris les armes. En as-tu conscience ?

Soufflé, il sort d'autres cartouches de sa poche et les charge dans son pistolet.

— Ce que tu peux être naïf, Schultz. Tu tires en l'air, à blanc… Tu crois les mensonges de ta sœur, alors que ta mère a vu le crime depuis sa fenêtre. Le gosse dit que son père a agi en héros…, et il est plus que convaincant. Mais toi, tu ne trouves rien de mieux à faire que de recruter cette avocate ?

— Elle s'est présentée d'elle-même à ma sœur. Pour le gosse… Samora avait huit ans quand il a été interrogé. Qu'est-ce que tu veux qu'il dise d'autre ?

Sa mère a dû l'influencer. Évidemment qu'ils veulent en faire un acte politique.

Il a un marmottement des lèvres, comme s'il murmurait une prière.

— Des bruits courent… Comme quoi ta sœur serait gouine ?

Je me force à rire :

— Laisse courir, va. Et pour le gosse, elle ne savait pas.

— Quoi.

— Qu'elle était enceinte.

Il se met à rire.

— À d'autres, Schultz ! Ouvre les yeux !

Il se rembrunit, finit de charger son arme, puis se lève, ou plutôt se déplie, parce que son corps est long et fin, on dirait un homme de papier.

— Quand même… vous n'avez pas assez eu les projecteurs sur vous, les Schultz ?

On sort de son studio, il en ferme la porte, en verrouille quatre serrures, plus sophistiquées les unes que les autres.

— Tu me connais, Schultz. Moi je suis un tendre.

Il referme une grille sur la porte du studio, tourne deux clés dans une serrure, ajuste une chaîne qui s'ouvre et se ferme grâce à un code à quatre chiffres. Il reprend :

— Mais il y en a quelques-uns…

— Qui seraient contents de retourner leur fusil contre moi. Je suis au courant.

— Tant que tu respectes les règles…

Il attache son trousseau de clés, sept ou huit kilos de ferrailles, à sa ceinture. Usée, elle supporte quand même le choc.

On marche dans les allées de cette résidence – la mienne – en continuant à papoter. On longe de petits immeubles à deux étages, tous pareils. Des pots de fleurs décorent les rebords de certaines fenêtres, celles des familles, d'où tombent des voilages ou des rideaux. Des hommes seuls, le plus souvent en rez-de-chaussée, s'activent derrière des vitres nues : pas de femmes, pas de fleurs, pas de rideaux. Dehors, des messieurs semblables promènent leurs chiens identiques, et nous on promène nos armes, différentes.

Des épouses, qui rentrent leurs poussettes au garage et leurs enfants aux cuisines, nous saluent avec respect. Tout est calme, des oiseaux s'endorment dans leurs nids et des insectes stridulent dans les buissons. Partout des panneaux accrochés à des fils barbelés avertissent ceux du dehors et rassurent ceux du dedans : attention, chiens méchants, milices armées. J'en suis. Des milices. D'où le fusil, le pistolet de l'homme papier, et les cinq types qu'on retrouve devant une maison. N° 357. On se serre la main, on se tape sur l'épaule, on prend des nouvelles les uns des autres.

On se lance, sept bonshommes qui ratissent les allées.

Tout à coup, la tête du cortège se fige, et le reste derrière et moi aussi je me gèle. Un drôle de bruit sort d'un bosquet, très large. On dirait bien que ça remue à l'intérieur. Je tire vers le ciel. L'homme papier crie d'une voix étouffée :

— Pas maintenant ! Il va nous échapper !

Pistolet en avant, il s'avance vers le bosquet, le tient en respect, y enfouit la main, l'ébroue… rien.

Menaçant le bosquet, l'homme papier crie :

— Sors de là ! Je suis prêt !

Personne ne lui répond. Jusqu'à ce qu'une silhouette, toute petite, s'échappe brusquement du massif, en même temps qu'un nuage de lucioles. Surpris de ce gabarit minuscule, l'homme papier tire, mais à côté, puis un autre patrouilleur balance une rafale, pas un champion lui non plus. Les autres tremblent, moi y compris, le doigt sur la gâchette. À deux doigts de tirer, ils s'empêchent. Moi aussi.

La fuyarde s'éloigne. Plus agile que les balles, elle se volatilise dans un trou de souris ouvert dans un grillage.

Et l'homme papier nous passe un savon :

— Qu'est-ce qui vous a pris ? Vous voulez y rester ou quoi ?

Penauds, des bonshommes baissent la tête pendant que l'un d'eux proteste :

— Qu'est-ce que t'en sais qu'elle était armée ?

— Elle n'était pas armée, j'ajoute. Pas même d'un caillou.

— Toi, Schultz, tu devrais fermer ta gueule.

Parce qu'avec des types comme moi, il ajoute, on comprend mieux pourquoi l'Allemagne a perdu la guerre.

***

Je suis au volant d'une voiture, un très beau volant tout cuir, les sièges aussi, cuir, la voiture rouge bordeaux, la même que celle qui a fini ses jours chez les Zulus.

Peut-être qu'elle n'avait pas fini ses jours alors.

En tout cas, elle rutile, les nuages se reflètent sur le capot et aussi le semblant de soleil caché derrière eux. Mes cheveux sont très courts, je suis bien rasé, le menton carré. Les cernes persistent, et des poches aussi, gonflées d'alcool. Je roule sur le chemin qui conduit vers la sortie de Terre'Blanche.

Il se met à pleuvoir doucement, un fin rideau. Au loin, une femme marche au bord de la route, dans la même direction que moi. Une mallette en mains et des talons aux pieds, elle se dépêche pour atteindre l'arrêt de bus, plus bas, avant d'être trempée. Je m'arrête à sa hauteur, baisse ma fenêtre, lui offre mon plus beau sourire :

— Mademoiselle Patel…

Clac clac clac, ses talons continuent de battre la route, c'est à peine si elle me prête attention. Je roule doucement à ses côtés, sans me départir de mon sourire dont je suis persuadé qu'il est charmeur :

— Vous ne me connaissez pas… Je suis le frère de Barbara Schultz, à qui vous avez proposé vos services.

Sans s'arrêter, elle dit fraîchement :

— Ah. Oui, je vois. Enchantée.

— Est-ce que je peux vous déposer quelque part ?

Elle secoue la tête :

— Non, je vous remercie. Mon bus ne va pas tarder. Un peu plus bas.

— Il pleut, mademoiselle.

— Une toute petite pluie, ne vous inquiétez pas.

À ces mots, coup de tonnerre au-dessus de nos têtes. Le ciel se déchaîne. Cette averse ! Mes lèvres tremblent à force de sourire.

— Vous ne voulez pas vous abriter ?

Elle s'oblige à être aimable, se force à me remercier, mais inutile de l'accompagner, quoi qu'il advienne elle préfère prendre le bus, merci beaucoup, n'insistez plus.

L'averse devient le déluge. Pile au-dessus de sa tête, les nuages donnent tout, vraiment tout ce qu'ils peuvent. Pour une fois, les éléments sont de mon côté. Trempée, elle scrute au loin mais ne voit aucun bus approcher, et le toit de l'abribus s'envole. Je minaude toujours, c'en est effrayant :

— Montez, mademoiselle. Ma voiture est allemande !

Comme si c'était un gage de sécurité.

Je lui ouvre. Contrariée, elle finit par céder aux avances de mon siège. Il est sec, il est cuir, et c'est moi qui dis merci quand elle claque la porte.

— Où puis-je vous déposer ?

— Le prochain arrêt de bus m'ira très bien, monsieur.

— Pour ?

— Paarl. Je rentre à Paarl.

En route !

Un moment s'écoule sans un mot mais il est très beau, parce que la pluie chante sur le capot, et parce que ses edelweiss dansent à ses oreilles. Mais je la sens mal à l'aise.

— Comment avance le dossier de Thando ? Enfin… si vous n'êtes pas tenue par le secret professionnel.

Elle hésite.

— Je revenais de chez votre mère quand on s'est croisés.

— Vous ne sortiez pas de chez ma sœur ?

Elle pose timidement les mains sur ses cuisses, et se racle la gorge.

— C'est votre mère qu'il faut convaincre.

— De ?

— De changer son témoignage.

Je me mets à rire. L'avocate ne rit pas du tout.

— La peine de M. Sisulu ne repose que sur sa déposition. J'ai tenté de la convaincre que M. Terre'Blanche était déjà mort quand M. Sisulu a tiré, en croyant le soulager. La chose est sûre, il n'y avait rien à faire pour le sauver.

— Vous prêchez un convaincu, mademoiselle Patel.

— J'ai cru comprendre. Mais la cour de justice… c'est une autre affaire.

J'éclate de rire :

— Mme Schultz aussi ! Je vous souhaite bien du courage !

— Je ne désespère pas, monsieur Schultz.

— Appelez-moi Wolf.

Gênée, elle fronce le nez, s'agrippe à sa mallette. Sa présence me remplit de bonheur. Elle pourrait ne rien dire, on pourrait rouler jusqu'au bout du monde, je n'en serais pas moins heureux. Si bien que, quand elle m'annonce *Le prochain arrêt de bus se trouvera à votre gauche*, je ne l'entends pas, je ne m'arrête pas, je continue de rouler.

Ses mains se crispent sur sa mallette. Elle est tendue.

La pluie s'amenuise, un rayon de soleil perce un nuage, ma voiture parvient à un carrefour qui indique que Stellenbosch et Cape Town sont à gauche, mais que Paarl et Wellington sont à droite. Je m'engage à droite. Confuse, Arya murmure :

— C'est un sacré détour…

— Qu'est-ce qui vous le fait penser ?

— Vous travaillez à Cape Town, dans la compagnie d'assurances qui appartient à votre frère, et vous vivez à Somerset. Pas à Wellington… ni à Paarl… que je sache.

— Vous êtes bien renseignée.

— J'étudie tous mes dossiers sur le bout des doigts, monsieur Schultz.

— Appelez-moi Wolf.

Je jette un coup d'œil à l'épaisse mallette qui est toujours posée sur ses genoux mais qu'elle a relâchée pour accrocher sa main droite à la poignée, au-dessus de la vitre. Je lui souris toujours béatement.

— Et comment ferez-vous pour convaincre Mme Schultz de revoir son témoignage.

— Vous appelez votre mère *madame* ?

— Je croyais que vous connaissiez mon dossier ?

Elle esquive mon regard, ça me donne du courage, du culot :

— Beaucoup de choses vous restent à découvrir, vous voyez ?

Elle baisse la tête :

— Je veux la relaxe de Thando Sisulu. Il a un fils à élever… S'il faut transiger, je n'accepterai pas plus de deux ans. Il en a déjà fait huit. Huit, vous vous rendez compte ? C'est un homme détruit.

Mon cœur se serre. Je revois Thando quand, après m'avoir libéré du garage, il a tenté de nous emmener au port tous les trois. Ce fichu bateau qui n'est jamais venu nous chercher. Lui qui s'était taché le dos de peinture sur ce banc. Les coups de pieds au cul, la correction qu'il a reçue.

Deux ans en plus des huit accomplis ? C'est trop, oui.

Nous entrons dans Paarl. Arya me guide jusqu'à des grands entrepôts où se vendent des tissus, des épices, des fruits et des légumes. Une femme de soixante-dix ans, mais qui en fait dix de moins, vraiment très belle, est debout devant un étalage de melons. Un foulard lui détoure le visage. Un brin autoritaire, elle donne ses ordres à des bonshommes qui chargent des bennes, déchargent des camions, disposent les marchandises sur des étalages, les changent de place…

Voyant arriver Arya, elle s'écrie :

— C'est à cette heure-ci que tu rentres ? Tu ne sais pas qu'on dîne tous les soirs à la même heure ?

L'avocate féroce devient une petite fille qui se fait gronder par sa maman. Les mains sur les hanches, la mère se penche vers la voiture pour voir qui est responsable de ce retard. Elle jette une œillade étonnée à Arya, qui baisse une tête coupable, celle qu'on fait après avoir ramené un chien errant et ses puces à la maison. La mère me scrute encore et, comme je n'ai pas l'air trop galeux, elle m'invite à venir boire un jus. Chien, voudrais-tu que je t'adopte ? Le chien ne demande pas mieux, il remue la queue.

***

La mère est plus chaleureuse que la fille. Que je sois né de l'autre côté de la terre l'enchante. Pour cela, elle m'invite à me vautrer dans de gros coussins qui encadrent une table basse, à même le sol d'un salon tout en longueur. Elle m'offre un verre de jus de fruit, très épais, avant de servir sa fille, puis elle-même. Notre production, dit-elle fièrement. Son verre en main, elle le fait danser, parle et ne s'arrête que pour reprendre du souffle, avale son nectar par gorgée, rajuste constamment son foulard.

Rieuse, elle raconte une histoire de chameau – très haut, très beau et les dents très blanches – arrivé au Cap il y a bien longtemps. Ça n'aurait dû être qu'une escale, mais ayant loupé son bateau pour l'Australie, le chameau – et son maître évidemment – s'est établi au Cap. Les gens s'intriguent de sa présence – on n'avait jamais vu de chameau au Cap, alors il finit par en faire son métier, intrigueur de gens, sur les plages, dans les foires et les cirques. Pièce à pièce, son maître – très grand, très beau et les dents très blanches – se constitue un trésor.

— Mon grand-père a fini par s'acheter tout Indian Plazza à Johannesburg, finit-elle.

Mais ensuite, il y a eu les expropriations, les Indiens chassés, la place rebaptisée.

— … alors il est rentré au Congrès national.

De l'autre côté, le maternel, toute la famille quitte le Gujarat à ce moment-là. Le Gujarat se situe en Inde. Ils sont très nombreux, alors ils s'éparpillent entre l'île de la Réunion et le Kenya. Certains finissent au Cap, par accident. On ne termine ici que par accident, vous comprenez. Néanmoins, au fil des ans, ils s'élèvent d'Indiens à Cap Malay. Plus facile pour les permis de circulation. Ils se mélangent à des Griqua, des métis, des…

— … alors je suis née à Franschhoek, pas loin d'une grosse ferme qui…

Arya l'interrompt :

— Tu ennuies notre invité avec tes histoires.

Je les assure que pas du tout, et j'encourage la maman d'Arya à continuer. C'est passionnant. Arya se décompose, je me demande bien pourquoi.

— Mon père a fini par quitter Franschhoek, confie la maman en s'assombrissant. J'étais tout bébé. Heureusement, s'égaye-t-elle à nouveau, il s'est refait à Paarl. Dans le commerce de fruits, d'épices et de tissus. Tout ce que vous voyez là c'est…

— Maman…

Arya est terriblement gênée par cette discussion. Elle murmure quelque chose, dans une langue inconnue. En effet, le type assis face à la mère et près de la fille n'y entend rien. Mais moi, je comprends tout.

Maman, c'est le petit-fils de Terre'Blanche.

Sa mère se fige une seconde, choquée. Puis elle m'affiche un sourire qui sonne tout à fait faux.

Est-ce qu'il sait ? demande la mère à la fille.

Tu es folle ?

Le regard d'Arya se sauve par une fenêtre. Se retournant vers moi, la mère arrange son foulard et me fait :

— Arya me disait qu'elle a toujours rêvé d'aller en Europe… Elle ne s'en est jamais donné les moyens.

Arya relève le menton pour se montrer digne, mais on la devine offusquée. Sa mère l'enfonce :

— Depuis que tu tiens sur deux pattes tu ne t'es jamais consacrée qu'à l'étude. Tu es une bonne avocate mais enfin…

Elle se penche vers moi et prend le ton de la confidence :

— Nous avons de la famille, en Europe. Mon cousin de la Réunion s'est installé à Bordeaux, où il essaye d'importer des vins sud-africains. Pas facile, avec la politique. Vous êtes né pas loin de Bordeaux, n'est-ce pas ?

— L'Allemagne n'est pas tout à fait la porte à côté, maman.

Pas du tout décontenancée, la mère se hisse sur ses genoux pour changer de position.

— Ça ne doit pas être plus loin que Paarl de Pretoria, dit-elle en s'installant en amazone dans son coussin. Non ?

Je réponds que je vérifierai mais je précise déjà que la France et l'Allemagne sont voisines.

— Ça ne les a pas empêchées de se faire souvent la guerre.

— Je ne comprends pas qu'on se déchire, dit la mère gravement, quand on est du même peuple.

Arya reste étonnamment silencieuse. Embarrassée et tout à la fois sur la défensive, elle se montre attentive aux gestes de sa mère et méfiante à ses mots. Celle-ci avise sa montre, parle d'un mari qui ne va pas tarder à rentrer, alors je me lève et la salue respectueusement. M'avançant vers la porte pour sortir, j'entends les deux femmes qui murmurent dans mon dos, la mère disant *Évidemment, tu étais assise à côté de lui et tu n'as pas dit deux mots, alors tu n'as rien vu, mais moi je peux te le dire, il te dévorait des yeux, ma fille, et sans vouloir te blesser, tu n'es pas un canon de beauté, tu ne peux pas louper une occasion pareille.*

Nous arrivons sur le pas de la porte, Arya me dit au revoir poliment, et sa mère me prend dans ses bras. Moi je veux bien qu'elle m'adopte.

— Au revoir madame, j'espère à bientôt !

— Appelez-moi Rabia, Wolf. À bientôt, oui.

Elle n'a pas refermé sa porte, et je ne suis pas parti que, à sa fille, elle dit *C'est vrai qu'il n'est pas circoncis, mais...*

La porte claque, je retourne à ma voiture rutilante, des étoiles plein les yeux. Dans mon dos, on continue de parler de moi.

Le mariage interracial n'est pas interdit dans la loi islamique, Arya. Pour une fois qu'un homme s'intéresse à toi ! Penses-y ! À quarante-deux ans, il est temps que tu découvres la vie !

***

Pas fier, je suis allongé sur une table d'examen, un bonnet blanc sur la tête, des chaussons aux pieds, mon corps recouvert d'un drap, jusqu'à ce que tu appellerais le truc. Ma foi, quel fouillis. Du poil, en veux-tu en voilà, qui remonte presque jusqu'à mon nombril et s'échappe très loin sur les côtés. Quelques-uns sont déjà blancs. Plus barbu que tantôt, de quelques semaines, je hoche la tête aux propos d'un bonhomme assis sur un tabouret haut.

— D'après ce que me dit mon assistant, vous avez prononcé votre profession de foi pour pouvoir épouser une femme… qui a refusé votre demande en mariage.

— Si je me coupe le petit bout, elle devra bien accepter.

— Elle vous l'a demandé ?

— Elle n'est pas au courant, je veux lui faire une surprise.

Il soupire, m'indique que son assistant va venir m'épiler tout ça. Je retiens mon souffle. Il penche légèrement la tête vers mon bas-ventre, soupire de nouveau.

— Le coran ne vous y oblige pas, vous savez.

— Je sais. Mais comme je ne suis pas né dans l'Islam, je dois faire mes preuves. C'est partout comme ça.

Entre l'assistant, un jeune homme à blouse blanche, équipé de ce qu'il faut pour m'épiler.

— C'est irréversible, vous savez ? me dit l'homme qui va me couper.

— C'est aussi plus hygiénique, je crois ?

L'assistant officie. Je fais la grimace, mais je m'arme de courage pour la suite. L'auxiliaire de circoncision pose des électrodes sur mon cœur, une autre sur mes fesses. C'est pour la cautérisation, dit son supérieur. Souriant, le second m'enfile ensuite un brassard sur le bras pour, murmure-t-il, mesurer ma tension.

Tout va bien. Il m'enfonce un tube, très fin, sous la peau du bras, et se retire à pas feutrés. Le monsieur pousse un soupir, très long. Et moi je me sens tout groggy. La voix du bonhomme me paraît lointaine :

— Si vous faites ça, pour la loi, vous ne serez plus des vôtres… Vous en avez conscience ?

— Je ne suis pas un *vôtre*, monsieur. Je suis allemand.

Il croise les bras, les jambes, affirme que je lui pose un vrai cas de conscience :

— Avez-vous la moindre idée de ce que ça représente ? *Colored* sur vos papiers d'identité ? Fini la liberté de circuler. Et vos futurs enfants, vous y avez pensé ? Vous voulez les voir grandir dans les taudis de Hanover Park ?

— Ils seront élevés en Allemagne. Je ne suis pas d'ici, je vous dis. J'ai été déplacé. Après mon mariage, j'emmènerai ma femme en Allemagne. Ma famille y a une tonnellerie.

— Une tonnellerie…

Il a l'air de se demander si la religion est compatible avec les tonnelleries. Je le renifle, alors je me vante d'avoir arrêté l'alcool :

— Je buvais beaucoup, dans ma vie d'avant. J'ai totalement arrêté. Je me conforme aux préceptes.

Pourtant, je me sens un peu ivre. Le tube dans mon bras doit m'envoyer quelque chose dans les veines. Pensif, le bonhomme se met à me badigeonner la peau, autour du machin. Là-dessus, il le fait passer à travers un morceau de tissu, stérile, il dit, qu'il applique sur ma peau.

— Je connais une famille musulmane qui cultive de la vigne, il m'annonce. Pas grand-chose mais… que je sache, rien n'interdit le commerce du vin ?

Il hésite, attrape une seringue.

— Il faudrait interroger les savants de l'Islam, déclare-t-il en tapotant sur son aiguille.

— Une anesthésie est-elle nécessaire ? Je préférerais… sentir.

Il rit doucement.

— Pas d'inquiétude ! Vous aurez largement de quoi sentir après l'opération !

Apparemment, les sept premiers jours sont les plus durs, il est difficile de marcher autrement que les jambes arquées. Mais, m'explique-t-il, au bout de quatre à six semaines, la démarche s'arrange. J'ai l'impression qu'il cherche à me faire peur. Pas question de me laisser démonter. Même s'il faut compter huit mois pour une cicatrice définitive. Pas de touche-pipi pendant au moins trente jours. La *fonction* se rétablit lentement, comptez douze à quatorze semaines pour que tout rentre dans l'ordre.

— Votre fiancée et vous devrez vous armer de patience…

J'ai du mal à déglutir. Il me masse les testicules pour préparer la suite.

— On ne pourra pas dire que vous n'êtes pas motivé, il fait, admiratif. Souffrir pour fuir qui vous êtes…

Il me pique le truc, en bas, profond, et sur toute la longueur. Je murmure, douloureusement.

— Je ne fuis pas qui je suis, monsieur… Aïe… je cherche ma place. Et… aïe… je suis tout près de la trouver.

***

Arya rayonne, lumineuse dans une longue robe de satin parée d'une large pièce d'étoffe, un sari. Des bracelets d'or tintent à ses poignets, des fleurs roses et blanches font un bouquet dans ses mains. Elle porte un collier des mêmes fleurs, on les retrouve sur sa couronne, et dans la poche d'une veste d'homme.

La mienne.

Cette couleur n'est pas très jolie. On dirait du caca d'oie.

Sous la veste, une chemise blanche, et une cravate. Ma barbe est grise. Très grise. De plus en plus grise. Je souris, mes lèvres tremblent parce que mon bonheur est trop grand pour ma bouche.

Tu es là, aux bras de Wilhelm, parmi la famille et les proches. Les tempes grises, tu as les cheveux courts, la peau affaissée, mais le sourire qui pétille. Wilhelm, dans les trente ans, a les cheveux longs et en bataille, qui contrastent avec ses habits bien coupés, ses souliers impeccables. Il cherche quelqu'un dans l'assemblée. Tu lui prends le bras et chuchotes :

— Fais-toi une raison, Wilhelm, maman ne viendra pas.

— Wolf l'a invitée au moins ?

— Bien sûr. Parce qu'il savait qu'elle ne viendrait pas.

Wilhelm se tait un instant et détaille la mariée.

— Arya est très belle. Mais de là à ce qu'elle se laisse entraîner en Allemagne par mon grand frère…

Vous riez sous cape.

Plus tard, je suppose, grand dîner de tables rondes et de nappes blanches. Les plats sont simples mais pleins de couleurs, de saveurs et de parfums. Arya a changé de tenue, elle porte une robe de soie verte rehaussée de broderies, et moi je souris toujours amoureusement dans mon costume, au-dessus de ma cravate, même si les fleurs dans ma poche sont en train de faner.

Ma femme et moi présidons, je lui tiens la main avec l'impression de flotter au-dessus d'un nuage qui se déplace. Tu es assise à mes côtés, tout épanouie. Je ne pense pas que tu sois éprise d'Arya, non. As-tu trouvé une Elsa ? Ravie, tu distribues des sourires autour de toi et t'arrêtes sur Wilhelm qui, de l'autre côté de la table, discute avec la mère d'Arya.

Se tenant la poitrine, elle rit à gorge déployée dans le brouhaha des conversations.

— Quand le marié est venu me demander la main d'Arya, confie-t-elle à Wilhelm, il marchait comme un canard. Il venait de se faire circoncire.

Elle éclate de rire, mais Wilhelm n'y connaît rien en circoncision, et il vient de se brûler la bouche avec un mets trop épicé. Rabia poursuit :

— Il m'a dit, puis-je épouser votre fille ? Je lui ai répondu : Quand on se fréquente, on ne *peut* pas se marier, on le *doit* ! Sinon, c'est péché.

Wilhelm hoche la tête en souriant, lui ne vit pas dans le péché.

— Ma mère s'inquiète de ne pas me voir marié, s'amuse-t-il en se retenant de tousser. J'attends la perle rare, ajoute-t-il, pudique.

C'est sûr que ça ne doit pas être simple pour Wilhelm. Ses bouclettes doivent déplaire à beaucoup de gens, sauf dans les milieux où il ne peut pas se marier.

Rabia s'amuse de la timidité de Wilhelm. Est-il toujours aussi réservé ?

— Ce n'est pas de famille, madame.

— Appelez-moi Rabia, fait-elle, charmée.

— Rabia…, répète Wilhelm.

Ça lui dit quelque chose. Plusieurs fois, il se répète à lui-même ce prénom, familier.

— Et vous ? questionne Rabia.

— Moi c'est Wilhelm.

Ça ne lui dit rien. Pourtant, Wilhelm lui rappelle quelqu'un.

***

Un chapeau à plumes d'oiseau sur la tête, Graça est assise sagement entre deux femmes au moins aussi âgées. Mon mariage encore. La plus vieille confie son secret de jouvence en se curant une dent :

— Je bois tous les matins un verre de lait chaud avec une cuillère de sucre.

Graça, elle, doit avoir dans les quatre-vingt-neuf ans, et elle en fait vingt de plus.

Nostalgique, elle regarde en souriant les enfants qui courent autour des tables. Elle enchaîne les soupirs.

— J'ai entendu que ton fils sort dans les deux ans ? lui demande la vieille au verre de lait chaud.

Les pupilles de Graça se dilatent, on dirait qu'elle a honte.

— Un peu moins, oui.

— Cache ta joie ! s'écrie l'autre.

Graça hausse les épaules, les autres replongent le nez dans leurs assiettes.

Un jour, ils te tueront, elle l'avait averti.

Il s'est quand même jeté dans la gueule du loup. Qu'est-ce qu'elle a manqué dans son éducation pour qu'il tue Jacob ? On dirait qu'elle croit son fils coupable. Elle sait bien, elle, pourquoi Michèle a changé son témoignage après le procès. Pourquoi elle a reconnu que son père était déjà mort avant que Thando ne tire dessus. En tout cas, il n'était plus viable, elle a bien voulu l'admettre. Arya ne lui a pas trop laissé le choix.

Graça soupire comme on se lamente, et se souvient d'un moment très tendu, pendant le procès, le premier, où, assise à côté du juge, Michèle a dit :

— Mes enfants ne sont pas dignes d'être entendus.

Et son fils à elle, est-il digne de… Thando est une déception. Prison à vie, le premier verdict. Samora était là, accompagné de sa mère. Regarde combien ils nous haïssent, lui soufflait Zandile à l'oreille. Ton père mourra en héros. Samora n'avait que huit ans.

Qui veut que son père meure ? Il te repousse quand tu t'approches de lui pour l'embrasser. Il se jette dans les bras de Graça, pleure avec elle, et puis Zandile le reprend, ils partent, s'éloignent, on ne les voit plus, ils ont disparu, Thando s'en va en prison.

Mon fils est-il digne de vivre ? se questionne Graça. Elle l'aime si fort. Et Michèle. C'est la première à qui elle ait donné le sein. Le fruit d'un bel amour, Michèle, même adultère.

Pauvre pépé Jacob.

Pauvre Michèle… Quel choc ça a dû lui faire quand Arya l'a menacée de tout révéler. Graça le sait bien, elle, et elle est bien la seule. Avec Arya.

La vieillarde revoit les larmes de Michèle, au tout dernier procès. Son regard s'est rempli de haine à l'égard de Thando, quand elle s'est obligée à dire :

— Je ne sais pas… Il était peut-être déjà mort.

Arya triomphe en silence. Mais par quel moyen ! Et après ça, Michèle reçoit une invitation à son mariage ?

Graça me fixe quelques secondes avec inquiétude, puis Arya, qui jette ses rires et reçoit mes baisers. Est-elle amoureuse de moi, se demande la vieille nourrice, ou m'épouse-t-elle pour achever Michèle ? Et moi ? Aussi ?

Graça tourne la tête vers le coin de table où papote Rabia. Elle ne l'a pas tout de suite reconnue, non. Comment reconnaître un nourrisson quand il est devenu une vieillerie ? Rabia était si petite quand Jacob a chassé son père de la maisonnette. Ce n'était pas seulement à cause de la loi, les expropriations, tout ça.

C'était pour garder Maria.

C'était pour se venger de Paul.

Pauvre pépé Jacob.

Il a toujours voulu croire que Michèle était de lui. Paix à son âme. Le tout-puissant fasse que Noah et lui se soient réconciliés, là-haut. Qu'ils aient retrouvé leur complicité des débuts, quand ils jouaient aux cartes.

Rabia et Wilhelm sont en grande discussion, là-bas. Graça donnerait beaucoup pour les entendre.

C'est surtout Rabia qui parle. Wilhelm écoute avec attention. Rabia ne sait toujours pas qu'il est de la famille des Terre'Blanche. Avec la couleur qu'il a ? Comme tout le monde, elle a lu ce qui était arrivé dans la presse, il n'y a pas loin de vingt ans. Cette histoire de reclassification, et la photo de cet enfant rasé en une l'avaient bien fait rire. Mais de là à penser que c'est le fils Schultz qui est assis à côté d'elle… Vingt ans de plus, les cheveux longs et le teint hâlé. Méconnaissable.

Wilhelm, en revanche, se souvient : Rabia était le prénom du bébé qu'il avait vu dans son rêve chez les Zulus… l'enfant de Paul Noah. C'est donc elle ? *Mon jour de chance,* il pense. Parce qu'il n'a jamais réussi à tirer les vers du nez de sa mère, et de quiconque, à propos du mystère Noah. Et voilà qu'au mariage de son frère, se trouve une personne qui en a la clé. Sans le savoir. C'est amusant.

— Au départ, dit Rabia, en confiance, ces deux-là n'auraient jamais dû se marier…

Elle regarde de tous côtés pour s'assurer que personne ne l'écoute.

— Arya voulait récupérer notre maison, la petite baraque où je suis née… Vous savez, au bas du chemin clôturé ? C'est pour cela qu'elle est devenue avocate.

Wilhelm hoche une tête intéressée.

***

Un autre moment, une autre saison, même.

Michèle est assise dans une chaise roulante, au milieu d'une chambre remplie de cartons et de linge éparpillé sur le sol. Son lit est défait, les draps froissés. Les cheveux tout blancs, la face ravagée, elle regarde par la fenêtre où des ouvriers agricoles marchent sur des planches de chantier. Ils croisent des hommes casqués qui font rouler de grosses brouettes remplies de décombres. Elles se vident dans des bennes remorquées par des camions, qui s'en vont sur des routes, vers le soleil couchant, en pétaradant.

À la vue de ces éclats de pierre et de bois, de ces nuages de poussière qui s'élèvent, Michèle sent les larmes lui monter. Elle les retient de toutes ses forces.

La poussière et les gravats, c'est sa vie qui s'effrite devant elle.

Les bennes au cul des camions, ce sont ses souvenirs.

Elle s'avance en reniflant vers une commode. À l'inverse du reste de la pièce, elle est impeccable, des photos y sont disposées avec des bougies allumées. Les mêmes images et les mêmes cierges que ceux de la chambre mausolée, où elle est née, où Maria est morte, où Wilhelm est né. Elle a dû partir en poussière, elle aussi.

Michèle a refabriqué la chambre de sa maman dans cette pièce toute neuve, aux murs blancs, le carrelage aussi, blanc, les cartons gris entassés, les vêtements éparpillés. Pas d'âme. Et une odeur de peinture mélangée à du solvant.

Elle se met à parler, on dirait toute seule, mais en réalité elle s'adresse aux morts étendus sur la commode. Les morts, c'est toujours d'accord avec vous. Ils ne peuvent pas vous répondre, juste vous obéir depuis leurs tombes ou leurs photographies.

— Le fils Schultz a lancé les gros travaux… Huit générations de mémoire envolées !

Sa voix est enrouée de chagrin. C'est étrange de la voir si diminuée. Elle a perdu la moitié de sa hauteur, les trois quarts de sa splendeur. Sa tristesse me touche. J'en oublierais presque sa méchanceté. Pourtant, il lui en reste encore assez pour demeurer en vie.

Elle regarde par la fenêtre les masses, les pioches et les marteaux qui s'abattent sur les vieilles pierres de Terre'Blanche.

— Wilhelm Schultz va nous mettre un *mas provençal* à la place de la ferme ! Les architectes s'en sont donné à cœur joie ! Ils construisent aussi un restaurant face à l'abreuvoir, où il veut creuser un étang et planter des nénuphars !

Un rire maladif lui vient sur les lèvres.

— Là une crèmerie ! De l'autre côté un élevage de brebis. Pour fabriquer du fromage de chèvre ? Oui, papa… tout ce que tu as bâti, tout ce que nos pères ont créé… envolé !

Je ne pense pas qu'elle parle à son vrai père. Ce qu'a bâti Paul Noah, son commerce de tissus et d'épices, ça tient encore debout. Non, c'est à Jacob qu'elle s'adresse. A-t-elle oublié qu'il l'avait chassée dans la maison de Paul ? Où elle se trouve aujourd'hui, je pense, parce qu'elle n'a plus de jambes pour monter les escaliers.

Michèle attrape la photo de mariage de ses parents et les embrasse avant de la remettre en place. Elle se perd dans ses pensées. À son tour, elle a été déplacée. Pas si loin de l'endroit où elle est née, mais il n'empêche que, à part le vieux pressoir, conservé par Wilhelm, la ferme n'est plus là.

Ça lui fait pareil qu'à moi devant le parking qui avait remplacé l'orphelinat.

Pareil qu'à Abdul, l'ami de Frances, devant le terrain vague de District Six.

Un jour, tu as une maison. Le lendemain, tu n'as plus rien.

À Michèle, il reste cette chambre que tu lui as aménagée. Le fantôme de Noah vient peut-être y jeter un coup d'œil de temps en temps. Je me demande bien ce qu'il peut penser de sa fille. Soudain elle éclate :

— Il s'est aussi mis au Pinotage ! Le Pinotage !

Elle se plie en deux pour demander pardon à ses parents :

— Si vous saviez comme je m'en veux ! Tout est détruit par ma faute ! Je suis tellement désolée !

Ses yeux s'emplissent de larmes.

— Est-ce que vous pourrez me pardonner !

À chaque battement de paupières, les larmes ruissellent sur ses joues. Elle prend la peine de les essuyer, mais c'est inutile parce qu'elles ne font qu'augmenter. Ses sanglots l'étouffent, elle en a le hoquet. Pauvre Michèle… Il me semble de nouveau qu'elle a un cœur. Il est meurtri.

— Dieu m'entende, ils seront punis !

À peine finit-elle sa phrase qu'un cri déchirant s'élève, du dehors. Il ne s'arrête pas. Le cœur de Michèle se remet à battre. Elle roule à la fenêtre, l'ouvre grand, penche sa tête encore mouillée de pleurs et entraperçoit, au milieu des gravats, un corps prostré de douleur.

Secouée de spasmes, cette forme ramassée hurle sans discontinuer. Des ouvriers, des femmes et des enfants arrivent de tous côtés et s'accroupissent au chevet de cette boule de souffrance. Rien ne l'apaise. Michèle en éprouve une sorte de joie. D'entendre ce râle prolongé la console. Subitement, une tête grimaçante sort de la boule.

— Graça ? s'étonne Michèle.

Elle tend l'oreille pour discerner les mots hachés qui se détachent des hurlements. Elle n'entend pas bien, d'abord, puis comprend qu'il est question de Thando. Thando ? Voilà bien la scène la plus intéressante qu'elle ait jamais vue… Une lueur s'allume dans ses prunelles. Dieu l'a-t-Il entendue ? A-t-Il exaucé l'une de ses prières ?

Oui, elle a bien entendu. Thando est mort. Il est mort en prison.

D'un coup d'un seul, Michèle se sent rajeunir.

Il était temps, oui, que Dieu l'écoute.

Thando a eu ce qu'il méritait.

Et l'intrigante qui m'a épousé est déjà bien punie. Terminé le chantage.

***

C'est son corps, mais ce n'est pas lui. Ce sont ses traits, mais ce n'est pas son visage. Je ne reconnais pas cette trogne crispée, cette bouche qui pendille, ce nez affaissé.

Je n'ai jamais vu un mort avant. Surtout un mort que j'ai connu. Thando est couché au milieu de ses proches et de lointains. Il n'aurait pas cru qu'autant de monde se réunisse autour de lui.

Tu pleures, comme certains.

Comme d'autres, je n'y arrive pas.

Sonné, je l'observe en me demandant comment la vie a pu s'échapper de son corps. Et son sourire, comment a-t-il pu s'effacer de sa bouche ?

Debout près de moi, Arya le considère avec tendresse. Il avait moins de deux ans à tenir en prison. Mais c'était intenable. Il est mort à tout petit feu. Un tout petit feu qui en a fait des lambeaux.

C'est de ne plus croire qu'il est mort. Quand tu perds la foi en toi, tu meurs. Avec la chaux, bien sûr, qui t'étouffe.

Agenouillée à son chevet, Graça lui caresse doucement la joue. Elle pleure à chaudes larmes. Une femme se met derrière elle et l'enlace tendrement. De temps en temps, elle pose un baiser sur la nuque de Graça, qui secoue la tête. On dirait qu'elle veut sortir d'un cauchemar. Mais tout est vrai. Ce moment est si vrai que personne ne peut y échapper : la mort de Thando est une prison de très haute sécurité. La femme collée au dos de Graça scrute par une fenêtre ou vole un bout de tissu effiloché. Elle cherche, je crois, de la lumière. Pour nos cœurs, où il fait noir en ce moment.

Aux bras d'Arya, j'ai subitement une sensation gluante sur ma joue. Quelqu'un vient de me cracher à la figure. C'est un jeune homme au front taché d'une cicatrice en forme d'étoile.

— Vous l'avez tué ! il crie en s'essuyant la bouche.

Tu tentes de prendre Samora dans tes bras mais ce grand garçon de quinze ou seize ans te repousse violemment. Tu n'en reviens pas. Lui qui dormait si paisiblement dans un berceau, au pied de ton lit. Quand il était petit, et qu'il n'avait pas le choix, il voulait bien être ton fils. Maintenant, c'est autre chose. Il nous maudit.

— Voleurs ! Assassins !

Paralysée, tu l'écoutes alors que je t'attire vers moi dans un instinct de protection. D'une voix brisée, Graça lui ordonne de se taire, et la jeune femme se décolle de son dos pour venir calmer le jeu.

Elle s'appelle Masechaba, dit-elle. Elle est désolée du comportement de Samora. Il faut le comprendre. Toutes deux vous échangez un long, un très long regard.

Moi seul peux deviner ce qu'il raconte.

Toi, tu n'as pas encore réalisé.

Masechaba non plus, je crois.

Tu t'excuses. Je m'excuse. Et puis toi, Arya et moi, on finit par se chasser nous-mêmes.

— Il va peut-être falloir dire au revoir…

— Je ne veux pas entendre ce mot, docteur. On attend. Mon père se réveillera.

— Les données cliniques ne sont pas bonnes, Marianne… Ses fonctions vitales ne présagent rien de…

— Mon père ne partira pas. Il n'a jamais fait ce qu'on attendait de lui.

— Peut-être qu'il ne peut pas… qu'il ne veut pas…

— Je vous interdis de dire ça… Aussi vrai que je m'appelle Marianne Schultz, ma fille et moi ne quitterons pas la chambre de mon père tant qu'il ne sera pas sorti d'affaire. Hein, Louise ?

— Vous lui avez dit, je crois, très clairement, qu'il n'était pas coupable. Peut-être qu'il l'a compris ? Peut-être a-t-il trouvé la paix ?

— La paix ? Eh bien dans ce cas qu'il revienne ! Je dois être de retour à Paris à la fin du mois. Faites en sorte qu'il soit sur pied sous huit jours.

Je vole au-dessus de nuages étincelants. Assis aux côtés d'Arya, je tends un verre vide à une hôtesse de l'air. Elle le remplit de jus.

Mes cheveux, qui étaient gris, sont devenus bruns. Je n'ai pourtant pas rajeuni. Je me teins les cheveux. Ma barbe est joliment taillée en collier, brun aussi. J'aurais pu me colorier en blond, ma couleur naturelle, mais je voulais faire moins aryen.

Ça persiste.

Dans mes pommettes hautes, prononcées, mon menton carré (il est creusé d'une fossette), mes épaules larges, si larges qu'Arya y pose la tête, et le cou, et l'épaule.

L'avion survole des sommets enneigés, je pense aux cartes postales de la Suisse de Mme Pfefferli. Les nuages sont toujours aussi blancs, on dirait de la crème, ça donne envie d'y goûter. La carlingue de l'avion brille dans le soleil éclatant. Une bande bleue traversée d'une ligne décore les hublots. Il s'appelle Air France, Boeing 747.

Il descend maintenant vers un immense cercle pareil à une soucoupe volante d'où partent huit bras. Dans mon dos, une voix d'enfant s'écrie :

— Le camembert !

Huit bâtiments en forme de triangle s'accrochent aux bras du camembert. Des coins de pelouse poussent entre des plaques de béton, près d'avions collés aux bâtiments. Des lignes blanches zigzaguent au sol.

L'avion atterrit, freine de toutes ses forces sur une route très large. D'un côté, ce sont des champs et des lapins qui nous regardent. De l'autre, c'est le camembert, une pieuvre plutôt, à huit bras. De petits véhicules se déplacent dans tous les sens, avec à leur volant des hommes casqués.

L'avion se gare, suivant les instructions d'un monsieur qui lui fait de grands signes.

Paris Charles de Gaulle est écrit sur le bâtiment central.

Arya s'étire :

— Plus qu'une escale… et c'est fini.

Un boyau sort du bras de la pieuvre, et vient se coller au flanc de l'avion. Je défais ma ceinture. Grave, je dis :

— Pendant tout le voyage, j'ai espéré qu'il atterrirait à Brême.

— Il n'y a pas d'aéroport à Brême, s'amuse Arya. Et Bordeaux n'est qu'à neuf cents kilomètres. C'est moins loin que…

— Pretoria depuis Paarl, je sais.

Les voyageurs avancent lentement entre les rangées. Des personnes qui ouvrent des coffres au-dessus de leurs sièges nous ralentissent. Moi aussi, je crée un engorgement faute de réussir à ouvrir le mien. Une femme, habituée à ces voyages, vole à mon secours et le débloque en moins de trois secondes. Arya la remercie d'un sourire. Nous voilà dans la file qui avance vers la sortie de l'avion. Une fois la porte passée, nous ne sommes pas dehors, mais dans le long boyau de la pieuvre, qui conduit au bâtiment en forme de triangle. Nous longeons d'interminables couloirs sous des néons, prenons des tapis roulants, observant de grands panneaux aux murs, qui font de la réclame pour des montres, des cigarettes et des bijoux. Nous arrivons devant des guichets où des policiers contrôlent les passeports.

Nos papiers en main, on attend sagement. Arya est enchantée, moi je ronchonne :

— Tu avoueras quand même que c'est paradoxal…

— Quoi, dit Arya en faisant rouler une petite valise.

— Du vin sud-africain ? En France ? Quand on est musulman ?

— Chez toi, ça ne se voit pas.

— C'est pour ça que ton cousin compte sur moi pour jouer l'Afrikaner de service…

— Le *bon* Afrikaner. Il paraît qu'on mange très bien à Bordeaux.

Une jeune policière se poste subitement devant Arya. Pointant du doigt son passeport, elle lui indique une autre file :

— Les passeports non européens, dit-elle, très polie, c'est l'autre file, madame.

Arya me lance un regard de détresse. Je vais pour la suivre, mais la policière me retient :

— Pas vous, monsieur. Vous, vous êtes dans la bonne file.

— Mais c'est ma f…

— Votre passeport est allemand, je vois. Vous c'est ici.

Elle me fait signe de me ranger. Arya hésite, puis rebrousse chemin en s'excusant auprès des passagers qu'elle bouscule. Ils ne lui en veulent pas, ils sont désolés, leurs yeux expriment une impuissance émue. Arya disparaît, se fond dans les non-européens.

Je suis perdu.

Alors – jamais je n'aurais cru faire une chose pareille – j'enterre mon passeport allemand dans ma poche, tout au fond, j'inhume ce passeport que j'ai voulu, que j'ai récupéré. Puis j'ouvre ma mallette et en retire un autre passeport, celui qui m'a choisi sans rien me demander. Il est resté au fond de ma mallette parce que je l'y ai oublié. Mais il me permet de rejoindre la ligne non-européenne.

Me voilà un viticulteur afrikaner.

Dans la ligne des voyageurs européens, une femme demande à la policière :

— Vous êtes de Guadeloupe, non ?

Non, répond la policière, vexée. Elle se lisse les cheveux du plat de la main. On dirait Wilhelm du temps de ses brushings.

***

Une lumière faiblarde éclaire une petite pièce. Basse de plafond, les murs en pierre grise, elle est fraîche, et dotée d'une seule fenêtre, qui la sépare d'une salle de restaurant, contiguë, vide pour le moment.

Un homme au cou large et à la face rougeaude est assis sur un tabouret de bar, disposé derrière une table en bois, très noble. Le monsieur ressemble à un homard cuit. Des verres sont posés au milieu de la table, près de petits récipients en argent. Un carton où il est écrit *Joli Merle, made in South Africa*, attend d'être ouvert.

Dans le fond de la pièce des casiers remplis de bouteilles de vin s'empilent contre les murs, et aussi des livres, sur des étagères. Les bouteilles dorment dans des robes de poussière. Elles attendent le baiser d'un prince charmant depuis longtemps.

Je suis assis en face du bonhomme.

Mes jambes touchent terre. Les siennes se balancent à vingt centimètres du sol. L'homme me regarde déballer le carton, et en retirer trois bouteilles de vin. Elles s'appellent *Joli Merle*. Je les manipule avec précaution, parce qu'elles sont magiques. L'homme se racle la gorge et retrousse ses manches. Une très belle montre rehausse son poignet.

— Voilà donc votre trésor, dit-il d'une voix de ténor.

— Arrivé ce matin du Cap, monsieur Andrieu, par bateau.

M. Andrieu suit mes mouvements, pensif.

— Le vin, prononce-t-il, c'est comme la littérature : un domaine d'excellence. Méthode champenoise, vous disiez ?

— Pour les vins effervescents, oui. Deux fermentations en bouteille, une prise de mousse de dix-huit mois.

Étonné, mais admiratif, il me regarde ôter le bouchon et verser le vin dans son verre, puis dans le mien.

— Celui-ci est un assemblage de Chardonnay et de Pinot noir.

Intrigué M. Andrieu attrape son verre. Il le lève, fronce les sourcils, fait tourner délicatement le vin, le scrute :

— Paille… perlage jaune.

Il y met le nez, hume, s'extasie :

— On a de la pomme verte… croquante… des parfums subtils de framboise aussi.

— Avec un soupçon de lime, j'ajoute en plantant mon nez à mon tour.

Il porte son verre à sa bouche, moi aussi.

Moi aussi ?

Plus surprenant encore, le bruit de langue de M. Andrieu, lorsqu'il aspire et avale. Slurp, slurp, slurp, fait M. Andrieu. De mon côté, je promène mon vin d'une joue à l'autre et sans bruit. Puis je recrache dans le récipient d'argent.

M. Andrieu fait danser ses doigts au-dessus de sa tête :

— On a les mêmes sensations que dans le nez, s'émerveille-t-il. Avec un arrière-goût crémeux et frais. Très jeune, c'est vrai, mais prometteur.

— Il convient parfaitement à l'apéritif, monsieur Andrieu, ou avec un petit déjeuner gastronomique.

— J'aime son odeur de pain aussi. Un effervescent inoubliable. Il irait avec un poisson bleu, vous savez. On en sert pas mal ici.

Un sourire se dessine sur ses lèvres.

— On en goûte un autre ?

— Tout à fait, monsieur Andrieu.

J'ouvre une deuxième bouteille.

— Celui-ci, vous verrez, présente des arômes de baies, et une note finale briochée.

Il scrute. *Mousse riche !* Il dilate ses narines. *Melon d'hiver ?* Il goûte, toujours avec ce bruit de langue.

— Il y a de l'agrume sur le palais… adouci par une note sucrée. Des herbes. Vivacité liée à la framboise. Longue finale. C'est étonnant… Je veux dire… c'est français, mais ce n'est pas français. Ça me fait penser aux Antilles, vous voyez ? Tout à fait atypique.

— Tout à fait, monsieur Andrieu.

— Taillés en godets ?

— Absolument.

En vérité, je ne comprends pas grand-chose à ses remarques et à ses questions. Mais *tout à fait* et *absolument* sont des réponses qui conviennent toujours.

— Remarquable, s'extasie M. Andrieu. Vos vignes sont jeunes mais déjà d'une élégance…

— Notre ferme date du XVIIe siècle. Elle se trouve à Paarl.

— *Joli Merle* est un joli nom.

— Le domaine s'appelle *Terre-Neuve*. *Joli Merle* est une dénomination sociale.

— Qui fait une jolie marque commerciale. *Terre-Neuve* est bien aussi.

Il en caresse les étiquettes, où un fermier afrikaner cueille en souriant le raisin à sa vigne. Tout seul, sans l'aide d'aucun ouvrier agricole, il récolte. Il n'a vraiment pas une tête d'Indien. C'est comme Boney M, qui n'a pas une gueule d'Allemand. Il y a des tronches comme ça, ça ne va pas à certains endroits. C'est aussi ça, l'apartheid.

— Et votre fameux *Pinotage* ? demande M. Andrieu en se frottant les mains de gourmandise.

— Le meilleur pour la fin.

Je débouche la dernière bouteille en échangeant un regard complice avec M. Andrieu. Le vin coule doucement dans un nouveau verre.

— Ce cépage est un croisement, monsieur Andrieu, entre le pinot noir et le cinsault.

— Le fameux cépage autochtone, dit-il très doucement, d'une voix rauque et recueillie.

— Tout à fait, oui. La signature de l'Afrique du Sud, absolument.

Il zyeute, hume, goûte, et repose sa coupe avec une légère grimace.

— Il y a quand même ce côté… sauvage, non ? Poivré, je dirais. Je ne sais pas si le palais français est prêt à…

— Sachez que, pour le Pinotage, *Terre-Neuve* s'est associée à *Terre'Blanche*, dont le créateur nous est arrivé du Poitou en 1688.

— Certes… Vin et littérature sont nos domaines d'excellence. Nous y avons nos habitudes mais… il faut être moderne, vous avez raison.

Il réfléchit un instant, puis attrape mon bras amicalement :

— Il manque quand même à ce vin la finesse d'un Saint-Émilion grand cru. La finesse de Bordeaux, mais en Afrique du Sud.

Tenant son verre par le pied, il le remue légèrement de biais sans me lâcher. De sa main libre, il dessine des arabesques.

— Cela dit, belle couleur. Intense, presque noire. On a un dégradé qui va vers le rose et l'orange.

— Tout à fait.

De nouveau, il promène ses mains au-dessus de son alcool avec des gestes mystiques :

— De la brillance, du velouté, beaucoup de gras. Complexité au nez… notes de fruits confits… cassis… cerise…

Il goûte pour vérifier encore quelque chose :

— Du chocolat, oui, j'avais bien pensé… du tabac…

Il teste à nouveau :

— Les épices…

— Absolument.

— Mais c'est trop sensuel, vous comprenez ? Trop voluptueux… C'est-à-dire qu'on sent le soleil, quand même. Le côté exotique, oriental, qui fait qu'on sait qu'on n'est pas en France. Tenez, il ajoute en désignant son étagère de livres, ça me rappelle Maryse Condé – un écrivain que j'affectionne… mais on ne peut pas, si vous voulez, tout mélanger. Vous voyez ?

— Tout à fait, monsieur Andrieu. Je dirais qu'on est en montagne, dans un arrière-pays sud-africain.

Surpris de ma réflexion, il hausse légèrement les sourcils, et déguste encore, j'imagine pour trouver la montagne au milieu de l'exotisme oriental.

— C'est rond, ça grandit en bouche… ça prend du volume. Ce sont les fruits noirs… D'accord. La réglisse… OK. Et… Tiens !

Il lève les bras au ciel et s'illumine :

— Il y a de la violette !

— Absolument.

— De la menthe, aussi !

— Tout à fait.

Des plis se forment sur son front.

— C'est très racé, monsieur Chouze.

— Schultz. On dit Schultz. Très racé, oui, tout à fait.

— Oui, oui, très racé, mais pas comme d'habitude. Cet accent, monsieur Chouze, il est un peu prononcé.

— Tout à fait, monsieur Andrieu.

— Pablo, appelez-moi Pablo.

— Tout à fait Pablo. Mais ce vin mérite des viandes en sauce, ou du gibier. Et l'accent sud-africain sera bientôt à la mode.

***

Entre ciel et toits, deux cigognes blanches, les ailes noires, agrandissent un nid posé sur une cheminée. Elles amassent des branchettes, des feuilles et des détritus sur ce nid déjà trois ou quatre fois plus gros qu'elles. La plus grande glisse le cou sous son aile parce que, sous les toits, elle remarque une tête d'homme qui sort d'une fenêtre. Intriguée, elle observe mon front légèrement dégarni, tandis que je balade sa main dans mes cheveux teints en brun, et observe, plus bas, de l'autre côté d'une route, une grande cour intérieure.

Il est souvent là, ce bonhomme, à scruter cette cour aux murs très hauts, où sont retenus des enfants. Âgés de six à dix ans, ils s'y amusent à ciel ouvert. Des adultes les surveillent, surtout des femmes, et de rares hommes à cheveux longs, l'allure négligée. Les murs en sont si larges et si hauts qu'on dirait la cour d'une prison, malgré les arbres et les bancs.

Cette prison de haute sécurité est une école.

C'est en prison qu'on apprend aux enfants à devenir libres, et à réfléchir. Alors ils trouvent normal d'y être enfermés. D'ailleurs, ils se comportent en petits criminels.

Un garçon s'occupe à en rosser un autre, pendant qu'une fille lui attrape les cheveux. Son crime ? Il est contre la grève. Bien sûr, il est libre de ses opinions. Mais enfin, comment peut-on être contre la grève ?

Il y en a qui se poursuivent avec des glapissements, d'autres qui sautent à la corde avec des éclats de rire. Quelques-uns manipulent de gros cubes dont ils mélangent les faces multicolores, certains partagent des goûters. Tout ça sous la surveillance des gardiens de prison pour enfants qui, de temps en temps, élèvent la voix.

Je regarde ce saccage avec un air émerveillé. Je les trouve mignons, ces petits monstres. Adorables dictateurs. Et moi, j'ai vieilli. J'ai même du mal à me reconnaître.

— Jonathan a résolu son Rubik's Cube en moins d'une minute ! je m'écrie pour quelqu'un qui ne me répond pas.

Arya ?

Assise sur le rebord d'une baignoire, dans une salle de bains carrelée de rose, elle ne peut pas m'entendre : la porte est fermée à clé. Même si elle avait été ouverte, Arya ne m'aurait pas entendu. Elle est ailleurs, concentrée sur un tube qu'elle tient entre ses doigts. Lointaine, ma voix entre dans la pièce par le trou de serrure :

— … qu'on s'y mette, non ?

Arya lève la tête une seconde, l'abaisse à nouveau sur le tube, où deux traits roses apparaissent. Épouvantée, elle se met la main devant la bouche pour ne pas crier. Ma voix traverse la porte :

— … parce que je reconnais que j'ai été un mauvais père pour Rosie.

Accoudé à la fenêtre, je me retourne vers le salon :

— Alors tu ne crois pas, non, qu'on devrait s'y mettre ?

Je laisse derrière moi la cour de récréation et m'engage dans cette grande pièce très claire, coquette, où le soleil s'invite. Les murs sont orange, sauf un, tout blanc, où une armoire en verre s'adosse. Elle protège des objets de la poussière. Tout en haut, trône un coran ancien, et tout en bas somnolent des bouteilles de vin. *Joli Merle*. Au milieu, des photos de notre mariage, une vieille lampe à pétrole, et deux minuscules tableaux assortis. Dans le premier, une paysanne blonde nourrit deux oies devant un cours d'eau, un moulin à vent dans son dos. Dans l'autre, son mari, un bûcheron à casquette, agite un mouchoir pour saluer un bateau à voile qui accoste sur un rivage.

— Ce n'est pas possible ! hurle Arya derrière sa porte.

La clé tourne dans la serrure et je la vois sortir de la salle de bains, catastrophée. Elle court dans la chambre, s'affale sur le lit et m'interroge alors que j'entre après elle :

— Comment est-ce que ça a pu arriver ? souffle-t-elle.

Elle plonge la tête dans le coussin qu'elle serre de toutes ses forces entre ses mains. Soucieux, je m'assieds près d'elle et lui caresse les cheveux. Ils sont d'un très beau noir, mais je me demande si elle ne les teint pas elle aussi parce qu'ils tirent sur le bleu. Deux tables de chevet en bois encadrent le lit, avec des lampes identiques et une collection de ces étranges cubes multicolores, que j'appelais Rubik's Cube tantôt.

Arya me jette un regard anxieux, puis se détourne de moi. J'essaie de lui prendre la main mais elle esquive, lève la tête vers une penderie. Elle fixe un long moment les trois valises perchées à son sommet, par ordre de grandeur.

— Je ne peux quand même pas faire partie des 1 % qui…

Elle reste épouvantée :

— Je croyais que…

Je presse sa main dans la mienne, glacée.

— Parle-moi…, je lui murmure. Qu'est-ce qu'il y a ?

Elle balbutie :

— Je croyais que c'était la ménopause !

Voilà l'affaire. Sa mère lui avait dit, dans leur famille, la ménopause et les cheveux blancs étaient précoces. Elle ne s'était donc pas inquiétée de ne plus avoir ses règles mais… Tandis qu'elle me parle, j'examine ses cheveux quasi bleus, ainsi que j'y cherchais des preuves de *ménopause précoce*. Pas la moindre trace de fil blanc. Elle se teint elle aussi ? Comment n'aurais-je rien su ? Elle se morfond toujours. Puisqu'elle avait des vertiges ces derniers temps… puisqu'elle vomissait… elle a fait ce test.

— Et voilà !

Elle est enceinte !

Elle prend ses seins à témoin, les sous-pèse. Ils ont doublé de volume. Je n'avais pas remarqué ? Elle croyait… La ménopause ! Est-ce que je comprends ? La poitrine de sa mère est énorme, d'ailleurs. Est-ce que je me rends compte de ce qui nous arrive ?

Arya se désespère, alors qu'un frisson de joie m'envahit. La vague de chaleur qui m'inonde me fait honte. Les rayons du soleil me pénètrent, je luis de ses feux. Je serre Arya dans mes bras pour partager cette lumière, ce bonheur. Je l'aime tant, elle qui me donne l'occasion d'être à nouveau père, la chance d'un succès après mon ratage avec Rosie. Une opportunité pareille est rare et précieuse. Mais son corps est inerte dans mes bras. Molle, Arya prend sa tête entre ses mains, et la secoue dans tous les sens.

— Pas question ! Pas question ! Pas question.

Donc, pas question.

Un flot de paroles, la plupart dénuées de sens, sort de sa bouche : quarante-trois ans, c'est trop tard pour être mère, sans compter que j'en ai quarante-cinq ? Nous sommes vieux..., dit-elle.

Tête basse, j'attrape un Rubik's Cube sur la table de chevet. Arya se réfugie dans le silence et me regarde faire tourner les faces de mon casse-tête pour assembler les couleurs les unes aux autres. Arya me considère avec surprise, sidérée de me voir jouer tel un gamin alors que l'heure est si grave. Puis elle repart dans son flux : qu'adviendra-t-il de cet enfant, en Afrique du Sud ? Dans quelle case vont-ils le classer ? Je ne dis toujours pas un mot et je ne pense à rien non plus. Je m'absorbe dans le cube dont je mélange les six faces pour unir les couleurs : cases blanches avec cases blanches, faces jaunes avec faces jaunes, et les verts ensemble face aux bleus, et les oranges contre les rouges. En moins de trente secondes, je les aligne. Jonathan, le gamin de cour de récré, est battu. Je reste le champion.

— Et tu serais père…, dit doucement Arya. Tu es en exil dans ton enfance.

Elle se lève, sort de la chambre et je n'ose pas la suivre de peur qu'elle me reproche encore d'être enfermé en 1948. Mon Rubik's Cube en main, j'entends Arya qui décroche le téléphone. Le cadran tourne, elle compose un numéro. Elle attend qu'on lui réponde, et moi je défais mon casse-tête. Brusquement, d'une voix faussement guillerette, elle demande un rendez-vous avec le docteur Baroz-Mao. Elle s'éclaircit la gorge. Embarrassée, elle dit :

— Non, pour une interruption de grossesse.

Elle écoute attentivement des explications à l'autre bout du fil. Oui… Oui… Ah bon ? Bien sûr, oui… Le docteur ne… Oui ? Mais est-ce que… oui… oui… oui. Bon, d'accord.

Un stylo griffonne sur une feuille de papier. L'heure et l'adresse de son rendez-vous, je suppose. Son rendez-vous à elle. Parce que moi dans tout ça… Mon Rubik's Cube roule sur le sol.

Entre ciel et toits, les cigognes agrandissent leurs nids et, par la fenêtre ouverte du salon des enfants explosent de vie.

***

Mon jumeau,

Grand merci pour ta longue lettre et ton invitation à vous rejoindre quelques jours à Bordeaux.

Bientôt, c'est promis, mais pour le moment je me dépêtre entre Masechaba, Terre'Blanche, et tout le reste.

Masechaba tient à ce que nous vivions ensemble. Je n'ai jamais été si amoureuse depuis Elsa, mais il lui en faut toujours plus. Elle est beaucoup plus radicale que sa sœur, tu sais : Zandile est très choquée de cette relation. L'émancipation, oui, mais pas pour les gouines, si tu vois ce que je veux dire.

Je me demande parfois si Masechaba est amoureuse de moi ou de ce que je représente. Notre couple affiché ferait valoir ses causes. Moi je préfère le secret, l'intimité. Ainsi, je n'avais jamais parlé d'Elsa à personne, sauf à toi. Tu as toujours connu mes penchants. Bref, Masechaba me demande constamment des preuves. Pour cette raison, je viens d'adhérer à leur Congrès national africain. Est-ce que ce n'est pas une preuve d'amour suffisante ?

Que je te donne aussi quelques nouvelles de maman, même si tu n'en prends jamais. Elle va aussi bien que possible mais ne voit plus d'un œil. C'est arrivé subitement, après que Masechaba est passée me voir à Terre'Blanche. C'était l'heure de la sieste pour maman, alors je croyais…

Mais elle nous a aperçues par sa fenêtre pendant qu'on s'embrassait derrière l'enclos aux autruches. Je ne l'avais pas vue. Masechaba, elle, l'a repérée. J'ai bien conscience qu'elle m'a embrassée par provocation. Mais je suis incapable de lui en vouloir, même si ce baiser a brûlé les yeux de maman. Masechaba est ce qui m'est arrivé de plus beau depuis… Je lui passe tout.

Maman va donc aussi bien que possible. Quand elle ne fait pas la sieste, elle discute avec les vieilles photos de Jacob et Maria. Ou alors elle reste plantée pendant des heures devant la profession de foi de l'aïeul : Théophile Terre'Blanche, le pasteur du Poitou, tu te souviens ? Wilhelm a fait accrocher son verbiage au-dessus du lit de maman. Je crois qu'elle t'a écrit, aussi. As-tu reçu sa lettre ?

Wilhelm est très heureux de la 2CV que tu lui as fait envoyer, même si elle est très vieille ! C'est un bourreau de travail. Quand il n'est pas au chantier du restaurant, à sa laiterie, à ses chèvres, à ses oliveraies, à son Pinotage… ou à son projet d'association avec les ouvriers, il promène sa voiture dans tout le domaine en écoutant de la musique. De temps en temps, il sort Graça (maman ne veut pas sortir).

Graça ne se remet pas de la mort de Thando. Et Samora a coupé tout contact. Tu ne peux pas savoir comme c'est douloureux. Samora, c'était comme si l'enfant mort, *mon* enfant mort, avait retrouvé la vie. Samora, c'est ma chair. Masechaba, qui est sa *vraie* tante, n'en a aucune nouvelle non plus. J'espère qu'il n'est pas au courant pour elle et moi. J'ai honte de le dire, mais j'aurais du mal à l'assumer devant lui.

Nous avons eu la visite de Rosie, tu sais ? Ce qu'elle te ressemble au même âge, c'est fou. Elle a quelque chose comme dix ou onze ans (je n'ai pas osé lui demander, de quoi j'aurais eu l'air !). Sa mère nous l'a amenée parce qu'elle te réclamait. Comment as-tu pu partir en France sans les avertir ? Rosie était déçue de ne pas te voir, mais elle n'est pas mécontente de s'être découvert une tante et un oncle. Elle est venue vendanger et, depuis, on la voit un week-end sur deux à la ferme. Elle aime par-dessus tout fabriquer le fromage. L'histoire de notre adoption la fascine aussi : elle est née en Allemagne, alors c'est bien normal. Mais elle n'en a aucun souvenir.

Ça a l'air de lui manquer. À ta manière. Mais pas tout à fait. Toi, ce ne sont pas les lieux qui te manquent, ni les liens. C'est le temps. Le temps de nos huit ans qui est resté à Lahn. Mais Rosie est encore trop jeune pour se rendre en Allemagne, n'est-ce pas ? Et elle n'a pas un Thando pour l'aider à fuguer ! Nous faisons notre possible pour lui rendre la vie agréable.

Ça y est, le mas provençal est terminé. Il en impose, avec le vieux pressoir que Wilhelm a gardé, et la cave toute neuve en sous-sol. J'y ai presque une suite, avec une salle de bains qui donne sur le jardin paysager. Rosie aussi. Maman n'a jamais voulu y mettre les pieds (je veux dire la chaise roulante) bien que Wilhelm ait conservé le frontispice d'origine. Il envisage en ce moment de construire un golf… Jacob doit s'en retourner dans sa tombe.

Arya va-t-elle mieux ? A-t-elle essayé le foie de bœuf ? En tout cas, il lui faut beaucoup boire. J'espère qu'elle s'y fera, même si, pour le moment, il est normal qu'elle en soit malade. Je peux comprendre son désarroi : se découvrir enceinte de quatre mois quand on se croyait ménopausée… et ne plus avoir la possibilité d'avorter, ça doit être un choc. Je sais de quoi je parle.

Je t'avoue que ton idée, substituer des bonbons à ses pilules, ne m'enchantait pas. On ne peut pas forcer une femme à être enceinte, Wolf. Je sais de quoi je parle… Réjouis-toi comme moi que cette grossesse soit apparue « naturellement » et sans trafic de ta part ! Arya a quelques mois pour s'y faire. Cela vous fera un beau cadeau de Noël. Sinon, vous offrirez le bébé à l'adoption ! (Je plaisante)

Tu embrasseras Arya bien fort de ma part, n'est-ce pas ?

Je suis heureuse en tout cas de ta bonne forme, malgré tes difficultés à convaincre certains sommeliers des vertus de *Joli Merle*.

Tu me dis aussi comme l'idée de rentrer te rebute. D'autant que tu n'as pas encore eu l'occasion, ni trouvé le courage, de repartir à Brême. Tranquillise-toi, tu as de belles années avant la fin de ton contrat avec *Joli*

Merle ! Et si tu dois revenir (ce que j'espère), ne pense pas que l'Afrique du Sud soit toujours le cauchemar que nous avons connu. Le vent commence à tourner. L'apartheid est chahuté jusque dans les rangs du parti national. Le petit-fils de Verwoerd se désolidarise de sa famille. D'ici à ce qu'il rejoigne le Congrès national africain, il n'y a qu'un pas… D'ailleurs, Nelson Mandela n'est plus un homme. Il devient une icône. Certes, au détriment de quelques-uns.

Bien sûr, tout cela est de la guimauve. Mais il est temps de tous nous réconcilier. Alors vive le sucre, et sois en paix, mon cher frère. Surtout avec toi-même !

Ta jumelle

***

Du temps a passé. J'ai encore perdu des cheveux, plein, d'un coup d'un seul. Et brusquement ils sont gris. Mes paupières s'affaissent. J'ai dans les cinquante ans et je me comporte comme un gamin : caché derrière une porte, j'écoute Arya qui parle au téléphone avec sa mère.

— Marianne va bien, très bien, une vraie chipie, Wolf lui passe tout. Moi j'ai le mauvais rôle.

Plusieurs feuilles de papier volent dans la main d'Arya. Apparemment c'est une lettre. Elle m'est adressée, mais je ne suis pas censé être au courant. On dirait qu'Arya l'a interceptée, et me la cache depuis longtemps. Elle voudrait m'en parler mais ne sait plus quoi faire. De l'autre côté du fil, Rabia s'étonne. Coupable, Arya s'éclaircit la gorge et lui lit ce message à voix haute.

Wolfgang…

Je tends l'oreille, tu peux me croire. Le ton n'est pas très agréable, je trouve. Ajoutes-y qu'Arya me l'a cachée. Non, je ne suis pas de belle humeur. Autour de moi, c'est le silence. Planqué derrière ma porte, j'espionne Arya qui poursuit sa lecture.

Je te remercie pour ton invitation à cette cérémonie, que je ne peux pas appeler un mariage.

Arya s'interrompt parce que sa mère la coupe au bout du fil. Depuis combien de temps dissimule-t-elle ce courrier ? Depuis trop longtemps pour en informer Wolf, dit Arya. Il ne lui pardonnerait pas. Et puis apprendre, six ans après, que… c'est plus qu'il ne pourrait supporter !

Derrière ma porte j'ai du mal à respirer. Mais j'écoute de plus belle.

Ce mariage est une insulte à la loi, à la Bible, à ta famille. Tu comprendras que je ne m'y sois pas rendue, je te connais assez, d'ailleurs, pour savoir que c'est ce que tu espérais. Mais je ne t'en veux pas. Dieu m'est témoin, une mère pardonne tout. Elle est toujours de bon conseil.

Arya s'interrompt pour se justifier encore : cette lettre, elle l'a lue au moins cinquante fois. Plus elle la lisait, moins elle pouvait me la donner ! Elle reprend sa lecture :

Te souviens-tu de l'école du dimanche, des prêches du pasteur, et des leçons que je vous donnais en classe ? Te rappelles-tu le sang d'Hendrik Verwoerd qui n'a jamais été effacé de son siège. Adam, Noé, et David, ils sont notre famille, la tienne, et ils ont exigé que nous procréions. C'est pour leur obéir et être dignes d'eux que Lothar et moi vous avons adoptés. C'est en leur honneur que nous avons été les parents de Wilhelm. Que ton frère se soit retourné contre nous, contre moi, est une blessure sans remède, mais que tu aies trahi ton peuple, ta religion, ta mère, en t'alliant à Mahomet !

As-tu oublié ton grand-père ?

Tout avait été préparé pour que tu prennes sa succession. Jacob avait misé tous ses espoirs sur toi. Mais toi, tu n'en as qu'après l'Allemagne ? Tu y fais naître Rosie et tu nous l'arraches ? Tu acceptes le divorce et tu laisses ma petite-fille chez sa mère, une communiste qui n'en a que pour le jazz et les « expulsés » de District Six !

Et tu t'amouraches de l'avocate qui défend l'assassin de mon père ! Tu te rends chez un charlatan pour te faire inciser les parties… Tu te maries dans la loi islamique ?

Tu as perdu la raison.

Dieu m'est témoin, j'ai fait tous les sacrifices possibles.

Mais tu peux encore être sauvé. Ce que j'ai à te confier, peut-être, t'arrachera aux griffes de Satan.

Rabia interrompt encore sa fille, je crois pour traiter Michèle de crevure. Arya acquiesce, oui, oui, dit-elle, et poursuit :

Sache donc, mon enfant, que cette femme n'est apparue dans nos vies que pour nous spolier. Elle est venue chez moi et, après s'être présentée comme la petite-fille de Paul Noah, elle m'a menacée pour me contraindre à changer mon témoignage… Sans ses menaces, je n'aurais jamais dit que mon père était déjà mort ! Dieu m'est témoin, papa était vivant quand Thando Sisulu l'a tué ! J'en suis sûre ! J'ai la conviction qu'il aurait pu être sauvé ! Mais si je ne changeais pas mon témoignage, Arya Patel me menaçait de me prendre la soi-disant maison de Paul Noah, et de propager la calomnie que j'étais sa fille ! Que ma mère, paix à son âme, avait eu une relation adultère avec cet homme, qui a occupé nos terres de manière illégale !

Grâce à Dieu, Paul Noah et sa famille ont disparu de nos existences quand ton grand-père a récupéré cette maison, de plein droit.

Arya fait une pause pour contenir son émotion, tandis que Rabia peste encore, mais cette fois contre les expropriations qui ont dépossédé sa famille. Quant à Arya, elle jure à sa mère que jamais, au grand jamais, elle n'avait voulu nuire à Wolf. Jamais elle n'aurait pensé tomber amoureuse d'un fils Terre'Blanche, même adoptif !

Adossé à ma porte, je m'y laisse glisser lentement, et me retrouve accroupi au sol. On dirait que je ne sais plus quoi penser. Je suis si amoureux d'Arya. Mon cœur éclate dans ma poitrine. L'amour, c'est bête et c'est invincible.

Nerveusement, Arya fait tourner les pages de cette longue lettre… qu'elle me cache depuis avant notre mariage ! et s'arrête à la dernière.

… *La main de Dieu fera justice : Arya Patel sera punie, j'y veillerai. Pourquoi crois-tu qu'elle t'ait épousé, si ce n'est pour mettre la main sur ton héritage, où figure la prétendue maison de Noah ?*

Elle n'aura rien.

Car je te déshérite.

Je le fais pour ton bien.

Sois délivré du mal, mon cher enfant,

Ta mère qui pardonne.

— Voilà…, conclut Arya. Comment veux-tu que je lui montre ça.

Une longue pause s'ensuit, Rabia doit délivrer ses conseils à l'autre bout. Arya répond :

— Non, voyons, il ne peut pas être au courant. Mais je me demande quand même…

De l'autre côté, Rabia recommande à Arya de garder le secret. Trop tard. Sonné, je reprends mes esprits, me faufile dans un couloir, enfile un manteau, fais claquer la porte d'entrée. Et j'apparais dans le salon tout guilleret en me donnant l'air de rentrer d'une course. Regardant ma montre, je lance à Arya :

— Tu n'es pas encore prête ? Dépêche-toi ! On doit passer récupérer Marianne avant de filer à l'aéroport !

Rosie atterrit dans une heure et demie.

***

— M. de Gabriac est un grand spécialiste de Saint-Émilion et du Pomerols.

C'est Pablo Andrieu qui le dit, en plissant ses yeux rétrécis. Son cou s'est élargi et son menton s'est dédoublé. Pas une ride n'a réussi à se creuser un passage dans cette gueule rouge, mais les années ont bien épaissi le bonhomme. De douze kilos, je dirais, et de six ans ? Les six ans qui m'ont sauté à la figure quand Arya téléphonait à sa mère. Vissé sur un tabouret trop haut, il pianote des doigts sur une table en bois massif, à côté de trois bouteilles de vin entamées, quatre verres, et un crachoir à demi rempli.

C'est la même pièce sombre que la dernière fois, séparée d'une autre salle par une fenêtre. De l'autre côté, des gens sont assis à une dizaine de tables et dégustent des mets raffinés, en se versant de temps en temps un verre.

Pablo parle à une vieille connaissance :

— L'idée, tu vois, serait d'investir dans un vignoble bien placé. Produire pour votre marché intérieur, et à l'exportation.

La vieille connaissance, c'est moi. Appuyé sur un tabouret haut, je suis toujours ce vieux type d'environ cinquante ans. J'approuve Pablo Andrieu :

— Le marché intérieur sud-africain est mince, c'est vrai.

— Toi-même… toujours pas ?

— Le vin n'est pas mon ami. Je n'ai jamais repris.

— Tu goûtes, et tu craches.

Pablo Andrieu reste pensif un instant, il fait tourner son doigt sur le haut de son verre, pour en faire chanter le cristal. Il étudie une bouteille de vin *Joli Merle*, son étiquetage, fronce les sourcils, déclare que le problème, c'est qu'en l'état elle ne donne toujours pas la sensation d'un vin typiquement africain, qui serait fait à la bordelaise.

— Et puis ce paysan blanc sur l'étiquette, ça rappelle un peu trop l'apartède.

Je le dévisage, le questionne en silence : qui est-il pour m'accuser d'*apartède*, avec ses regards parlants. Il baisse la tête et, passionné, il reprend :

— L'esprit français dans le coin de Staline Boche, ce serait envisageable ?

— Stellenbosch ? Oui. Paarl aussi… Simonsberg… D'autres régions sont à explorer : s'étendre vers la fraîcheur océanique du sud, jusqu'au cap des Aiguilles.

— M. de Gabriac souhaite faire des cuvées exceptionnelles, millésimées. C'est toujours mieux d'avoir un vin à maturité.

Des éclats de rire nous parviennent de l'autre salle, où des vins accompagnent des viandes en sauce, des poissons en habits du dimanche, des fromages bleus et des desserts chocolatés.

— La fin de cette fichue apartède, reprend Andrieu en remplissant son verre, c'est pour bientôt, non ?

Mes paupières battent légèrement et je rougis. Je suis presque aussi rouge qu'Andrieu. Buvant lentement, il continue :

— La fin de l'apartède marquera un renouveau dans le vignoble sud-africain. Tu sais que le vin de Constance s'exportait par milliers d'hectolitres depuis le Cap ? Napoléon en raffolait.

— Ça c'est une belle référence, oui.

— Les équipes de M. de Gabriac songent déjà à… des notes de papaye, de mangue… de poire.

— De papaye…

J'avale ma salive de travers. Je m'étrangle, et j'ai du mal à retrouver ma respiration. Andrieu me sidère.

— Intéressant, non ? fait-il. Qu'en penses-tu ? M. de Gabriac a l'idée d'un assemblage de Cabernet, de Merlot, de Cyrah, avec une belle intensité de couleur. Ce serait un pur velours en bouche. Très rond. *Made in South Africa.*

Pompeusement, il lève son verre vers le ciel.

— L'étiquetage évoquerait l'Afrique authentique : pour le vin rouge, un lion. Pour le blanc, une girafe.

Il finit son verre, se ressert, trinque à notre future réussite.

Andrieu et moi avons le même âge, à peu près. Il aurait pu naître aryen dans une Allemagne en guerre et se retrouver dans un bétail d'orphelins destinés au Cap… avec cette peur au ventre des lions… des girafes. C'est à pleurer de rire. Je ris jaune. Une idée absurde me vient, jaune aussi, si jaune qu'elle en est comique :

— Pour le rouge, Pablo, je recommanderais un guerrier zulu plutôt qu'un lion.

— Tiens…, fait-il, très sérieux. Pourquoi zulu ?

— Ils vivent en Afrique du Sud eux aussi. Avec les lions et les girafes.

— Les Zulus ? Des tribus sud-africaines ?

Il réfléchit, et déclare sans rire ni jaune ni blanc :

— Un lion ou une girafe serait plus consensuel. Dans le bon sens du terme, j'entends : ça plairait à tout le monde. Et même à ceux qui n'aiment pas voyager.

Moi non plus, je n'aime pas voyager. Me revient le minois d'un petit voyageur, le fayot qui s'était emparé du micro à la gare de Hanovre, avant notre voyage en train. Il avait raconté le soleil à un journaliste, le soleil qui brillait toujours en Afrique, les oranges merveilleuses, les bananes délicieuses. Ses yeux étincelaient de la même manière que ceux d'Andrieu. Mais lui, il avait la trouille. Une vraie, celle qui te fait pisser jaune dans ta culotte blanche. *En Afrique, je vais empêcher les singes de manger les chèvres.* Il voulait dire les lions.

J'étudie le plafond, où je fais mine de chercher de l'inspiration. Cette situation est aberrante. Alors je dis :

— Ce vin, on pourrait l'appeler *Okoma* ! Ça veut dire soif, en zulu.

— Okoma… Mais oui ! *Okoma, Prenez un vol rouge pour l'Afrique du Sud !*

Se redressant de toute sa hauteur, il croise les bras :

— C'est un pari risqué. Mais le palais français doit s'ouvrir aux nouveaux mondes…

Il se retourne vers son étagère où les livres se sont accumulés depuis la dernière fois. Ils occupent maintenant deux pleins rayons. En haut, j'ai l'impression que ce sont des écrivains de couleur blanche. En bas, je ne vois pas leurs photos, mais ils ont de jolis noms comme Maryse Condé, Raphaël Confiant, Léopold Sédar Senghor… Pablo reprend :

— De Gabriac pensait monter quelque chose… *Le domaine de Marie-Antoinette.* La réflexion est en cours. Un partenariat pourrait-il s'envisager ? Il est prêt à se rendre à Staline Boche dès que M. Terre-Neuve pourra le recevoir.

— Stellenbosch. C'est Stellenbosch. Et ce n'est pas M. Terre-Neuve, mais M. Gabru, un cousin par alliance qui s'est associé à mon frère.

— Gabru, il répète, comme frappé d'étonnement. C'est hollandais ?

J'ouvre la bouche, mais une voix d'enfant jaillie de l'escalier me précède.

— Papa ?

Des chaussures blanches, pleines de boue, apparaissent sur la première marche visible de cet escalier, étroit et sans garde-corps. Et puis ce sont deux jambes dans un pantalon. Sous les taches de terre, il a dû être bleu. Un haut noir à longues manches, et une main de lilliputien qui s'appuie contre le mur. C'est une fille, d'à peu près six ans. Elle court dans ma direction. C'est contre mon torse qu'elle se jette. Mes bras l'enlacent. Une vague de chaleur m'enveloppe, je me sens en sécurité. Ça fait ça, quand on a des enfants et qu'on les aime.

— Alors c'est ici ton travail ? dit-elle, pas du tout timide, fixant les yeux d'Andrieu.

Andrieu lui sourit très gentiment.

— Bonjour petite fille.

— Bonjour. Comment tu t'appelles ?

— Tu peux m'appeler Pablo. Et toi, comment on t'appelle ?

— Moi on m'appelle Marianne, monsieur. Marianne Schultz.

Elle lui tend la main, Andrieu la lui serre, s'arrête une seconde sur son teint, très hâlé, et ses cheveux, très bouclés, puis il lève vers moi des prunelles émerveillées :

— Elle est adorable. Où l'as-tu adoptée ?

Je rosis, je rougis et, une fois devenu violet, j'explose :

— Je ne l'ai pas adoptée ! Elle sort de mes couilles !

Marianne n'est pas choquée. Ni étonnée. Elle doit avoir l'habitude d'être sortie de mes couilles. Et qu'on s'en étonne.

***

C'est une boulangerie où des clients attendent leur tour en léchant les vitrines qui abritent des pâtisseries. Leur humeur est bonne, l'odeur du pain, bonne, les caramels coulants. La boulangère, bonne poitrine, prend le temps d'offrir un bonbon aux enfants accompagnés de leurs parents. Chouquettes, pains suisses, croissants, chocolatines, et religieuses au chocolat, ils ont l'embarras du choix.

Marianne avance dans la file aux mains de son père et d'une jeune fille qui la tient par l'épaule. Incroyablement belle, elle est blonde, longue, les socquettes blanches. Une grande bienveillance émane de sa personne. Sa frimousse est pâle, mais fraîche. Elle a la même petite bouche que Marianne, un poil en avant, avec le menton. De la voir me remue, j'ai la sensation d'un énorme manque qui soudain se comble. Rosie. Je ne l'ai pas vue depuis le moment où Frances s'est mise à la porte de l'Allemagne, ce jour funeste où ma jumelle a accouché d'un mort-né, tu te rappelles où… Plus avant, j'ai brièvement entendu la voix de Rosie, derrière une porte de District Six. Elle fêtait son anniversaire,

Boney M chantait *Daddy cool*, Frances avait refusé mon cadeau. Mais entre-temps…

Que s'est-il passé entre-temps ?

Que se passe-t-il dans ma tête ?

Des fois, il y fait tout noir.

Mais dans ce coin-ci, Rosie, Marianne et moi nous sommes dans une boulangerie française, et mon aînée me donne l'impression d'une présence prolongée. Petite Rosie, tu es là, et puis tu es ailleurs, et puis te revoilà, et tu repartiras ? Je suis si heureux de tes apparitions, ma petite fée. En peu de temps tu as pris de l'âge, et beaucoup de centimètres.

Souriante, la boulangère remplit un sachet de viennoiseries.

— Salut Marianne ! Alors ce contrôle de calcul ?

— Neuf sur dix. La maîtresse m'a enlevé un point parce que j'ai inversé un 6 et un 9. Dégueu.

— Oh oui, dégueu.

La boulangère et sa poitrine se détournent vers la demoiselle accrochée à l'épaule de Marianne.

— Et à la grande, qu'est-ce qu'on lui met ?

Rosie balbutie. Marianne prend le relais, avec un petit air supérieur et un ton autoritaire :

— Mettez-lui un pain suisse, madame Loiseau. S'il vous plaît.

Je me sens honteux d'être le papa d'un petit tyran.

Mes filles et moi marchons côte à côte sur un trottoir. Marianne me tient par la taille, joue à ma petite femme. Rosie n'ose pas prendre mon bras. Elle ne veut pas s'immiscer. Elle parle tout bas :

— Avec Marianne, avant de te trouver, on se… on s'est arrêtées dans un papeterie.

Marianne lance des soupirs indignés :

— *Une* papeterie.

— Je l'ai acheté une journal intime.

— Je *lui* ai acheté *un* journal intime.

— Oui ! Et tu t'es couru en fuyant !

— Et *tu t'es enfuie en courant* !

Je fais le père, un père qui gronde sa fille mollement :

— Marianne… Tu ne t'enfuis pas en courant. Que ce soit moi, ta mère ou Rosie, tu donnes la main et tu obéis. D'accord ?

— Pas d'accord, elle balance, en secouant la tête.

Marianne jette un mauvais regard à sa sœur, alors je réalise, enfin, que Rosie est un peu à l'écart. Je lui tends le bras.

— *Jy vat nie pappa se arm nie, Rosie ?*

Elle ne se fait pas prier pour s'agripper à mon bras. Marianne fulmine :

— Vous parlez africain pour que je ne comprenne pas, c'est ça ?

— C'est pas du africain, proteste Rosie. Le africain, ça pas existe.

— *De* l'africain… *L'*africain, *cela n'*existe *pas*.

Plus tard, dans une cuisine, cinq paires de mains épluchent des pommes de terre et des potirons. Les plus petites sont celles de Marianne. Son journal intime est posé près d'elle. Épais d'une centaine de pages, il est cadenassé. Deux filles, étonnamment prénommées Marianne et Rosie, en illustrent la couverture rose et cartonnée. J'entends Marianne, fièrement elle se vante d'avoir écrit douze pages de son *livre*. C'est ainsi qu'elle nomme son journal. Je reconnais aussi les mains d'Arya, son alliance et sa montre. C'est elle qui s'en sort le mieux avec la peau dure de la courge. Les toutes longues et toutes fines sont à Rosie : trop gracieuses pour la cuisine. Les plus moches, pleines de veines et de poils, c'est moi… C'est pas beau de vieillir. La dernière paire de mains est habile à peler les patates, les poignets sont larges, avec des plis. Des mains pas toutes jeunes. À première vue, on ne saurait pas dire si elles appartiennent à un homme ou à une femme…

Rosie, sa voix et ses mains, s'expriment toutes ensemble : Mandela est sorti de prison… est-ce que ce n'est pas un miracle ? L'apartheid va se terminer, il est temps que nous rentrions au Cap. Est-ce que je ne crois pas en la réconciliation, moi ?

Moi je me lève sans un mot et je prends mes jambes à mon cou, jusqu'aux WC, où je m'enferme un instant. Visiblement, il y a des sujets qui fâchent. Je m'assieds sur la cuvette, entends une discussion sans pouvoir la cerner, et puis des rires. L'atmosphère s'est détendue, je peux y retourner. Je retrouve la table, les mains, les épluchures. Je ne vois toujours pas les visages. Une voix assez rauque, mais en même temps féminine, la tienne, parle de murs dressés dans les têtes des gens. Ceux-là, dis-tu, sont les plus difficiles à démolir. C'est drôle ta voix ressemble à celle de Mme Pfefferli… Ces plis aux poignets sont tes cicatrices. Il ne reste plus grand-chose de tes mutilations. Tout se guérit. Tu as tenu ta promesse de venir à Bordeaux. Ça me remue. Un potiron tout nu dans les mains, Arya se réjouit :

— Un domaine français veut s'associer à Terre'Blanche et à Terre-Neuve. Je crois M. de Gabriac, Wolf ?

Wilhelm et son cousin, ajoute-t-elle, s'entendent déjà très bien. Pourquoi ne pas leur adjoindre M. de Gabriac ? Je semble approuver :

— On va se lancer dans un vin zulu à la papaye, et à tête de lion. *Marie-Antoinette*, ou quelque chose comme ça. C'est une reine de France. Mais elle venait d'Autriche, et entre-temps elle avait été adoptée par une famille de Zulus qui habitaient avec des lions.

Des rires éclatent, les nôtres, sauf Marianne, qui se crispe :

— Pourquoi vous riez ? demande sa voix.

— Parce que ça est nul, répond Rosie, dont les mains se lèvent au ciel.

— *C'est* nul ! corrige Marianne en tapant sur la table.

Une pomme de terre épluchée rebondit. Arya se lève pour jeter des oignons et des épices dans une grande marmite qui fume.

***

— Une bombe ça fait six mètres de large ? s'effraye Marianne.

— Non, la rassures-tu. Elles étaient plus petites. Mais les trous qu'elles faisaient étaient très grands.

Au volant de la voiture, je souris à Marianne qui m'épie dans le rétroviseur. Son *livre* intime ouvert sur les genoux, elle en noircit les pages avec un stylo mauve, nous assurant qu'elle écrit un conte, où le petit poucet retrouve le chemin de sa maison. Un panneau indique la direction de Metz. Tête appuyée contre la vitre arrière Rosie bâille et s'étire les bras.

— Les bombes du maintenant, elle murmure, ça peut te raser le planète en entière.

Effarée, Marianne se met les mains devant la bouche et ne pense pas à corriger sa sœur. Rosie l'attire à elle affectueusement. Marianne abandonne l'écriture de son histoire pour se mettre à faire des signes de victoire par la fenêtre. Un large sourire au visage, elle les adresse à toutes les voitures que je dépasse. Je roule très vite. Je dépasse les limites.

Nous avons parcouru beaucoup de kilomètres. Mes traits sont tirés, ma mine fatiguée. Tu sembles lasse, inquiète aussi, mais tu t'obliges à sourire. Rosie regarde en rêvant par la fenêtre où défilent des prés tondus par des vaches. Elle est ravie d'être là, avec toi, avec moi, près de sa sœur, dans la voiture filante de son père. Ce moment est banal, je crois, pour Marianne, qui écrit sur son journal intime, mais pas pour Rosie. C'est l'un des instants les plus beaux de sa vie : elle n'aurait jamais espéré se trouver si proche de nous. Marianne croit que Rosie a davantage profité de son père, parce qu'elle est plus âgée. Ce serait logique. Marianne est très logique. Mais en réalité c'est l'inverse. Marianne ne s'en rend pas compte. Tout ce qu'elle voit, je pense, c'est que Rosie est plus âgée, et qu'à elle, personne ne demande si son père l'a adoptée.

— Pourquoi maman n'est pas venue avec nous ? m'interroge soudain Marianne.

Tu soupires et lui réponds :

— Parce que ta mère ne veut pas retourner en 1948.

Marianne fronce les sourcils. Elle ne comprend pas bien comment on pourrait retourner en arrière, surtout que la voiture est en marche avant. Mais puisque sa tante le dit…

Nous traversons un poste frontière, sans douanier, et dont la barrière est grande ouverte. Elle ne sert à rien.

— Je voulais le voir pour le croire, je dis tout bas.

J'ai du mal à gober qu'il n'y a pas de frontière entre la France et l'Allemagne. Une pancarte indique la direction de Hanovre. J'ai du mal à respirer. Mes lèvres sont serrées. Au bout d'un moment, la BMW s'engage dans de petites rues, tourne, tourne encore, s'arrête.

— On est arrivés ? demande Marianne.

Je me retourne vers mes filles.

— Rosie, Marianne… Vous voyez les Kobolds en fer forgé sur la devanture là-haut ? Ils gardent la tonnellerie de vos grands-parents. C'est votre oncle qui s'en occupe. Il y a très longtemps que je n'ai pas vu Rüdi. Vous vous souvenez de Rüdi ?

— Oui, ronchonne Marianne. Tu n'as pas arrêté de nous en parler pendant presque tout le voyage.

Marianne n'a pas l'air très emballée, alors que Rosie regarde avidement du côté de la vitrine, derrière laquelle une femme se penche pour mieux voir le véhicule rouge qui s'exhibe devant son trottoir. Katia, je suppose, l'épouse du cousin Rüdi. Je sors de la voiture et lui fais un signe de la main. Elle n'y répond pas.

— Ta cousine ne te reconnaît pas ? s'étonne Marianne.

Vous hésitez toutes les trois à sortir. Je dois vous ouvrir les portes en affichant un grand sourire pour que vous mettiez enfin un pied à terre. Pourtant, je n'en mène pas large. Le soleil indique le début de l'après-midi. Et brusquement, Katia baisse le rideau de fer.

— Ça est l'heure du fermeture ? s'émeut Rosie, la voix blanche.

Rosie nous jette des regards interrogateurs. Tu époussettes ton manteau pour te donner une contenance.

— Ils ne sont pas contents de nous voir, on dirait…

Rosie s'assombrit, toute dépitée. Je me frotte le menton en tournant sur-moi-même. Trois fois, je fais le tour de moi. Et puis je décide :

— Je vais leur parler.

Les poings serrés, je me dirige vers le rideau de fer.

***

Tu tiens la main de Rosie et Marianne cligne des yeux pour mieux voir le contre-jour, où Katia, à l'étage de la tonnellerie, me crie dessus.

— Tu ne manques pas de toupet de revenir !

Livide, je m'agrippe au rideau de fer, et je lui demande de descendre, ou d'appeler Rüdi. Elle jette des regards consternés vers le ciel.

— Il n'a jamais eu le courage de te dire…

Elle fait demi-tour, cherche quelqu'un dans la pièce, mais personne, il n'y a que quatre benêts sur le trottoir, toi, moi, mes enfants. Katia sort la tête de sa fenêtre pour être bien entendue, et vocifère :

— Frieda nous a cédé ses parts ! Tu entends ! Tu n'as aucun droit sur la tonnellerie.

Je ne sais pas pourquoi elle me dit ça. C'est vrai, un petit bout de cette tonnellerie est à moi. Mais je ne suis pas là pour ça. À son tour, Rosie hurle :

— Ils n'ont pas le droit de me rejeter ! Je n'avais pas demandé à être arrachée à ma famille ! J'ai été privée de mes parents ! Ce n'est pas si facile de renouer le contact !

Toujours accroché à ma ferraille, je regarde Rosie et je comprends brusquement qu'elle parle de son père, mais aussi d'elle-même. Moi, je suis venu me réparer. Mais elle aussi, elle est cassée. Elle veut se rafistoler. Elle attend des réponses. Marianne, c'est tout à fait différent. Elle s'en fout complètement. Le nez en l'air, elle assiste à nos échanges comme à un match entre des étrangers. Elle ne sait plus s'ils parlent allemand ou africain.

Paralysée, tu es réfugiée dans les bras de Marianne. Tu affectes de la protéger en l'enveloppant dans ton manteau, mais en réalité, c'est toi que tu protèges. De notre passé. Tu as toujours senti, toi, qu'il était trouble. Moi je n'ai encore rien compris.

Rüdi apparaît enfin à la fenêtre. Il a vieilli. Corpulent, les cheveux très courts, il a le teint maladif et une grosse boule de graisse dans le cou. Il tente de calmer sa femme en la prenant par l'épaule, mais elle le repousse. Il se rattrape au rebord de la fenêtre, tousse, prononce des mots hachés.

— Écoute… tu es mon cher… mon très cher cousin… mais…

Il te remarque, se penche pour être sûr de ce qu'il voit :

— Gretchen ? C'est toi Gretel ?

Ainsi que je l'étais quelques temps en arrière, tu es très ébranlée car tu crois qu'il te prend pour une autre. Et ça te fait l'effet d'un poignard. Pourtant, il y a dans cette maison des gens qui t'ont aimée. Et des gens qui ne nous aiment plus. Moi je ne sais pas comment te dire que je m'appelle Hans. Le souffle manque à Rüdi. Katia prend son relais :

— Étais-tu là quand Rüdi et son père se sont battus pour défendre la tonnellerie après la guerre ? Ta mère était-elle présente ? Ta sœur ? Vous n'étiez là, ni les uns ni les autres ! Nous, oui !

Sa voix se brise, et la mienne reste bloquée dans ma gorge.

— Tu as pris du bon temps en Afrique ! Pendant que…

Sonné, je ne peux rien dire, du tout. Tu restes paralysée dans les bras de Marianne, qui ne me quitte plus des yeux. Elle a compris que j'étais mal. Elle éclate en sanglot et me rejoint en courant.

Quant à Rosie, elle explose, dans un très bon allemand :

— Je suis votre petite-cousine ! elle tempête d'une voix aiguë. Je pense à vous tous les jours depuis que je suis toute petite ! J'ai fait des milliers de kilomètres pour venir vous voir !

Rüdi lance des regards écrasés de part et d'autre, remue l'espace en secouant la tête. On dirait un volcan d'émotions qui se retient.

— Entendez-moi bien, mademoiselle, dit-il aussi calmement que possible. Je ne vous rejette pas… Mais leur mère nous avait dit… elle avait dit que…

Il avale péniblement sa salive.

— On n'avait pas beaucoup d'informations en ce temps-là. Peut-être qu'elle croyait… qu'elle croyait que…

— La paix ! lance Katia en bousculant son mari pour refermer sa fenêtre.

Elle tire ses rideaux. Ils sont gris.

Un volcan entre en éruption, mais ce n'est pas Rüdi, c'est moi. Me voilà en proie à une rage brûlante. Les dents serrées, je demande à Marianne de te rejoindre, parce que mes poings se retiennent de cogner. Elle refuse, je lui crie dessus. En larmes, elle s'enfuit vers Rosie et enfin ma colère se libère. De toutes mes forces je me jette sur le rideau de fer, je m'applique à le démolir, coups de pieds, de tête, de poings.

Ouvrez-moi, salopards ! Ouvrez !

Je ressemble à un nazi. Effrayées de ma violence, vous reculez vers la voiture. Des bosses se forment sous mes coups. De la lave, je suis, en fusion.

C'est Rosie qui s'avance finalement vers moi, elle ne craint pas mes flammes. Elle marche sur mes braises. Elle m'attrape par la taille. Puis elle pose sa tête dans mon dos, règle son souffle sur le mien en fermant les yeux. Nos respirations s'accordent. Mon feu s'éteint.

De sentir le souffle de ma fille dans mon dos m'apaise.

De sentir sa poitrine qui se soulève au-dessus de ma colonne vertébrale… être enceinte doit ressembler à ça. Là, c'est à l'envers. C'est elle qui me porte.

Sans elle, je serais asphyxié.

Tendrement, elle m'entraîne vers la voiture en me faisant la promesse de me ramener à la tonnellerie, un jour. Je refuse de reprendre la route. Je m'assieds sur le trottoir. Marianne me scrute sans me reconnaître. Son papa, elle ne l'a connu qu'en France, après quarante ans. Elle n'imagine pas qu'il ait eu huit ans, un jour. Rosie a cette chance, ou ce malheur. Alors elle s'assied près de moi et multiplie les promesses : elle étudiera l'œnologie à Stellenbosch. Elle convaincra Rüdolf et sa femme, les tonneaux de Brême iront à Terre-Neuve, à Terre'Blanche… De cette manière, Brême sera en Afrique du Sud ! La voix remplie de grumeaux, tu lances tout à coup :

— C'est qui Gretchen…

Me voilà bien obligé de te dire que c'est toi. Je t'apprends aussi que ton frère s'appelait Hans avant de devenir Wolf. Mais il n'est pas fichu de te dire pourquoi. Tes yeux s'emplissent de larmes. Rosie s'efforce de distraire sa sœur en lui montrant, là-bas, cette curieuse statue faite de quatre animaux empilés les uns sur les autres. Ce sont *les musiciens de Brême*, lui dit-elle. Ils sont partis de chez eux pour échapper à leur maître qui était très cruel. C'est alors que, du coin de la rue surgit une demoiselle, toute jeune, toute rouquine. Nous voyant assis sur le trottoir, elle s'arrête près de nous, s'interroge toute seule, regarde les plaques françaises de ma BMW rouge, et finit par se présenter. Bonjour, elle s'appelle Pola. Et nous ? Qui sommes-nous ? D'où venons-nous ? Rosie explique confusément que nous venons de France, d'Allemagne, d'Inde et d'Afrique du Sud. Pola s'émerveille : elle, dit-elle tout de go, elle déteste être allemande. À l'école elle a vu *Nuit et Brouillard*, elle a tellement honte d'avoir fait ça. Même dans sa famille, il y a eu des nazis, très cruels… Légèrement ébahie, Rosie la scrute un instant et lui dit, toujours dans un très bon allemand, que nous sommes venus voir la tonnellerie des *grands-parents Grimm*. Elle lui montre du doigt, Pola pose les yeux sur les trois kobolds et fait la moue : comment on peut s'intéresser à cette tonnellerie, elle questionne, alors qu'on a la chance d'habiter en Inde et tout ça ?

— Si ça ne tenait qu'à moi, dit-elle en s'accroupissant près de Rosie, je la donnerais, cette foutue tonnellerie.

Et elle partirait en Amérique, où tout le monde est gentil, même si elle sait que les Américains détestent les Allemands et qu'ils ont tué les Indiens. Mais ils ont raison, les Américains. Au fait, elle est la fille de Rüdolf.

— Et toi, tu es la petite-fille de Frieda ? demande-t-elle à Rosie.

Elle lui donne un coup de coude complice et ajoute :

— Quelle sorcière, celle-là, hein ?

Un ange passe, hésite à repartir. Tu rosis, je rougis, ma voix s'enroue :

— Frieda ? Tu as dit Frieda ?

— Frieda, oui. J'ai bien dit Frieda, rit Pola.

— Pourquoi tu la traites de sorcière ?

— Je l'ai vue, une fois, avec son mari. Elle n'a pas du tout été gentille avec moi.

Tu la regardes, sidérée. Moi j'ai l'impression que ma langue s'est collée à mon palais. C'est tout sec dans ma bouche. Pola nous considère avec surprise. Parce qu'on est des fous.

— Quel âge as-tu ? tu demandes à Pola.

— Quatorze.

Rosie plisse les yeux. Je pense qu'elle calcule. Parce que, je suppose, si à quatorze ans Pola a vu Frieda et son mari, alors ça veut dire que Frieda et son mari ne sont pas morts à la guerre. Ou alors elle confond avec quelqu'un d'autre ? Pola se gratte le bras.

— Elle n'est pas morte du tout. Son mari est décédé il y a deux ou trois ans, mais la sale bête, elle, elle est bien en vie.

Elle habite à deux heures et demie de route.

À côté du Konditorei Kaiser de Kiel.

— C'est tout près de la mer.

***

Des gouttelettes d'eau s'accrochent à une vitre embuée. Tombées du ciel ou arrivées de la mer qui gueule de l'autre côté de la fenêtre.

Des géraniums en pots, bien au chaud au-dessus des radiateurs, la regardent s'agiter à l'extérieur. Qu'est-ce qu'elle a à s'énerver comme ça ? Sur les murs, les fleurs du papier peint pensent la même chose : pourquoi elle tempête, cette mal élevée, qu'est-ce qu'elle a à asperger les vitres de cette façon aussi vulgaire.

C'est un salon de thé. Une lumière douce l'éclaire, traversée de fumées distinguées. Des fumées de cigarettes avec filtre, des vapeurs de thés exotiques, des odeurs de café torréfié. Les gens ne parlent pas, ils murmurent, ils ont des cheveux blancs ou des mises en plis, et le rouge à lèvre, impeccable.

Les pâtisseries se dégustent sans miettes et sans bruit, sauf à la table où Marianne sème des débris sur la nappe, qu'elle a tachée de confiture. Elle est en tête à tête avec une tarte de Linz, son livre intime ouvert en page quarante, et sa grande sœur qui picore dans un strüdel aux pommes. Soucieuse, Rosie épie l'entrée, et me surveille.

Seul à la table voisine, je croise les bras devant une tasse de café. Par moments, j'examine l'entrée et, au-dessus de sa lourde porte en bois, une vieille horloge pas pressée. Pourquoi ne sommes-nous pas assis ensemble ?

15 h 10, dit l'horloge.

15 h 10 encore.

15 h 10 et toujours personne.

Mes genoux tremblent sous la table et mon pied bat le plancher.

15 h 11.

Toute mon enfance, les Schultz nous ont dit qu'ils nous avaient sauvés de la famine. De la mort.

Et si c'était faux ?

Je croyais tout savoir.

Comment ai-je pu la croire morte.

Comment ai-je pu oublier qu'elle vivait ?

L'a-t-on forcée à nous abandonner ? On aurait peut-être eu une meilleure enfance en Allemagne, sans violence, avec quelqu'un qui nous aime vraiment.

Je souris à mes filles à la table d'à côté. Je les aime, vraiment. Je les aime, tout simplement.

Pourquoi sommes-nous assis à deux tables différentes ? Lui épargner un choc ? Retrouver ses enfants après plus de quarante ans, ça doit en être un, un satané.

La porte carillonne, nos têtes se tournent.

C'est un monsieur…

Où es-tu, toi ?

15 h 27, raconte l'horloge, et la nappe s'est encore salie du côté de Marianne, cette fois d'une flaque de confiture aux abricots échappée d'une boule de Berlin. Marianne pousse des soupirs las en me jetant des coups d'œil. Du bout du menton, elle m'indique l'horloge

pour me montrer que l'heure avance. Rosie se mord les lèvres, je crois d'appréhension. Pour se détendre elle tourne et tourne et tourne sa cuillère dans sa tasse de thé. Il tourbillonne joliment.

15 h 43. Est-ce qu'elle a eu un accident de la route ?

Une demoiselle emballée dans un tablier vient me demander si je souhaite commander autre chose. Je demande un café. Un déca ? Est-ce que ce ne serait pas préférable ? Non, j'ai dit café. S'il vous plaît. D'un plissement de lèvres, elle obtempère merci, puis se dirige vers une petite table dans le fond, où…

… te voilà. Les doigts crispés sur une tasse en verre, vide, tu lèves la tête vers la demoiselle qui te dit Vous souhaitez commander autre chose ? Tu réclames un thé. Noir s'il vous plaît. La serveuse repartie, tu t'absorbes dans le papier peint. De temps en temps, tu interroges l'horloge et puis la porte d'entrée. Rien, personne. Juste des images à l'intérieur de toi. Les feux dans le ciel. Il fallait fuir, courir. La main de maman lâche la tienne.

Est-ce que ça veut dire qu'elle est morte ? Mais non, voyons ! Pourquoi avoir voulu le croire ?

Tu remâches les explications de Michèle, idylliques : la guerre, dont ils nous ont sauvés, nos parents morts, qu'ils ont remplacés, le départ en Afrique, nécessaire.

Pas d'autre choix !

Tu parles…

Maintenant tu la sais en vie, ta mère. Depuis qu'elle est sortie de son cercueil, et que tu sais que ton prénom est Gretchen, et ton petit nom Gretel, tu as l'impression que ta vie était fausse. Toute ta vie. Fausse. Seulement tu n'es pas sûre d'être prête à la vérité.

Les Schultz t'ont inculqué leur éducation, ils t'ont donné des fondations, et brusquement plus rien de tout ça ne tient debout ?

Toi et moi on a la sensation de ne plus exister.

À la fenêtre, les géraniums profitent d'un rayon de soleil qui perce les nuages. La pluie s'est retirée, la mer s'est adoucie.

La porte s'ouvre. Marianne observe, la poitrine de Rosie se soulève, tu as le souffle coupé.

Ma tasse se renverse sur le sol.

***

La serveuse balaie des éclats de porcelaine sous la table, à côté de souliers noirs à talons bobine. Une jupe grise descend sur des genoux serrés. Rien ne bouge sous la table, hormis la balayette autour de mes pieds. Au-dessus, une gorge expulse un gros chat, n'y arrive pas, et puis, mal nettoyée, elle dit :

— Je suis… Mme Mahler.

Et moi je suis M. Pris de court. Très vite, je deviens M. Pris de panique. La voix blanche, mais sans chat dans la gorge, je me présente en tremblant. Wolfgang… Grimm. Franchement, est-ce qu'on doit se présenter à sa mère ? Non. Donc, je bafouille. Sais plus parler. Ce sont des syllabes qui n'ont pas de sens. Mme Mahler ne dit rien.

Rosie et Marianne zyeutent leur grand-mère, Rosie ne comprend pas pourquoi elle s'appelle Mme Mahler, et pas Mme Grimm. Marianne ne comprend pas pourquoi elle me serre la main. Franchement, est-ce qu'on serre la main à son enfant ? Non. Donc je cafouille.

C'est fou ce que je lui ressemble. Elle explore mon regard, je le vois bien, elle me reconnaît. Pourquoi sa figure n'exprime aucune émotion ? Franchement, est-ce qu'on s'en fiche de retrouver son enfant ?

Cachée dans le fond de la salle, tu es Mme Prise de court, mais pas tout à fait paniquée. Juste émue, très. De loin, tu ne vois pas le détail de ses pommettes, ses yeux dessinés au pinceau. Elle porte ses cheveux à la manière d'une couronne de fourrure, et se tient droite comme une reine. Moi je suis un laquais. Ma mère m'est une inconnue. Mais du fond de la salle, cette scène te semble prometteuse. Le cœur battant, tu vois cette dame âgée, très calme et très posée, qui parcourt lentement un menu. Ses mains sont longues et fines, tu voudrais les voir de plus près, ses ongles surtout, sont-ils vernis ? Tu hésites à te lever. Tu exploserais de joie, mais c'est aussi un calvaire. Sans compter la serveuse qui te bouche brusquement la vue. Elle se plante devant notre mère pour, tu songes, prendre la commande.

Tu as bien songé. À l'arrivée de la demoiselle, le visage de Mme Mahler se détend, un sourire apparaît, elle demande très gentiment un chocolat chaud et une tarte de Linz. Cette chaleur me soulage. Voilà l'expression que j'envisageais. Mais une fois la demoiselle retournée en cuisine, la figure de notre mère se fige. Une statue, sculptée dans la glace, un visage très beau qui sert de miroir à la lumière. Elle prend une grande inspiration.

— Katharina… Rosa… Ludwig, prononce-t-elle.

On dirait une liste de courses. Mais, explique-t-elle, ce sont les noms de ses enfants. Elle en oublie deux. Car dans l'ordre ce serait Gretchen, Hans, Katharina, Rosa, Ludwig. Elle en oublie deux. Pourquoi nous oublie-t-elle ?

Est-ce que je n'ai pas droit à ma part d'elle en moi ? Est-ce que tu n'as pas droit à ta part d'elle en toi ? Pourquoi eux, et pas nous ?

La serveuse avance son chocolat sur la table et, de nouveau, le sourire et la chaleur, pour elle.

Je merdoie.

Adolf l'a appelée, me dit Mme Mahler, pour la prévenir.

Je hoche stupidement la tête.

Concernant la tonnellerie…, déclare Mme Mahler.

Rosie l'étudie sans un mot. Vos parents vous fabriquent, se dit-elle, et un jour ils se détournent de vous. Comment c'est possible ? Elle n'en revient pas.

C'est ce que je lui ai fait vivre. En ce moment, où je bégaye devant Mme Mahler, je réalise aussi à quel point Rosie a souffert de mon abandon.

En effet, atteste Mme Mahler, elle a cédé ses parts de la tonnellerie au père d'Adolf. Je regarde mes filles. Marianne chuchote à sa sœur :

— Pourquoi papa est blanc comme un linge ?

— Il est comme un linge parce que ça est son mère. Son vraie…

— Pourquoi elle n'est pas avec lui comme une vraie ?

— Pas son vrai maman, Marianne. Son vrai mère.

— Une mère, c'est pas une maman ?

Rosie fait signe à Marianne de se taire parce que, à la table d'à côté, Mme Mahler commence à s'intriguer de leur dialogue : elles parlent français. Son regard s'arrête trois longues secondes sur Marianne. J'ai l'impression qu'il n'est pas bienveillant. Je ne crois pas qu'elle devine sa signature sur ce visage. Pourtant, Mme Mahler a bien signé le front de mes filles, pas de doute, leurs mentons saillants aussi, leurs lèvres en avant, leurs pommettes accentuées. Jusque dans le dessin des yeux. Les grains de beauté alignés sur son cou se sont reproduits dans celui de Rosie. Ses oreilles délicates sont revenues à Marianne. C'est fou. Comment ne le voit-elle pas ?

Ces ressemblances sont hors de portée de son cœur. Elle ne peut pas les voir.

Quelque chose en elle s'y refuse.

Je n'arrive pas à m'y résoudre. Mais toi, qui nous observes de loin, tu commences à le comprendre. Parce qu'elle n'a pas reniflé ta présence. Parce qu'elle ne t'a pas cherchée du regard. Ton ventre se tord de chagrin. Un liquide chaud glisse entre tes cuisses. Il inonde ta chaise. Il goutte sur le plancher.

Tu te fais pipi dessus.

Pour nous deux, tu te pisses dessus.

Du pipi d'Aryen qui ne sait plus comment il s'appelle.

Des années que ça ne t'était pas arrivé. Tu te croyais guérie.

Oppressée, Mme Mahler pousse un long soupir.

— Je suis partie à Lahn après la mort de votre père. J'y ai rejoint Ludwig. Nous ne pouvions pas vous garder.

Mortifiée, tu hésites à réclamer une serviette. Quelqu'un a-t-il remarqué que tu t'étais pissé dessus ? Faut-il renverser ta théière pour que, le thé se mélangeant à l'urine… Oui, il te faut un alibi. La renverser.

Mme Mahler déverse un flot de paroles. Ludwig était un homme bon. Paix à son âme. Elle l'a connu quand il est venu cogner à la porte de la tonnellerie, pour annoncer la mort d'Arnold. En le voyant dans son bel uniforme, elle a dû s'avouer, une fois pour toutes, qu'elle n'avait jamais aimé notre père.

Tu renverses ta théière. La serveuse s'empresse de t'apporter des serviettes de papier. Tu es sauvée ? Bien sûr, personne ne saura que ce liquide épongé est ta trouille. Mais Mme Mahler se penche un peu pour voir d'où vient ce raffut, et son visage exprime une telle indignation, que la peur te reprend le ventre. Mais tu n'as plus rien à pisser. Il reste bien un couteau sur la nappe, dont tu t'es servie pour tartiner un scone avec de la crème. Ce scone, tu n'y as pas touché. Mais tu brûles de toucher ce couteau, le saisir pour… Tu ne peux pas faire ça devant tout le monde. Moins encore devant ta mère, qui te regarde avec ce reproche. Et sans te reconnaître ? C'est fou. Complètement fou. Et toi qui te croyais guérie.

Je cafouille. Mme Mahler bredouille :

— … parce que quand j'ai su que j'étais enceinte d'Arnold… j'ai voulu vous faire passer.

Ni vu, ni connu, tu glisses le couteau dans ta poche. Tu te lèves.

— J'ai été obligée d'épouser votre père, fait Mme Mahler.

Une larme coule au coin de son œil.

— Qu'est-ce que j'aurais pu faire d'autre ?

Tu entres dans les toilettes. J'écoute voracement notre mère.

— Je suis désolée. Je n'ai pas souhaité sa mort en Crimée mais… elle m'a permis de rencontrer Ludwig.

Tu choisis la cabine la plus éloignée de l'entrée. Tu t'enfermes. Sans relever le couvercle, tu t'assieds sur le trône, libères ton couteau de ta poche.

Tu commences par le bras gauche. Et ta mère :

— Ludwig a travaillé dur, toute sa vie, pour que nous puissions élever nos enfants. Nous avons quitté Lahn après qu'il vous a déposés à… Nous sommes venus à Kiel parce qu'il y avait du travail dans les chantiers navals.

Des images me reviennent par bribes. Un homme nous accompagne à l'orphelinat. Il est borgne, son œil est bandé. Ludwig Mahler ?

Votre maman n'est plus de ce monde.

Il disait ça. C'est ça qu'il disait… Il ne nous a jamais dit qu'elle était morte ! Qu'a-t-il dit à Mme Pfefferli ? Était-elle au courant ?

Du sang affleure sur ton avant-bras, tout au long d'une entaille que tu as tracée. Tu te sens mieux. Lentement, tu creuses une seconde ligne, plus profonde. Plus douloureuse. Et ta mère :

— Ludwig voulait des enfants à nous… On n'aurait pas pu faire une famille avec vos bouches à nourrir. On a pensé que vous auriez une meilleure vie sans nous. Ludwig s'est arrangé avec l'administration pour vos nouveaux noms. Et il vous a amenés à… C'était pour le mieux.

Nos vies, fausses. Nous n'aurions jamais dû exister. Des erreurs. Sans voix, j'écoute notre mère :

— C'est dur à comprendre, je sais. Mais je ne pouvais pas vous aimer. Je n'aimais pas votre père alors je ne pouvais pas vous aimer.

Bien sûr cette vie est fausse ! Dans ce cauchemar, d'avoir mal te fait du bien. Grâce à cette douleur, tu oublies les autres. Quand tu te coupes, la douleur change de place. Et puis tu as de nouveau mal. Encore te couper. Se soulager. Et ta mère :

— Votre père n'était pas un bon Allemand.

Ses traits ont durci. Son souffle est froid. L'Allemagne, dit-elle, a perdu la guerre à cause d'hommes comme lui. Des hommes qui ne croyaient pas au Reich. Des hommes qui ne voulaient pas… Malgré moi, j'ouvre la bouche.

— Pourquoi ne pas nous avoir noyés comme des chiots ?

Ma voix me surprend moi-même. C'est la rage, qui me porte. Et notre mère :

— On ne noie pas des enfants aryens.

Je ne respire plus. Elle fouille son sac, en sort hâtivement quelques pièces et les jette sur la table avant de se lever.

— Oublie. Oublie, et n'attends rien.

Elle tourne les talons. Elle s'éloigne. Elle ouvre la porte. C'est fini.

— C'est fini ?

— Ils le débranchent cet après-midi.

— Sois pas triste, Naledi. Il a eu de la chance : on a tout fait pour lui. Toi ou moi avec une balle dans la tête, ils nous auraient laissé crever tout de suite.

— Pas le docteur Malema. Il se donne du mal pour tout le monde.

— Il habite dans un quartier de Blancs, Naledi…

— On dit qu'il a fait repeindre sa maison en orange pour les emmerder.

— C'est à Dieu que ton vieux Blanc va rendre des comptes, Naledi.

— Peut-être. Et peut-être que Dieu ne compte pas comme toi.

— Tu dis toujours que c'est le crise dans ton secteur…

— *La* crise.

— Alors pourquoi tu ne quittes pas Paris pour venir au Cap, si l'édition se casse le figure ?

Deux femmes, une poussette et une fillette de trois ans se trouvent dans un ascenseur, qui monte ou qui descend, dans Paris.

Rosie… elle a dans les quarante ans. Marianne dix de moins.

— Ce que tu peux être insistante, Rosie… tu m'agaces.

— Je t'agace ? Terre-Neuve, Terre'Blanche, les amis de District Six, ils t'agacent !

L'ascenseur s'arrête. Elles n'en sortent pas. Quelqu'un entre. *Bonjour !* dit joyeusement cette inconnue aux cheveux roux et au survêtement bleu. *Bonjour !* répondent mes filles avec un large sourire. La nouvelle venue remarque la petite fille, toute rose, toute blonde dans sa poussette. Elle s'émerveille. Séduite, elle lève les yeux vers Marianne, toute marron et si brune :

— Est-ce qu'il vous resterait une place pour un petit garçon de six mois ?

Marianne hausse un sourcil. Rosie elle, change tout à fait d'expression. L'autre reprend avec amabilité :

— Je sors de mon congé maternité, et je cherche une jeune fille au pair. Vous travaillez dans l'immeuble ?

Rosie s'éclaircit la gorge. On sent qu'elle a envie de s'énerver. Elle devient rouge, mais elle reste très calme.

— C'est pas son jeune fille au pair, c'est son maman.

— *Sa* jeune fille au pair, *sa* maman.

Soudain mal à l'aise, la femme en survêtement blêmit. Marianne s'en émeut :

— Excusez ma sœur, elle est un peu susceptible.

La dame se décompose. Elle vient de comprendre sa bourde et j'entends ce qu'elle pense à l'intérieur : comment, elle qui n'est pas raciste, a-t-elle pu prendre Marianne pour une employée de maison, juste parce qu'elle était marron et que Louise n'était pas de la même couleur qu'elle ? À quoi elle pensait, vraiment ! Vraiment, elle est pressée d'arriver au rez-de-chaussée et de quitter ce fichu ascenseur. Elle a encore le temps d'entendre que mes filles doivent se dépêcher si elles ne veulent pas rater leur avion. C'est l'anniversaire de papa. C'est l'anniversaire de Mandela. Ils ont respectivement 78 ans et 100 ans. Marianne jure ses grands dieux qu'elle ne prendra plus jamais Ethiopian Airlines pour aller au Cap. Ce n'est pas cher, d'accord, mais passer par Addis Abeba pour rejoindre l'Afrique du Sud, c'est trop idiot.

***

— S'il te plaît papa, tu veux bien retirer ce papier de la bouche de Louise ?

C'est Marianne, mais je ne la vois pas. Seul un écran de télé s'offre à ma vue, qui affiche une image immobile.

Fifa World Cup
Russia 2018,
Final France vs Croatia
Today 18 h 00

C'est écrit sur l'écran, au milieu d'un tas d'autres symboles incompréhensibles.

De chaque côté de l'image figée, un type est suspendu dans son élan. Celui de gauche – sans doute un Métis – est arrêté dans une course. Ses lèvres s'écartent en un léger sourire, ses mains sont levées en signe de victoire. Celui de droite – peut-être un Blanc – pousse un cri de triomphe en tordant le buste. Ses cheveux trempés de sueur vrillent en lui tombant sur le front. Le chiffre 10 est imprimé sur leur maillot, bleu pour l'un, à carreaux rouges et blancs pour l'autre.

Ils sont beaux comme des soldats.

Des êtres supérieurs, je pense.

Des dieux, peut-être, à demi ou en entier. Ces divinités ont le regard glacé, et les muscles du cou bandés, où de grosses veines se dilatent. À l'intérieur, du bon sang. Du sang divin. On les dirait aussi sur le point d'entrer dans un jeu de cirque. À la guerre, ils feraient des prodiges. Et les dames, les déesses surtout, doivent leur tomber autour comme des mouches. Ce sont des joueurs de football. Des sortes de champions, des espèces d'Aryens.

— Louise ! Tu ne manges pas ce papier !

À l'écran, les dieux en entier ou à demi respirent la puissance et la gloire, sans un soulèvement de poitrine. Ils ne se contentent pas de les humer, ils nous les renvoient. Il suffit de les observer pour se sentir pousser des ailes dans le dos, et se dire *Que la gloire soit avec Moi, car Je suis le plus grand d'entre les grands des grands.*

Michèle a rêvé de cette race de vainqueur.

Bon. Je n'ai pas vu que toi et moi on ait eu cette rage de ratatiner l'ennemi (sauf quand il s'appelle Michèle). Mais ces dieux en entier ou à demi, ils promettent d'accomplir un rêve de grandeur. Michèle n'a rien compris… c'est eux qu'elle aurait dû adopter.

Ma vision s'élargit sur une blondinette, la petite Louise, qui mange une feuille de papier au centre d'un canapé en se faisant gronder par sa mère :

— Louise ! C'est le manuscrit que je cherche depuis hier soir !

Louise est assise à côté de toi, dont je vois la main, si flétrie, lui offrir un grain de raisin. Le fruit noir brille de mille feux, mais rien ne distrait la fillette du papier qu'elle mâchouille.

— Tu ne veux pas ? fais-tu. Le raisin c'est meilleur que le papier, tu sais.

Mais non, Louise se régale de son morceau de feuille, et de temps en temps elle jette un œil à l'écran, dans l'attente d'un commencement.

— J'ai un milliard de notes sur ce texte ! hurle Marianne.

— Trois zéro…, réplique Louise.

La voix d'un vieil homme, la mienne oui, enchaîne :

— Deux pour Mbappé, un pour Modrić.

— La finale commence dans dix minutes, lance ta voix.

— On s'en fout des ovaires, fait remarquer Rosie, présente elle aussi.

— *Bat.* Tu t'en *bats les* ovaires.

— OK, se résigne Rosie.

Ma vision s'élargit de nouveau. Boudeuse, Louise rumine entre la mère Noël et Santa Klaus. Nous. Vingt ans de plus que tantôt. Nos cheveux sont blancs, de la neige, mais tu ne portes ni chignon ni tablier. Ma barbe est assez courte, mon crâne un tantinet dégarni. Tu grignotes des raisins noirs et blancs que tu pioches dans une coupelle. Pourquoi ta voix ressemble à celle de Mme Pfefferli ?

Des talons claquent au sol, ils se rapprochent de Louise, soudain à l'affût. Tu essaies vainement de retirer ce gros morceau de feuille qui déborde de sa bouche. Mais la petite serre les dents et rumine de plus belle, tout en arrachant un nouveau morceau de papier à un épais manuscrit caché sous ses fesses. Enfin caché… Il est quand même très visible.

Marianne se plaint que Louise lui vole les manuscrits de ses auteurs, en ce moment elle n'en a que pour ses écrivains *francophones*. Dernièrement une immense Algérienne, et aussi une Martiniquaise majeure. Louise les vole, les stocke, en déchire certains, en jette d'autres par-dessus le balcon.

— Elle ne me fait jamais ça avec de l'écrivain français. Elle n'en a qu'après mes auteurs francophones… Je ne comprends pas ce qu'elle cherche à me dire.

— Peut-être tout simplement ton fille est contre l'apartheid qu'il y a dans ton job ?

— *Ta* fille ! *Ta* fille est contre l'apartheid !

Méfiante, Louise plisse les paupières et serre les dents au point de faire battre le pouls à ses tempes.

Rosie secoue la tête et c'est très mignon à cause de son chignon qui s'ébroue en même temps. Marianne est adorable aussi, menue, une miniature avec du caractère.

En moins d'une seconde, le repose-fesses de Louise disparaît. Elle perd cinq centimètres de hauteur en un éclair si rapide qu'elle n'a rien vu arriver. Elle fond en larmes. Tu lui proposes un nouveau grain de raisin mais, inconsolable, elle le repousse.

— Ce n'est pas du Terre'Blanche, reconnais-tu. Du Terre-Neuve non plus. Mais ce raisin italien est excellent. Tu n'en veux pas, tu es sûre ?

— Méchante Marianne ! hurle Louise en croisant les bras.

— Ce n'est pas de la faute du raisin si ta maman est méchante…

Une petite femme toute ratatinée vient prendre place entre Louise et moi. Ses doigts tordus offrent un morceau de chocolat à Louise, qui le gobe en se réfugiant dans ses bras maigres et fripés.

Les doigts d'Arya partent dans tous les sens, mais son sourire, lui, n'a pas changé. Ses cheveux sont aussi noirs que les nôtres sont blancs. Elle a toujours ce regard vif et brillant, qui m'inonde de chaleur et de tendresse.

Marianne s'assied à côté de sa sœur, à la table à manger où fument deux tasses de thé à moitié vides et jette avec humeur le manuscrit qu'elle vient de récupérer. *Jeannot et Margot* est son titre. Elle murmure à sa sœur :

— Que tu sois si nulle en français alors que papa et tante Barbara le parlent si facilement, ça me dépasse.

— Oh excuse-moi de ne pas avoir les capacités de les Aryens ! Tu l'es plus que moi, toi que tu as rejeté l'afrikaans et aussi l'anglais et aussi le hindi ! C'est toi qui l'as hérité du gène nazi !

Marianne lui jette un regard sarcastique et se vante de n'être rien d'autre qu'un *écrivain raté*, que personne n'a jamais eu le courage de publier.

La télévision s'anime au salon et deux équipes de football commencent à s'affronter. Leur drapeau est identique, mais inversé, alors ce n'est pas du tout le même pays. Happée par le démarrage des hostilités, Louise gobe sans s'en rendre compte tous les grains de raisin que tu lui tends.

— Ils sont bons ces Croates…, tu murmures, admirative.

— Moi je suis pour les francophones, annonce Louise.

Elle parle des Français. France est écrit en bas de l'écran. Mais je suppose que Louise ne sait pas encore lire.

***

— Obama passe à la télé !

La voix d'Arya s'égosille, depuis la cuisine.

Obama cause tranquillement dans la télé. D'être enfermé à l'intérieur n'a pas l'air de le déranger. La voix calme, il parle en anglais :

Il y a cent ans, Madiba est né dans le village de Mvezo…

Il est très entouré de gens vêtus de costumes colorés. Ils sont assis là comme à un enterrement ou à un anniversaire. Ils n'ont pas l'air de se rendre compte qu'ils passent à la télé. Tous sont prisonniers de ce cadre, au bas duquel il est écrit *Mandela's day.*

Et une politique de peur, de ressentiment et de repli a commencé à apparaître, et ce genre de politique est maintenant en mouvement. En mouvement à un rythme qui aurait semblé inimaginable il y a quelques années. Je ne suis pas alarmiste, je ne fais qu'énoncer les faits. Regardez autour de vous.

Dans le salon, des photos encadrées d'or et d'argent friment sur le guéridon. Rosie sirote un verre de champagne à côté de la télévision et trinque *À la santé de Mandela !* Toi tu grignotes des crakers près de Louise qui te quitte pour courir vers moi. Moi, c'est ce vieillard adossé au mur à côté d'une grande fenêtre. Louise se jette dans mes bras. J'adore avoir une petite-fille qui m'aime aussi fort. Pourtant, je n'aurais jamais cru devenir grand-père. Pour la deuxième ou la troisième fois, Arya répète depuis la cuisine *Obama passe à la télé !* C'est vrai qu'il gesticule toujours à l'intérieur de deux télés, la première au salon, la seconde à la cuisine, où les doigts tordus d'Arya s'efforcent d'enfoncer des bougies sur un gâteau d'anniversaire : deux étages, un pour toi, un pour moi. À nous deux nous fêtons cent cinquante-six ans. Mandela est né le même jour que nous : 18 juillet.

Si nous voulons vraiment continuer la longue marche de Madiba vers la liberté, nous allons devoir travailler plus dur et nous allons devoir être plus intelligents. Nous allons devoir apprendre des erreurs du passé récent.

Dans la télé, Obama ne s'adresse à personne et parle à tout le monde. Rosie dit qu'elle aurait bien voulu que Madiba soit notre père adoptif, plutôt que Lothar et Michèle.

— Et tu ne serais jamais née..., tu lui dis.

— Marianne non plus ! se défend Rosie.

Dans la cuisine, Arya ne s'en sort pas avec ses bougies : trop de rhumatismes. Elle appelle au secours :

— Marianne !

Rosie lui répond depuis le salon :

— Marianne boude à le poulailler...

Alors c'est moi qu'elle appelle.

— Wolf !

Louise s'accroche à mes hanches, et on court à la cuisine en faisant un bruit de cheval. Elle rit beaucoup ma petite-fille. Elle ne me lâche toujours pas quand je plante les bougies, qui représenteraient chacune une année de ma vie. On les compte tous les deux sous le regard amusé d'Arya. Huit et demie pour l'Allemagne, vingt pour l'Afrique du Sud, huit pour l'Allemagne, huit pour l'Afrique du Sud, huit et demie pour la France, vingt-cinq pour l'Afrique du Sud. Total, soixante-dix-huit. C'est mon âge.

Voilà maintenant un restaurant. Très élégant, Le coin des Français surplombe un point d'eau où flottent des fleurs blanches. Pétales immenses. Tout autour des vallons de pelouse sont tondus à ras, et des vignes se dressent à différentes hauteurs.

Des gens mangent sur une terrasse, par groupe de deux, trois, quatre, sept personnes, mais ils sont battus par la table du milieu où j'en compte treize. Très bien habillés, très courtois les uns avec les autres, peut-être parce qu'ils ne se connaissent pas, ils discutent en français.

— Mon mari et moi fêtons nos vingt-quatre ans au Cap cette année. Et vous, vous habitez…

C'est une femme d'un certain âge et d'un certain châle autour du cou qui pose la question à une autre, dans les trente, les quarante, ou les cinquante ans, et qui est de la même couleur qu'Obama. L'œil fuyant, elle répond :

— J'habite Paris. Je suis au Cap pour une mission Stendhal.

Elle se réfugie dans son verre d'eau.

Une Coccinelle bleue, qui s'appelle une deux-chevaux, se gare devant l'entrée du restaurant, sous une pancarte d'émail à l'écriture déliée. Wilhelm en sort. C'est incroyable ce qu'il a vieilli, de vingt-quatre ans… Il se dépêche, déboule sur la terrasse, serre quelques mains, distribue des sourires.

Un serviteur noir vêtu d'un uniforme au liseré bleu, blanc, et rouge apporte une bouteille de vin. Son maillot est imprimé d'un drapeau tricolore, avec un petit éléphant dans sa partie blanche. Son uniforme ressemble plutôt à un déguisement. Levant la bouteille pour la présenter, il fait, dans un français presque parfait :

— Monsieur le ministre, monsieur l'ambassadeur, monsieur le consul…

Il s'arrête une seconde, de peur d'avoir oublié un titre, monsieur l'archiduc ou quelque chose du genre, et il reprend :

— Mesdames, messieurs… le cinquième millésime de la cuvée Okoma.

Wilhelm aussi parle en français, il l'a appris, mais je ne sais plus quand ni où :

— Okoma est un vin typiquement sud-africain, s'enchante Wilhelm, et résolument bordelais.

Les treize mangeurs échangent des sourires.

— Okoma… répète un homme charmé qui ressemble à un Indien, c'est un mot japonais ?

Un monsieur si grand que même assis on le croirait debout lui répond :

— Okoma veut dire soif en zulu. Depuis l'empowerment, quelques vignobles sont tenus par des Africains, n'est-ce pas ?

Wilhelm se racle la gorge. Son succès en effet l'embarrasse, car il ne le doit pas à l'empowerment, mais à son reclassement à seize ans. Avait-il le choix ? Quant aux Zulus, ils n'ont rien à voir avec ce vin fameux qui leur emprunte un mot.

— Okoma, dit-il, est le fruit d'une collaboration avec Marie-Antoinette Estate. Nous travaillons ensemble depuis une dizaine d'années. Ce vin-ci est un assemblage de Cabernet sauvignon, de Merlot, de Cyrah et de Pinotage.

C'est un succès à l'exportation, aussi il est très honoré d'offrir ce millésime 2014 à monsieur le ministre, monsieur l'ambassadeur et monsieur le consul, pour la victoire de la France à la Coupe du monde, et pour les cent ans de Mandela. Et, précise Wilhelm, depuis vingt ans les anciens ouvriers de son grand-père sont entrés au capital de Terre'Blanche : des associés, à part égale, presque. Il fait la révérence et se retire.

Une autruche se dandine nonchalamment devant la voiture de Wilhelm, qui klaxonne, mais la fille de Sophie, vraiment, n'est pas pressée parce qu'elle ne porte aucune montre, et puis il ne faut pas l'emmerder. Obama passe à la radio, Wilhelm pousse de longs soupirs, mais je ne sais pas si c'est à cause de Sophie II ou à cause d'Obama premier. Wilhelm manipule les boutons de sa radio jusqu'à trouver une chanson *A vida é doce*. La vie est douce. C'est pour ça que Sophie II n'est pas pressée. En plus elle descend d'une ancienne lignée, un genre de race répertoriée par des éleveurs d'hommes et d'autruches.

Non loin de là, une vieille femme épie par la fenêtre de sa maison. Si la rancœur avait un visage, ce serait celui de Michèle. Sa laideur est difficile à imaginer. Wilhelm lui fait signe depuis sa voiture qui cahote. Elle en est agacée, aussi de Sophie II qui galope derrière au lieu de se trouver à l'enclos, parmi ses semblables. Terre'Blanche est devenu le chaos. Tous ses sacrifices pour rien.

Je me suis mis en travers de sa route.

Paul Noah s'est mis en travers de sa route.

Wilhelm s'est mis en travers de sa route.

Une vie gâchée, et la voilà obligée de finir son existence dans la maison de Paul Noah. Michèle se perd dans des pensées profondes, n'est pas loin de s'y noyer, mais remonte brusquement à la surface : il lui semble apercevoir, par la fenêtre, une silhouette qui franchit la grille. Wilhelm a-t-il encore laissé le portail ouvert ? Inquiétante, la silhouette, qui n'est pas celle d'une autruche, avance d'un pas déterminé.

Michèle ne voit pas cet individu d'assez près, mais le cœur commence à lui battre : c'est une personne, oui, mais ce n'est pas une personne blanche. Les mots de Jacob lui reviennent en mémoire. *Ils nous tueront tous.* Elle en a la chair de poule.

Moi aussi.

Ils nous tueront tous.

C'est bizarre, parce que je me le rappelle. Pas comme un mauvais rêve qui inventerait l'avenir, mais comme un souvenir du passé. Comme si ma vie était derrière moi. Tu imagines ?

Wilhelm et sa voiture arrivent à un croisement. Lui aussi aperçoit la silhouette. Il plisse les paupières pour l'identifier car il ne reconnaît pas cette personne, dont la couleur l'indiffère. Mais il n'est pas inquiet, et il n'en a pas le temps : enragée, Sophie II le dépasse à nouveau et fouette la portière de sa voiture d'un coup d'aile racé. Plus haut, quelqu'un appelle Wilhelm :

— Boss !

Ce bonhomme en habit de travail fait de grands signes en descendant vers Wilhelm. Il ne prête aucune attention à la silhouette qui progresse lentement, qu'on discerne encore mal.

— Salut associé ! dit Wilhelm.

— Salut Wilhelm ! Bon anniversaire à ton frère et à ta sœur.

— J'y manquerai pas. Et surtout à Mandela ! Même Obama est là…

Ils s'en amusent et Wilhelm, pressé, redémarre. Enjoué, il danse et chante la douceur de vivre tout en roulant à toute allure vers la demeure imposante, le mas de Provence du Cap, qui s'appelle Théophile TERRE'BLANCHE, pasteur du Poitou, 1688.

Dans le salon, Rosie se rapproche de moi, son vieux père à tête de Santa Klaus debout près de la fenêtre avec Louise dans mes bras. Décidément, Louise ne me lâche pas. Se frottant le museau à mon épaule, elle se régale aussi de papier. Rosie me tend un jus de fruit et me souffle à l'oreille :

— Papa… pour ton anniversaire, j'ai trouvé quelque chose…

Mon regard s'embue.

— … quelque chose que tu as cherché toute ta vie, murmure Rosie.

Brême, elle dit tout bas.

— Tu te souviens ?

Le vieillard qui est moi n'y voit plus rien. La buée. Je t'entends répondre à ma place :

— Bien sûr qu'il se rappelle. Un petit morceau de ton père habite en 1948. Si ce gamin de l'orphelinat savait tout ce qui va lui arriver, il ne voudrait jamais le croire.

Tu dis que je me croirais dans un conte qui fait peur aux enfants ou quelque chose comme ça.

Sur la terrasse du restaurant, parmi le groupe des treize, une dame, qui porte un châle, attrape son verre d'Okoma et s'émerveille d'une robe violine (je n'en vois aucune). Puis elle trempe le nez à l'intérieur du cristal, et parle d'une fraîcheur mentholée, réglissée, même. Elle aligne de cette manière un tas de mots détraqués, ensuite elle goûte et fait remarquer qu'elle note une trame de fruits rouges, dès l'attaque. Elle indique à sa voisine, femme couleur Obama qui ne boit que de l'eau et qui est venue pour Stendhal, que le vin se relève derrière, avec des notes épicées, pimentées, même, elle ne veut vraiment pas goûter ?

L'autre sourit, non merci.

À sa fenêtre, Michèle change d'expression : la silhouette est un Nègre, maintenant c'est certain. Mais il y a pire. Dans son dos, un fusil tenu en bandoulière se balance. Prise de panique, Michèle recule dans sa chaise roulante et s'applique les mains sur la bouche pour s'empêcher de hurler. Si elle crie, il la verra, il la dénichera, il viendra la cueillir, et Dieu sait ce qu'il lui fera avant de l'achever. Mais s'il vient pour elle, s'effraie Michèle, il sait où la trouver ?

Horrifiée, elle se rend compte qu'elle aurait dû fermer sa fenêtre plus tôt. Trop tard, le tueur est si proche, il la verrait si elle s'y risquait. Sa dernière heure est venue, elle le sent. Des images défilent devant sa conscience. C'est sa vie, à toute vitesse, un film en couleur et en accéléré. Pas toute sa vie, bien sûr. On n'a jamais vu des films durer cent cinq ans. Mais des petits bouts seulement : les gens aimés, les gens haïs, ceux qui sont morts. Ce qu'on a fait, ce qu'on aurait dû faire.

Au même instant, enfin je suppose, dans le grand salon, Obama proclame à la face de Louise :

Regardez l'équipe de France qui vient de remporter la Coupe du monde ! Tous ces garçons ne ressemblent pas, selon moi, à des Gaulois ! Mais ils sont français. Ils sont français !

Elle écarquille ses yeux immenses et bleus, comme les miens. Imitant Obama, elle répète de travers :

— Mais y sont francophones. Y sont francophones !

Debout devant la télé, la petite dans mes bras, je regarde par une fenêtre avec un air intrigué, je vois quelque chose ou quelqu'un de pas commun. Louise mâchouille un bout de papier, en toute discrétion parce qu'à mon avis elle n'a toujours pas le droit, mais ce serait dommage de s'en priver parce que le papier, c'est délicieux. Concentrée sur son festin, elle ne perd pas une miette des mots d'Obama. Il parle de quelque chose qu'il appelle *racialisme.*

Rosie se met à zyeuter dehors elle aussi, tout en m'offrant un jus de fruit, et tu t'intrigues de nous voir intrigués. Tu t'approches et tu vois toi aussi le bonhomme qui passe à côté de la maison de Michèle, sans s'y arrêter, et qui remonte dans notre direction. Prise d'une joie subite, tu murmures :

— Mais… est-ce que ce ne serait pas…

La porte d'entrée claque bruyamment. Marianne essuie ses chaussures crottées sur un paillasson. Elle revient du poulailler.

Dehors, il avance. Son front est marqué d'une cicatrice blanche en forme d'étoile. Un fusil en bandoulière tape contre ses reins. Samora marche d'un pas souple en direction du mas de Provence du Cap, Terre'Blanche, le pasteur du Poitou prénommé Théophile, qui, en 1693, louait Dieu dans son journal intime pour l'avoir emmené dans les déserts de l'Affrique où il avait traversé des épreuves très difficiles. Mais David et les autres Saints hommes de Dieu n'ont-ils pas composé la plupart de leurs cantiques dans des déserts, et dans de grandes angoisses ?

Samora avance. Par moments, il baise la croix qui servait de pendentif à son père. Il marmonne dans sa barbe. Mandela fête ses cent ans. Mais papa, et Graça, ne doivent pas regretter d'être morts. Parce que rien n'a changé, non. Et rien ne changera jamais. Les Noirs ne sont pas ici chez eux. Chez eux, c'est nulle part.

— On attend Wilhelm, pour le cadeau ? demande Rosie.

Délicat, dit Arya, Wilhelm n'en est pas ravi. L'idée que son grand frère reparte en Allemagne, ne serait-ce que quelques semaines, lui arrache le cœur. Mieux vaut le lui remettre maintenant. C'est faux-cul, dit Marianne en entrant dans la cuisine. Rosie l'empêche de tremper le doigt dans le gâteau et ressort, suivie d'Arya. Le visage de Rosie s'illumine. Rayonnante, elle retire une petite enveloppe de la poche d'un manteau accroché à une patère. Une enveloppe petite, fripée, jaunie, telle une vieille personne malade. J'en reconnais le nœud, bouffé par des insectes. Tu prends une grande inspiration :

— Wolf avait glissé un poème dans cette enveloppe pour un anniversaire de Michèle. À cette époque, on se croyait fautifs… On n'imaginait pas qu'on était des enfants perdus par nos parents, enfin, par notre mère, par son mari et par l'Allemagne, dans une forêt… l'Afrique du Sud.

— Ou l'apartheid, dit Rosie.

Elle ajoute qu'il s'agit d'une cousine germaine du nazisme.

Ta voix se trouble.

— On ne savait pas que notre forêt avait ses ogres, ses sorcières et ses marâtres. Bien souvent, ils étaient eux-mêmes des enfants perdus… Michèle… enfin, maman, n'a jamais voulu croire que Wolf avait écrit ce poème. Ça a duré des années. Wolf a eu beaucoup de mal à s'en remettre… s'il s'en est remis. Sans cette histoire, je ne crois pas qu'il aurait à ce point voulu repartir dans notre première famille.

Rosie sourit :

— Hänsel et Gretel ont toujours voulu rentrer chez eux, non ?

Nous rions tous. Tu te racles la gorge et moi je commence à chavirer, et la buée revient m'aveugler. Autour de moi, je sens une grande émotion. Tu reprends :

— Votre père, et moi aussi… mais surtout votre père, nous avons longtemps porté le poids de fautes qui n'étaient pas les nôtres.

Marianne lâche un long soupir, et lance :

— Y en a marre de votre culpabilité.

Tu lui fais un signe qui veut dire que les choses ne sont pas toujours aussi simples. Avec beaucoup de tendresse, tu me dis que tu t'es promis de réparer, de nous réparer, en mettant dans cette enveloppe ce qui nous réconcilierait avec notre destin.

Dehors, il approche. Le pendentif de Thando collé à sa bouche, Samora demande pardon à son père, et à sa grand-mère Graça. Il n'a pas pu les protéger, non. Il n'a pas été capable de les sauver. Pardon. Il leur promet de les honorer, avant de s'en aller à s'en tour. Justice. Il va leur rendre justice. Il va tuer cet homme, l'héritier de Terre'Blanche.

Un sourire d'ange se peint sur ses lèvres, le même que celui de Michèle. À sa fenêtre, elle a compris qu'il n'était pas venu pour elle. Le voyant se rapprocher du foutu mas de Provence du Cap, elle se rend compte que, malgré lui, il est venu la venger, elle aussi. Ensuite, il sera éliminé à son tour. Un de moins.

Louise subtilise l'enveloppe défraîchie avant qu'elle ne m'arrive dans les mains. Hilarité générale. Moi aussi, je ris. Et de rire me fait pleurer. Cette fois au moins, je peux m'essuyer les yeux. Louise m'y aide, ça lui plaît de consoler son grand-père. Elle finit même par me rendre cette enveloppe toute pourrie. Je la décachette et je chausse des lunettes, tout en bas de mon nez.

Ce papier est compliqué à lire. Mais je comprends qu'il parle de nous deux, et de la tonnellerie de Brême. Pola a été plus dure à convaincre qu'elle aurait pensé, dit Rosie.

— Mais… je t'avais promis, non ?

Marianne me prend par le bras.

— On était assis comme des imbéciles sur ce trottoir pendant que tu défonçais ce rideau de fer. Si Pola n'était pas venue nous parler…

La tonnellerie, Les Frères Grimm, est à nous désormais. Brême, Terre'Blanche et Terre-Neuve, rassemblés.

Et Rosie :

— Une fois pour toutes papa : la nazisme, c'est pas *toi*. L'apartheid, c'est pas *toi*. Tu es pas coupable.

— *Non coupable,* enchérit Marianne.

Je suinte de partout, des larmes, du mucus, dégueulasse. Louise m'essuie doucement le visage avec ses bouts de papier mâchouillés, gluants de salive.

Dans sa voiture, Wilhelm écoute la radio :

Embrasser la diversité offre des avantages pratiques ! dit Obama.

Et soudain un coup de feu.

Les oiseaux s'échappent des arbres, du verre se brise au sol.

Après, c'est tout noir.

J'ai l'impression de dormir.

Mais je n'arrive pas à me réveiller.

Barbie ?

Est-ce que tu dors toi aussi ?

Je dédie ce roman à Peter Ammermann et à Rabia Ismail.

Cet ouvrage a été composé par NORD COMPO

Imprimé en France par
CPI BUSSIÈRE (18200 Saint-Amand-Montrond)
en avril 2021

pour le compte des Éditions J.-C. LATTÈS
17, rue jacob – 75006 Paris

N° d'édition : 3 – N° d'impression : 2057729
Dépôt légal : mars 2021